其他○蔡培火全集○家世生平與交友○政治關係—日本時代○政治關
係—戰後○台灣語言相關資料○雜文及其他○蔡培火全集○家世生平
與交友○政治關係—日本時代○政治關係—戰後○台灣語言相關資料
○雜文及其他○蔡培火全集○家世生平與交友○政治關係—日本時代
○政治關係—戰後○台灣語言相關資料○雜文及其他○蔡培火全集○
家世生平與交友○政治關係—日本時代○政治關係—戰後○台灣語言
相關資料○雜文及其他○蔡培火全集○家世生平與交友○政治關係—
日本時代○政治關係—戰後○台灣語言相關資料○雜文及其他○蔡培
火全集○家世生平與交友○政治關係—日本時代○政治關係—戰後○
台灣語言相關資料○雜文及其他○蔡培火全集○家世生平與交友○政
治關係—戰後○台灣語言相關資料○雜文及其
他○蔡培火全集○家世生平與交友○政治關係—日本時代○政治關係
—戰後○台灣語言相關資料○雜文及其他○蔡培火全集○家世生平與
交友○政治關係—日本時代○政治關係—戰後○台灣語言相關資料○

【蔡培火全集 四】

政治關係—戰後

主　編／張漢裕
出　版／財團法人吳三連臺灣史料基金會

目錄

施政建議　59

視察報告類 111

在國民黨中之建言 329

函件類 355

政論　383

目　錄

戰後初期報告書類

台灣當前要務建議書（一九四五、十二、十四）

提要

1、振作國民精神與日本人撤退問題

在台日本人六十餘萬人與漢奸勾結已久，不及早設法送回或分別集中監視或徵用剷除其勢力，不但民氣不易振作，且將為將來隱憂，請分別處理或懲辦以振民氣而除後患。

2、完成地方自治制度問題

台灣地方自治制度歷史已有廿餘年，民選經驗亦十數年，惟無執行實權，擬請運用現有基層組織，充實地方自治，普及公民智識，養成愛國之人民以安定地方，而利於三民主義之新建設。

3、台灣經濟調整之要點

請剷除日本之經濟剝削之制度，獎勵糖業民營，扶殖民力，使祖國與台灣均沾其利。故產業自治與地方自治應同時兼施並進，俾島民能疏民困發揚民力，利用其技術與資本，開發台灣

安定民生。

4、民眾組織與公民教育問題

台胞民族意識向來極旺，若指導得法，使其團結於本黨旗幟之下為祖國效勞，收效必巨。故須從速擴大民眾組織，提高公民教育，採用白話字普及國語，一面利用青年團壯丁團改編為義勇警察隊協助軍警維持治安，一面加強民族思想及擴充新文化，則異黨無法作惡，三民主義新台灣之建設亦可提早完成。

一、振作國民精神與日本人撤退問題

在台日人總數約六十餘萬，其中軍人官吏約占三分之二，雖經投降繳械，但所隱藏之武器必不在少數。民眾被日人壓迫已久，精神不易振作，且有多數漢奸與日人狼狽為奸，企圖維持其殘餘之勢力。前者在台日當局假冒民意指派偽代表四名到滬歡迎陳長官，竟敢向葛秘書長陳情謂台地缺乏技術人材，若無日人協助，台灣工業機關不能運轉，日人如希望歸化，亦宜容納云。此其居心可以概見，日人佔領台灣屆五十年，與漢奸互相勾結，魚肉台民，擢髮難數。台民恨之刺骨，值此重見天日之際，急欲驅除殆盡，惟當前海運困難，日人撤退或須一兩年後始能完成，若聽其如是拖延，則彼輩為殃作祟，不出其將釀成若干糾紛，且對我光復後民氣之振作不無巨大障礙，對此情勢有下列意見：

甲、為加速遣運日人，請我中央特派船舶往台，不專俟日方船舶方始開運。

乙、對於居留之日人應斟酌情形分別辦理。

㈠日人未能撤退時，擇其最有危害人物遣送於台島附近之島嶼施以監禁，或令其集中本島之東部使其從事開墾。

㈡與漢奸無甚關係之日人例如到台未久之士兵，令其分隊修復破壞或開闢山間道路，俾本島東西平地可得多處直接連絡。

㈢日人之老幼婦女分遣各地集中並令其協助各種雜役。

㈣各種工業或特別專門技術人員，選其最有需要而無重大過犯者，令其暫留舊職協助復員，此非僅於接收上之便利，藉以防其故意破壞工廠機械。若謂台胞中技術人材不多應留日人補用，則與事實不符毫無根據。

㈤日人之善良分子，則聽其行安居樂業不急遣運。

若依以上方法：

㈠可令日人與漢奸不再勾結。

㈡可令日人不易集中勢力，尤可令其離開所隱藏之武器。

㈢可剷除日人與漢奸潛勢力，俾民眾得以自由開始光復之工作，並發揚振作國民精神。

丙、漢奸及取巧分子應依國法懲辦或委諸社會制裁，其方法如下：

㈠由國家逮捕究辦。

㈡由民眾告發逮捕究辦。

㈢各地自治機關設公眾投箱取決輿論，令親日取巧分子於國法外有所戒懼。

丁、改換姓名者除被徵用者而外，無論其事情如何，各地自治機關應將其新舊姓名公示，一面以公意攻擊背祖取巧反民族之思想，一面請台省當局勿用此輩為官吏，以彰我　國父民族主義之遺訓。

二、完成地方自治制度問題

關於台灣自治問題，過去台胞曾以設置台灣議會之運動為中心，與日人權力階級之間已有二十餘年之政治鬥爭。此間台胞中或地位財產被剝奪者有之，或被侮辱處罷者有之，五十餘年前始克爭得有名無實之地方自治制度，各自治機關之主要地位皆為日人所佔據，且各級議員又只一半民選，殆無議決之權。今本由於祖國領袖賢明之領導及我祖國同胞八年血戰之犧牲，始能雪盡五十年來之屈辱，台灣得以光復而回歸祖國，我六百五十萬台胞莫不感激涕零，更可歡欣者，為我國已成為世界四大民主國家之一。台灣雖於少年之中，自十餘年來已稍具有地方自治之形骸，當此光復之後，應使其形骸充滿真正之民主精神，完成台島之地方自治。盼我中央領袖暨我台省長官，有以教我台民俾其迅速完成焉。

竊思地方自治之成敗，當依地方民眾對地方公益之關懷如何及其選舉權行使洽切與否為判別，台灣此五十年來在日人強壓之下，已完成民眾基層組織，善用民眾組織以為民意之表現而行選舉，則地方自治之成功必不難也。我若能善用民眾組織，集中二十五歲以上之男女青年開討論會，討論時事及自治有關諸問題，藉以增進公民之智識與關心。經討論會之訓練人民，對各候補者之人品經歷主張將有更深之認識，對地方自治關心亦更加深刻，自然亦更較容易選舉適任者出來，亦可防止左列各種弊端並提高自治水準。

(一)可以防止人民放棄投票權。

(二)能選出比較切實之人物。

(三)使各候補者難於收買或作弊。

(四)選舉人可以節省時間及勞力。

(五)於提高民眾之公民智識亦大有補益。

三、台省經濟調整之重點

台灣受日人五十年之經濟榨取，結果大多數之民眾皆陷入於無產階級境界，即有產者其富力過日金一千萬円者可謂絕無，其數百萬者亦寥寥無幾，幸因天惠豐富、土產頗多，故得免於飢餓。島人以久受日人經濟侵略，歷經磨鍊與教訓，已略具近代經濟常識。過去因日人之強壓只得默而屈從，今日人已敗，亟望我中央指導，俾解其倒懸拯於水火，得與祖國同胞同沾惠澤。第此種問題乃為實利所關，無論何人皆易覺察，而倘有遺算則枝節叢生，茲試舉兩點聊述民心之傾向。

甲、台島各種產業自治之情狀

過去之產業自治與地方自治之情狀一樣，其重要之地位及利益悉為日人所壟斷，譬如對於芭蕉之生產，日人設有青果組合制定價格，獨佔販路，居中坐取巨利，為農民生產者之吸血鬼。又如波羅蜜茶等凡有大宗之出口貨，日人必用同一方式霸占利益，自九一八事變以後，連米穀之出口亦不脱此例，成為官僚與奸商之魚肉矣，島人之痛心疾首以是為最。台灣今已光復重投祖國之懷抱，我中央領袖及台省長官必能垂憐台胞農民過去之痛苦，一面即令其完成地方自治，同時又一面促其完成產業自治，如是，則我政府僅施扶持之力而台民即可高揚於光天化日之境地矣。

乙、製糖工廠之管制問題

台灣全島製糖在太平洋戰事發生以前有三十八處之工廠，屬四大資本系統所管制，即台灣、大日本、鹽水港、明治等四大製糖公司是也。每一工廠約具一千噸之製造能力，其總資本約為日金四億円之譜，雖純為民營事業，但我台胞仍呻吟於此製糖資本淫威之下。頃敵人已崩潰，其所殘餘可用之工廠，聞尚有二十所，如就舊有機構繼續維持，則我台胞之技術人員並無不足之虞，所有問題不在技術而在機關之隸屬關係與資本之來源，此乃台胞有識者之所介懷者也。倘我政府准許全歸民營，則祖國資本與當地資本將作如何配合等問題，亟有待我高明領袖有以善導之也。

四、民眾組織與公民教育問題

台灣民眾久受日人之奴視，公民自由悉被侵奪，但反因受此刺激而生自覺，兼有先知先覺者暗為鼓吹，故雖於艱難困苦之中，仍能堅忍苦幹與日人奮鬥。本來我台胞民族意識極強，而於農民尤甚，日人於九一八以後雖強迫我台胞改換姓名，而結果改者十不一二成，而同時於壓迫較輕之朝鮮改換姓名者竟十有七八，此具明證。日人向來嚴禁我民眾組織，迨至第一次歐戰前後，日本本土之民氣稍開，我台民亦遂乘機崛起，留日學生先倡組織，而於台灣亦有台灣文化協會、台灣議會設置期成同盟會之組織，或為啟蒙運動，或為政治鬥爭，皆以民族自治主義為號召。不幸自九一八以前，台島亦漸現赤民常識與訓練，不須多大時日便可普及，正若春氣陽熙之力轉瞬即可使枯山荒野化成柳綠花紅之世界也。

又台省之治安問題急須用意設法，欲俟台省警察以維持其秩序，誅恐有來之不及之虞。倘以黨機關及地方自治機關之協力，善用日人向所訓練之台胞壯丁團，就各地創設義勇警察隊附屬於台省警察行政之下，則大可適應地方之情形，料於台省全體之治安不無俾益也。

謹陳以上幾點，悉係台省所關當前急務，恭請垂示各種辦法，以為台胞民間同志今後效勞於我國家之指針，則幸甚矣。

（註：此書於民國卅四年十二月十四日間呈吳黨秘書長鐵株印到諭）

歸台述懷

我們台胞被日本帝國主義者統治了五十年，現在已經得到解放，而重投祖國的懷抱，這是我們應該慶喜的事。

這個解放是靠我們祖國廣大的民眾，流血流汗，和賢明的領袖正確領導，爭取得來的，我們應該深切地感謝他們。現在我們雖然已經得到解放，可是我們還不能滿意，我們應該與祖國的民眾共同負擔建國的責任。

現在無論在祖國或是在本省，要談建國必須先要民主，沒有民主建國是絕不可能，我們台胞因為經過了日本人五十年慘酷的統治，對於民主是特別關心的，以後希望我們能夠多多地發揮民主精神和力量糾正政府錯誤的地方，積極地參加建設，使我們成為全國的模範省。

但是只有空泛的民主精神和盲動的民主力量是不夠的，必須同時要有正確的目標與方向，這個目標與方向是什麼呢？就是現在被各黨各派和無黨派所公認的國父的三民主義，三民主義是在現階段最適合於我國的主義，唯有徹底地實行三民主義，中國才能迅速地走上富強之道，可是很不幸的是正確的三民主義，從來沒有被徹底地實行過，因此，反而被人所厭惡甚至於稱之為「三眠主義」，今後我們應該引導偉大的民主力量，來徹底地使它實現。我是台灣人，台胞的痛苦我是很清楚的，我必定要跟同志們商量決策，來替同胞解決痛苦，排除一切的困難，隨時隨刻政府有錯誤的地方，必須糾正它，務使真正的三民主義能夠徹底地實現，這是我唯一希望和目的。

我在這裡願特別為台胞提明一句，就是我們中央各方面有很多關懷台胞幸福的先輩，而在台灣也有不少真誠地為台胞幸福而苦幹的公務員，這一點我極盼望台胞需要確實認識，勿令玉石混同，正邪莫辨，而自生歧視之念，致有本省外省之成見，來錯誤了我們台胞無限的愛國的前程，台灣是中華民國的一省，大家都是一家的人，我們只要以事論事，萬不可以自相差別而破害了民族團結的根本國策。

朋友要問我現在的立場是怎麼樣，我可以坦白地聲明，我現在是中國國民黨黨員，但是我過去是台灣青年、台灣新生報、台灣議會、台灣文化協會、台灣民眾黨、台灣白話字會、美台團等首倡的一個人，我信我現在及過去的立場，是一貫的精神，這個精神是要和諸同志協力，叫他適應時代實現出來的，懇望各界同志朋友賜予協力幫忙。

敗戰記（一九四六、八、廿）

台灣同胞：

在光復後參政中央的初次競選場裡，我是完全打敗仗了，又是個徹底地慘敗啦。無論如何選舉是民主政制中最神聖最有權威的力量，我們在這個力量的面前是要低首服從斷不可以再有話說。況且敗將不談兵也是應有的風度，我還要來寫什麼敗戰記呢？實在是不應該的呀。但是有了好幾個朋友來相慰問，都說這個選舉的結果實在莫名其妙，要我表明一點私見，來作關心政治的人們的參考資料。我想這個卻非完全沒有意義，因此我就來表白幾句關於我的敗戰的根本原因，我想說的有三點：

第一點是我逢人便說過了，當這光復伊始，國家雖不用法律來過問什麼，但是我們民眾需要從心底清算一下，我們過去在日人統治的時候，有沒有做過了違背良心虧損民族正氣社會氣節的地方？就是說，過去在中日戰爭以後，有沒有參加在敵人政治機構「幹部」的裡頭當過差使，或是精神完全被日人所壓服，「甘心」獻媚日人、改換姓名、常用日語，想做我們台胞的榜樣，做了敵人奴化政策的走狗，對這樣的人，國法寬大，雖不發動來責備他，他需要自己清算撫心慎思，表明為國家民族的正氣發現一點「天良」，在這回參政員的競選場裡，不好出頭露角，就是他不自量出來，選舉人是斷斷不可以選舉他，這樣的人不幸而當選，叫他代表我們台胞進出中央，你說怎麼了得，這是蹂躪中央的德意，蔑視同胞無人，我是斷然主張這個不好，就是丘監察委員也有發表過這樣的文告。我這個主張，表示的太於明顯了，使我的對敵怕死了，結在一起打擊我，我不防備地竟反受他們的暗算，而打敗了。但是我的主張是可以給他們打敗的麼？

第二點是關於省內省外的觀感，我自歸台以來有說話的機會，我就主張不好挾持省內省外的成見，很多朋友勸我這個不要說得太多話，恐怕會動起眾憤。朋友的好意思我是懂得，有人要作惡宣傳說我是背及台胞的利益，依目前的情狀來看，我也知道可能受了這個誤會，也大有受擊的資格！但是為我痛愛的台胞的將來設想，我這個主張是絕對不甘心被人打倒。

第三點我想是有關於我現在的立場，請看黨團的人都全軍覆沒了，對這一點我是歡喜領教，我也熱望黨政有關的同志須作個嚴重的考慮才好。很痛心地我們的國家向來都是比別的要弄得糟，特別就是台灣又是光復伊始，省民又多受過刺激，神經很敏銳的，政府的措施多有出入，省黨部只好站在聯繫的立場，不得自由發揮，因此黨部要跟政府共負其責不能旁貸，從這一點，省參議員大多數的諸公，對我們同志的表示，我是坦白地甘心領教。但是諸公呀！我敢告訴一句，政府固然是有不少的毛病，但是，省參議員諸公多數所表示的這次參政員選舉的結果，可以說是很漂亮，對於中央的德意無愧，對於台省的將來是不是無大後患？培火不敏，大有疑問，大有憂慮！我須再繼續我的奮鬥。

附註：此文發表以後，我的政敵集中其筆鋒向我反擊至為猛烈，但是不幸的很，翌卅六年二・二八事變發生，整個省參議會被捲入漩渦中，選舉人的參議員及被選舉人的參政員中，受牽連者甚多，因之而喪命者不少，我的疑問與憂慮，竟見諸事實，悲夫。

（中華民國卅五年八月廿日中華日報載）

第二次世界大戰後基督徒應取之步驟

（一九四六、一、一）

引言

世界人類已經歷過兩次的大戰亂了，人命的斷喪、文化的破壞，不可不說是已夠足了。察其來由，又不可不說是悉由人心喪盡天良，有人慾而無公理，恃武力而輕視仁愛故也。一言以蔽之，則是宗教心無力，特是基督教失掉其生命故也。當全世界各國的基督徒，為數已屬不少，而且比較的在權勢地位的人居多，這批人倘若都能本其信心，背起他們的十字架的話，那麼這次的大戰，一定是不會發生起來的。就是當日本侵佔滿洲的時候，美英的政治家們，若能斷然而毅然地發動其干涉的力量，日本和中國有力量的基督徒，又能互相連絡奮起，為提倡和平而犧牲，那麼基督的聖靈，一定會充分地顯現，來救贖無量數的罪孽！因我們的罪過太深重了，假信無力，美英初是冷眼靜看公義在被踐踏，待至他們國家的算盤打不合算的境地，方才拚命地起來掙扎，中國和日本的基督徒，更是越加可恥，冷心的只在說宗教不關政事，禱告以待和平就夠，自謂信心夠熱的，都是跑到軍閥的旗幟下，盡量地去效其忠誠了，這類的信徒在日本是特別多，美國人所稱為日本聖者（賀川某），也特到中國來大吹其日本必勝的法螺呀。英國現任首相阿特里氏，對世界各國呼籲說，要建造世界和平，須實踐基督教的倫理才行，這話是很對的。從來的基督徒，多的是只在享受宗教哲學的滋味而已。我們的　主耶穌基督的宗教，是實實在在地背起自己的十字架，而代世人擔負罪責的，斷不是單以誦經禱告說說理論就可以即地成佛的呀。現在世界中資本帝國主義者和無產帝國主義者，趁這第二次大戰的腥血未乾，直在計劃第三次大戰的樣子。人類的救贖、地上的和平，我們若仍然信為需有　主耶穌基督十字架的救恩，才有能力才有辦法的話，那麼我們從來的作風，是絕對不夠亦不可以的。茲有美國的教友詢問，今後的傳教需要如何才好，我靠　主的愛，大膽來提議幾點，以供參考，願我同信兄姊共加策勵，以遂夫新時代之使命，是所切禱。

甲、信仰方面

㈠信仰的根據，是在耶穌基督的事實與聖經。耶穌基督是事實，而聖經也是絕對無謬的。但這聖經是四福音書，眾書翰默示錄等以及舊約，雖然是信仰上直接的參考資料，都是很寶貴而要珍重的，但都不好稱做聖經，或者可以稱做副經，以免犯了聖經獨自的神聖。因為這副經，是不關　主耶穌直接的事實，只是在預言傍證或是在解說頌揚　主的事實而已。況且又不能說是絕對無謬的，譬如保羅的書翰中有說「凡掌握的都是　上帝所命的，所以抗拒掌權的，

就是抗拒　上帝的命」這是極明顯地沒分寸的話啦。他也有主張說「非律法說不可起貪心，我就不知道何為貪心」又說「沒有律法罪是死的」這是保羅的哲學，猶太還沒有律法的時候，依照世界的歷史看來，人的罪都是在活動著，一點也不死，何況舊的亞當的話，將要做怎麼樣看呢?至於說到男女的關係，保羅說「男不近女倒好」這直是否認創造男女的神意，他又說，「與其慾火攻心，倒不如嫁娶為妙」，這是看結婚為何等下流的事情呀!至於說「婦女在會中要閉口不言……上帝的道理豈是從你們（指婦女）出來麼」這樣的說話，直要令人苦笑，這絕對和信仰沒有關係，也沒有什麼靈感可說的。所以只宜限定四福音書是聖經，以外的都要分開，俾我們信仰的根據更明瞭起來。

舊約裡頭，多的是猶太的歷史及思想，同樣各民族的歷史思想中，深有關係於信仰及可以培養靈性的部份，亦屬不少，今後宜將這些編做外經，供給信徒做參考。

㈡教派的分立對立宜加反省，當以一主一信做共同的發點，信徒互相愛護，實行共同互助的新生活，體現　主的新命令，顯耀　主的榮光，做世界和平的先例。信仰本應絕對自由，乃屬神與個人直接的關係，旁人絕對不能干涉，一主一信能得一致，為根本要著，如關於見解及儀式等的問題，應任各人本其個性之所好，互相容忍互相尊重，不宜有所歧視，而況互相排擊者乎。至於共同互助的新生活，要怎麼樣做才好，這要依各耶穌會信徒的信德深淺如何來做決定。耶穌會的說明在後。

㈢對「信即稱義」的教理，需要重新做大大的檢討才好。向來大多數的信徒，都不大關心主耶穌的警告，「凡稱呼我主阿主阿的人，不能都進天國，惟獨遵行我　天父旨意的人，才能進去。」而多的是太簡單地妄信了保羅的論說。保羅說「作工的得工價不算恩典，惟有不作工的，只信稱罪人為義的　上帝，他的信就算為義」，保羅這個「不作工只要信就稱義」的話，是另有一面的道理，但是大多數的信徒，都太簡單地誤會了。就是以為自己道是已經信了，罪是以　耶穌的寶血已經洗淨了，所以自己能獻十分之一的收入給教會牧師用，自己便可以安然自適，住高樓吃大菜，時到天國就自然可以進去。這樣一來呀，舉世的基督徒，就不知不覺地或做　主所責備過的「他們把難擔的重擔捆起來擱在人的肩上，但自己一個指頭也不肯動，……蠓蟲你們就濾出來，駱駝你們倒吞下去。」到而今世界上少有聰明的人，特別是青年學生，都對宗教對基督教起了懷疑，說基督教沒有力量可以解決貧苦問題與社會問題，反要說宗教基督教是阿片咧。斷斷地不然，我們真正有信仰的人，還要大聲疾呼，需要信了　主耶穌基督，人類才有救命，地上的和平，唯有　耶穌的聖靈，在人類的生活裡頭真地作主的時候，方才可以建立！人類一定是要被赦了罪，就是人的生活的一切，都是　耶穌在作主的時候，世上一切的貧苦禍亂，以及男女強弱間的困難，方才有解決的希望與安慰。為要實現這個，我們的信心，需要重新檢討，我們的生活作風，應該重新出發，信心與行為的問題，殊不可以太簡單的腦筋來看重保羅的話，務要遵守　主耶穌所教訓的一切來做解決。所以我敢提議，耶穌會的新作風，需要傳遍到全世界基督徒的中間呀！在　主的弟兄姊妹，我們固然也需要康樂的生活，但是這個，我們誠懇的禱告，請　主給我們定個限度，在此限度以外，我們所餘剩的力量，不要留做私有，因為這些是不能帶到天國去的，都是要用在愛的新生活裡頭。我們基督徒若是有了這個新的立腳點，那麼我們一定會有新的大能力，以顯我　主耶穌基督的榮光，叫這個黑暗的世界得到光明！

乙、禮拜方面

㈠禮拜宜與傳道工作分開。廣義的禮拜，是要用信徒的全生活來做獻祭，隨時隨地都用誠實在對　神而做的。狹義的禮拜，是在禮拜天，信徒互相聚會而做的，這個向來和傳道的工作混在一起，致使有種種不合宜不誠實的事情在發生。今後的禮拜，應以專誠對　神來做誦經禱告歌頌證言奉獻等等的事。聚會的人數不可太多，可以不用特別的禮拜堂、不專聘牧師、不設機關、不備財產，輪流使用信徒家庭做禮拜，人數以二、三十人為限度，禮拜式以外，信徒互相親愛，如同一家的手足彼此踐行相愛，苦樂相關，在主做互助的新生活，踐行　主最後的囑咐「凡我所吩咐你們的，都教他們遵守，我就與你們同在，直到世界的末了。」我們信徒之間，果能改變以儀式祭司為中心的禮拜，換為以　主為中心，而踐行互愛互助的新生活，做為禮拜的基本，這個禮拜自體，自然可以成為傳道上絕大的能力，人類大部份困難的問題，應可以由這個禮拜來緩和來解決的。這種新式的教會，可以稱做耶穌會吧。

㈡禮拜式和祈禱會不好分開，正式的禮拜是在禮拜天做的，但是禮拜不好只限定這一次，每個耶穌會的會員，可以自行商定，每星期要做幾次禮拜。

㈢在同一市鎮或比較相接近的耶穌會，時常互相聯合，舉行聯合禮拜式，是很好很好可感謝的，耶穌會的新作風實行以後，舊時的禮拜堂，可以充做聯合禮拜或是大佈道會或是信徒考究神學的場所。

丙、傳道方面

㈠傳道是向在求道未信的人做的，但是既信的人對信仰的智識方面，亦時常有求深化的需要。傳道原是信徒各自的責任，各人雖會在隨時隨地而工作，但是特別有研究的信徒，來開大規模的佈道會，亦是很要緊的工作，所以神學是要有人做專門的研究才是。從來傳道成為一種的職業，這是斷斷不可以的。在歐美甚至有傳道公司之設，派遣宣教師，到東方各地傳教，宣教師是一種很安定的職業，生活資料也是頗豐富的，而各教會的牧師，亦都成為固定的職業，領一定的薪金，辦理一定的工作，與一般的工作人員沒有多大分別。這種作風是　主所不准許的呀！時代已經變了，勿再叫　主傷心，便是一切傳道工作的起點，杯盤從裡邊先洗，外面才會乾淨，宗教的神聖，要先發揚，世界的救贖有　主同在，自然會達到的。

㈡傳道是與　主同做救贖工作的，是最神聖的事，是要像　主所教訓的「白白地得來，白白地捨去，誰是好人配得接待你們的，你們就住在他家，領受那家的接待。」我們　主的話是真實的，是絕對不謬，傳道者的工作，若是真地有救贖能力的時候，像　主要驢駒便有驢駒，要房子便有房子給他用，他所需要的一定有人供給他。道是白白地傳，供給是白白地承受，傳道純是出自愛心，供給亦是純然出自愛心，不是權利義務的關係，根本是自由的，這才是在主的相愛，這才是真道，由道及道，真道方才宣佈得來。現在世界基督徒的數額，不能說不多了，但是還很少有真的相愛，有真真相愛的傳道實現出來，世界的救贖一定可以成功，今後世界的戰禍，一定可以避免。以傳道為職業的時代，已經可以完了，真的相愛若是由基督徒的生活到處豐富地在充溢流露的話呀，唉呀，那麼這個報應是很大很大的呀！信奉　耶穌基督的人，就是道地的選民，為了選民的緣故，那災難的日子，說是必會減少的，這個報應是何等的大呢！真實地選民快出來呀!!

㈢那麼今後的傳道其具體的辦法，將做如何才好？第一個辦法，就是耶穌會的信徒們，在他們的生活，實踐　主的新命令，因此信徒所在的地方，便令世人感覺著有相愛的涼風在吹動，使他們體會到清新的生活氣氛，受了靈感，發見人生的新光明，進而使他們喜歡陪席做禮拜，這時候就專派一個信徒領導一個新求道的人，引他入信，歸入耶穌會，做互助共同的新生活。第二個的辦法，請特別有靈力有研究的信徒開佈道會，這種佈道會用信徒個人的力量支持，或是用各個耶穌會的力量支持，或是用多數耶穌會的聯合力量來支持，都是可以的，最重要的眼目，是要用各信徒自發的愛心來做的，並不是以某一機關的命令，或某一教會的財產來做的佈道會。若有需要設機關或是辦事的專員，也是可以，但是要防止其職業化特權化，信徒各個人，都應各盡其可能的貢獻，一次一次或一期一期的計劃完了，即便解放責任，要再做的時候，另再重新商量，務期努力服務是自發而清新的，斷不好有分毫的假藉，或被推動的事情才好。

㈣向來歐美各國，有很多熱心的基督徒，到東方各國，特別是到中國來傳道，這是很艱辛困苦的工作，實在是佩服感謝得很，希望將來由中國由東方各地，亦有熱心的基督徒多多地往歐美去幫忙傳道，但是傳道的要著，是在體現　主耶穌基督的新命令，實現彼此互愛相助的生活。從歐美帶錢來做生活費以外，還有開學堂設醫院種種的貢獻，卻是感謝不盡的恩惠。今後若是可以多請用意在建設共同生活的方面，經費的來源是憑信徒相愛的真誠，無論那裡的錢，將有餘的來補不足固無不可，最理想的辦法便是就地作工就地取糧，請宣教師諸兄姊亦與當地的信徒，合伙共同來做互助互愛的生活，這一來不但信仰會切實地融洽，而生活亦可以相加減相接近，互相交換生活方式的好處。將來由東方到西方去傳道的，亦是同一個方式去做。這樣一直做下去的時候，　主的救恩一定會大大地普遍，唯物思想的左右兩派，都沒有餘地可以發揮，一切剝削欺凌殘殺的事情定會減少，世界自然就會和平起來咧！阿孟。

民國三十五年一月一日於重慶旅寓脫稿

慰問紀要（一九四七、六、十八）

因為二二八事件，全省各地各界的犧牲痛苦鉅大，台灣省黨部十分關切痛心，派出四個慰問團慰問各地。本人與呂幹事伯揚，奉派往四縣三市慰問並考察該縣市黨部的黨務工作。五月一號起於台南市開始工作，經過台南縣、台中市、台中縣、彰化市，然後由高雄轉到台東縣、花蓮縣，直到六月四日下午於大雨淋漓中平安歸回台北。全程費時三十六天，除訪問各界及縣市黨部工作檢討會議以外，計開黨員及各界座談會十八次，民眾演講會二十二次，學生演講會十次，會眾計共約三萬人。其中在台東、花蓮兩縣對山地同胞的座談兩次，演講會四次，會眾約一千多人。

我們在台南、台中的時候，還是戒嚴清鄉的當中，到處人心惶惶，景象不大安穩，至及五月十六日省政府正式成立，全省解嚴以後，社會表面始現常態，但是因事變被捕的人不少，其家屬親人都仍在處處喊冤求救。

我在僅有的機會，都代表省黨部向民眾及各界人士申明慰問的誠意，表白黨部對二二八事件的發生自感責任與抱歉。再加說明黨部的立場，這就是省黨部經於三月六號，由李主任委員發表的聲明。幸得中央已下明斷，調整政治佈施，願我全省同胞，深明大義，體會中央的懿旨，剷除省內省外的成見，遵奉三民主義，協力團結來建設新台灣新中華民國。

我在這次慰問旅行，最感愉快，就是各地本省的同胞，對於本黨的存在加了多大的認識與興趣。本黨原是革命的政黨，只要切實地為民前鋒來奮鬥，只要是忠實地以三民主義的政策著著來努力來實現，那麼台灣全省的同胞，一定是會參加本黨支持本黨的，深望各地的同志們，努力為民眾解決地方實際的問題而前進。再有一點就是各地的同胞，都在稱讚這次二十一師國軍的軍規嚴肅，人民都在感謝，對國軍的評判很好。

現在各地有識之士最為關懷的問題有三：第一是關於國內和平的問題，第二是於本省糧荒的問題，第三是關於縣市長是否提早實施民選的問題。

第一個國內和平的問題，大家都是不大明瞭內亂的癥結何在，幾時可以解決，其對本省的影響如何？我想這個問題，對本省的民心影響最大最根本的，所以我都很坦白很詳細地給大家說明了。簡單直截地説，內亂的癥結，第一是在共產主義者想於政治上制霸的野心，第二是在政治經濟尚未上了軌道。共產黨的野心，這不但是中國國內的問題，而同是世界各國各民族的問題。這個問題，一面有關主義的優劣，一面有關軍事力量的厚薄，論主義，共產主義講階級而不講民族，講無產階級的專政而不講民主的自由平等，講暴力革命的私有財產否認而不講由均產而進到共產的和平作風。再拿共產主義的唯物史觀來比三民主義的民生史觀，這不啻是將小學來與大學做比擬的。著論軍事力量的厚薄，就現在情勢而論，在國內國外，都是不成問題。然而內亂終是成做我們的問題。就是因為政治經濟不上軌道。這個需要我們的自覺反省與奮鬥，切望當局的人要秉公無私幹得好，我們中國一定是屬三民主義所領導的。內亂何時可以解決，這個要看共產黨的愛國愛民的心如何，要看本黨的政治經濟的能力如何，也要看世界的大勢如何才能斷定，想到影響本省如何之點，本省的環境特殊，兼以當局已有充分的防備，幸我全省同胞，由這次二二八切身的體驗，確認一切的擾亂，先要吃虧的是民眾，深明這一點，不受人家煽惑，信奉三民主義，凡有的問題，儘可以合理合法的民主作風解決，那麼內部的影響，除了要景氣要覺悟暫時繼續以外，我敢斷是沒有嚴重的影響，本省是特別有幸的。

第二個本省糧荒的問題，這個也是各地同胞普遍關心的大問題，大家都是同一口氣地說本省是產糧豐富的地區，向來絕無糧荒的事情，為何光復以後糧荒疊至，殊不可解。若是國內乏糧，需要運去補救，有個通盤的計畫，不令奸商與污吏交結，走私漏海，雖敢反對其實施。若像過去一年有餘的作風，官民爭利走私縱枉。結局本省發生糧荒，而國內亦無法獲得補救，這樣怎能使民眾悅服來忍耐。希望新省政府當局，切實依據民生主義，施行通盤的糧食管理政策。我對這樣普遍的意見，只有唯稱是領教而已，感覺慚愧的很，幸喜回到台北，即聞新當局業已顧及地點，經有成案待施，省黨部對此亦極關懷。

第三個縣市長是否提早實施民選的問題，這個是智識份子特別加以重視的。我對這個是給予如此答復：縣市長的民選是屬於地方自治的措施，無論憲法實施不實施，若是地方自治的條件具備的話，雖是在於訓政時期，縣市長都可以提早實行民選的。就本省實際的情形而論，實行地方自治的條件，比諸國內任何省份，是有餘而無不足，以故提早實行縣市長民選，總理已有遺教昭示，量可不成問題，何況政府亦曾有明言在先，我想是更不成問題的。但是，我們須再注意另一方面，就是秩序治安的方面與國內的配合如何，國內的戰局可保不會南移，而本省內的秩序民心亦可保持穩固，這些方面，於本省縣市長民選實施上，的確也是不能不做有把握的檢討。

最後我再報告一句，我感覺各地的民氣都很屬消沈，這量必是受了二二八的打擊太過嚴重使然。但是，同胞們！時代已經進到民主，國家是屬民眾的，民眾不公明表示意見，國家是要歸於沒有辦法，所謂國家興亡匹夫有責，同胞們大家來盡匹夫的責任，此正其時也。二二八事件已屬過去，而又是我們弟兄間自己的事，要來懷怨誰呢？不過以台治台這確實不是愛護國家的思想，至於打阿山，更加確實不是愛護民族的行為。我們只要真正地愛護國家民族，為了這個，不出傷心害理之途，我們有什麼不可以說不可以幹的事情呢？同胞們！請不要消沉而悶悶吧！我們的國家民族，正在等候我們，為要愛護她，來說什麼來做什麼。和平統一的呼籲也好吧，糧荒救濟的主張也好吧，縣市長的民選，貪污的肅清都無不好，讓大家勇敢起來呼叫，特別是通過你所屬的團體來呼號，是最有效力。由你這個盡責的奮鬥，新台灣新中國的建設，才有希望。

（引自《中華日報》，民國卅六年六月十八日）

致陳立夫部長、余井塘副部長報告

（一九四七、七、廿八）

職去第奉　中央派命，於七月廿二日由滬抵台就職，於茲整一年矣。自顧過去工作，雖日環境相當複雜，蓋因力量微薄，致少效果，辜負　鈞望，感虧職守，至為惶恐。對二二八事件，職身為台籍未能預防，徒任事件惡化，損失鉅大國力，而今事變處理已告段落，承蒙　中央英斷，調動主政大員，撤消行政長官公署，台省人民業見新制實施，而文官省主席亦已蒞臨，民心為之一振，對台省之政治前途多所寄望。際此新政待舉之時，關於黨務工作，敬陳管見，用做報告，懇求　指示為荷。

過去省黨部的作風，主旨在求與政府相配合，而政府的態度似在急於近功，對日人時代之御用份子多多拉攏，因此黨部亦多吸收此類為黨員，民眾對黨遂漸失其革命性的信仰。職在黨內外疊次主張發揚正氣，可惜未能獲得幹部同志充分的支持，蓋省黨部亦在急於近功，遂無暇顧及素質之良否，只謀黨員數量之遽增。現在黨內暮氣沉沉，缺少活動，黨外失卻信仰，民眾不受領導，今後倘不快自振作，改絃易轍，則黨務之前途大可悲觀。

台灣省黨部的實際指導人員中只有百分之幾分為台省的人，故對於現實的事情不免處處隔膜，至於地方機微的所在是絕對無法過問。要檢討台省的黨務工作宜先從人事方面著手，但是台灣離開祖國的懷抱業經五十年矣，一時要使人事配合得宜，實屬至難的事，雖然倘能解決此點，則台省的黨基可謂建立其大半。最近有朱某者版印怪詩八首分配各界，或疑為生自黨內的裂痕，若然則人事的問題可知更為嚴重。

台省黨務創辦伊始，實際工作多偏於桌上的計劃及文書的來往乃勢所使然，因而少有為民前鋒，做到切實的政治活動，俾民眾的憂困獲得解決，誠屬遺憾萬千，省黨部的存在由是大受批評。至於發揚正氣、排棄與日積極勾結的份子、肅清吏道、檢舉貪污舞弊的官員、救濟失業民眾、推行地方自治使台胞各得其所此幾點，都沒有切實做到，誠覺責任鉅大，慚愧之至也。

二二八事變以後，新省制甫見實施，台胞望治之心固切，無如光復以還各方景況太過使其失望，遂致向心之力愈來愈鬆。加之最近外界時傳托管投票之議，內亂的趨勢又已進到總動員令施行的境地，人心惶惶，謠言百出，竟有原日督長谷川大將帶領日兵隨美軍已經進到台北的笑話，民心不穩的程度，於此可見，究其原因在於民失所望。

竊謂過去台省的情形，除受日人帝國主義的設施影響而外，於政治教育社會經濟各方面皆已努力具備相當現代化之建設。況五十年間嘗盡日人奴視之苦楚，除一小部分為求甘脂而拋捨民族精神者外，絕對多數之台胞皆能保持漢族的面目、堅抱漢族的精神。由此點著想，我國家應有特別之用意措施以表現其公正愛護之厚意，以慰台胞五十年餘之艱辛，豈可以謂台胞多受日人毒化未諳國語國文為口實，而置台胞於同其甘脂之外乎？痛哉！今日多數之台胞已懷著往日日人，奴視我今日祖國，豈全不然耶之觀感矣。省內外之成見由是而生，甚至「阿山」之惡語惡意亦畢泄於全省之任何角落矣。此番新制實施，　中央宣示要極度尊重台省人材，然丘念台不就民政廳長職，蓋有謂也。魏主席發表中央立法程序未定，無法想到縣市長提早民選之一點，似有另加檢討之需要。顧台灣乃我國中之一片乾淨土，亦為本黨最易樹德之一片肥沃地也，台灣之經營若再任其等因奉此之發展，則本黨在台工作之將來甚為可憂。

茲謹錄當前黨務工作之要項幾點，請　示可否

一、黨政軍之配合在此憲政尚未實施之際，需要切實一致，絕不可如向之脫節離肢，尤宜發揮賢明善意果敢之訓政作風，省黨部之人事宜急調整。

二、黨幹部人員宜多就地取材，分到各地做實際鬥爭之指導，不宜徒事機上之工作，使全體人員疲於文書往復之能事。

三、省治部門之各項措施，勢在難於徹底尊重台胞之期望，但地方行政經濟之部門可即施行地方自治之決策，積極授權使民眾信賴本黨，集中全力於地方建設之推行為黨之中心策略，縣市長之提早民選尤宜積極主倡實現。

四、失業救濟宜為重要黨務工作，如職業介紹，協助工廠開工，建設各種合作事業，獎勵家庭手工業等，宜編為黨務工作之要項。

五、台灣白話字（從前用羅馬字，職現已改用我國注音符號）之普及以資民眾教育之徹底，乃職卅年來之宿願與公約，另有台省紅十字會之改組籌備，李主任委員翼中及有關方面均希職主持之，對此職亦素抱深厚之興趣，倘蒙　准許，職用主力於此二工作，在服務黨國上竊為非無意義焉。

余副部長井塘併請轉呈

陳部長立夫

職蔡培火敬呈

民國卅八年七月廿八日於上海稿

立法委員相關文件

政治關係——戰後

蔡培火為候選立法委員啟事（一九四七、十二、一）

各位辱知朋友暨全省選民同胞公鑒：

敬啟者，我國這次行憲建國實施大選，培火受幾位老友慫慂，不顧老朽，敢自決心候選立法委員，茲借報端，謹陳培火這次候選的態度及幾點當前緊要的鄙見，懇求各位諒解協助，是所切禱。

培火現年五十九矣，自參加抗日政治社會工作以來三十多年，不客氣地說，不願顧到問田求舍的事情，也未嘗因利與人來往，同情而愛惜我的朋友雖然也有，儘有的友誼都是淡若清水，培火自覺這是很得吾心的境地，但是現在要用錢來競選，根本我就沒有辦法。當今在競選場裡，錢是絕對有力量，我何嘗不知道，這條路線我是不來也是不能來的。培火現在決定了一個辦法來向各位同胞聲明，我決定僅只在幾個報端上登廣告，或在廣播電台播音，用來向各位報告我願意候選立法委員，並將當前緊要的幾點政見，陳述出來請大家指正。此外我自己來跑路演講，若是朋友們替我設備會場喚我來演講的時候，我想要盡量遵命。其他一切的一切，我都敬謝不敏，就是對各方熟識的朋友們，也都懇求恕我不恭，沒有一一寫信懇求賜援，敬請原諒我吧。倘若笨人跑這笨路就不能當選，不當選也就罷了。話雖是這樣說，可是在各地方，已經有人為我做種種的活動，花了不少時間與金錢，請准我在此報告。培火這次可否當選，全要靠技愛我的平素的朋友們的力量，沒有朋友大家的同情協助，培火就絕對沒有希望。因此讀過這啟事的好朋友們，請在您能做得到的範圍，為培火多多吹噓，多多替我報告民眾，因友及友，多多賜援，拜託拜託。

至於當前的政治經濟教育諸問題，政治與人心可比是魚水的關係，在國內這個是最大問題，在本省也是同然。台灣光復有人說是已復未光，這點在有心國家民族的人，殊要慎實考慮。我想憲政實施確立民主政治是必然又為必要的，但是台灣的地方自治，依據實情與遵奉國父的遺教，不拘國內各省的實施時期如何，本省當然要儘先施行，這樣方能安頓五十年來受了敵寇壓制而不萎縮的台胞的政治欲望。本省與外省必須以善意的鼓勵，做了合理的交流打成一片，不可歧視台胞為奴化，亦不可以抗拒外省的合作。省府失業登記的成績不甚佳良，聽說是有一部份誤解恐怕將有徵夫之舉，所以關於軍事訓練的事，我以為必須顧及現在國內與本省的情形，僅以保衛本省的公安秩序為重點。對於公務員的貪污與其處事很多脱節，鄙見以為大有關係薪俸的低薄，所以須急提高中下級公務員的薪俸，以期肅清吏道保持權威。對日本的關係台胞特別關心，在管制或議和的場合，多多運用台胞的智識經驗，想於國族的前途貢獻不少。關於經濟問題，希即發動公共生產事業以達到充分就業之目的，運用本省同胞的力量，積極振興產業而做合理的經營，實屬當前的要舉。在國內的經濟狀況未復軌道之前，本省的幣制需要維持現在之設施，匯率依時調整亦屬當然。但是公營國營的事業，須作合理的處置，若依現狀維持下去，恐怕本省的經濟危機終難消弭，鄙見應由本省官民組織特別委員會，檢討其運營，公表其成績。本省受了戰爭的破壞不少，理合分撥日本的賠償，做補救本省的復興建設。關於教育的問題，在政府指導之下，宜切實鼓勵私學的振興，提高絕對多數男女大眾的見識，見識不高不正確，便沒有選擇的自由，及早積極推進社會教育，是民主選舉政制的生命。鄙人為此多年來提倡台灣白話字的運動還沒見之實現，至感遺憾，本來想專心這個不參加競選，無奈老友們都不准我，說以後他們亦要幫忙這個工作。又為扶助貧寒學生的上進，本省所有的學租及其他的公產，宜合共組織一個有力的育英獎學團體，來貢獻本省的教育工作。最後關於選舉，容我再申一點鄙見，選舉是民主國家的基本工作，國家共同的大事，選舉弄不好則民主政治難有成效，所以選舉是應該用國家的公費公力來公營的，像現在的作風，在資本主義的國家或者不以為怪，在我們三民主義天下為公的中華民國，實在是大不合理大不應該。我們國家現在國步艱難，希望以後，一切的選舉都歸公營辦理。以上幾點是特關本省當前政見的概要，敬請各位指教。世風太不好呀，仰望選民同胞善自作主。恭祝各位康安奮鬥。

蔡培火再拜

民國卅六年十二月一日稿

蔡培火敬謝全省援助者啟事（一九四八、二、三）

全省賜援者各位兄姊公鑒：

敬啟者，培火這次參加競選立法委員，只憑一隻嘴兩條腿，竟能獲得當選，有人說是當今競選場裡的奇蹟。我感謝這是全部出自　選民與各地　同志兄姊的精神物質無可計量的犧牲所造成的，培火感銘實深且鉅，應該公開鳴謝　諸位兄姊。而今培火既承　選民的鈞命，擔負重責，誓本培火愛我國族之素懷，根據從來所公表的政見，謹效犬馬之勞，深望　各位兄姊時加鞭策，以匡其不逮，是所切禱。敬此奉謝，並祝

各位兄姊無窮康樂

另者現在國步艱難倘

賜祝賀廣告一概敬謝

蔡培火拜啟

中華民國卅七年二月三日

當選立委的感想（一九四八、二、四）

這次立法委員的競選，培火以一個窮漢，竟能獲得當選的榮譽，實在是感謝無量，感奮無量。

選舉乃是民主國家最龐大而且最根本的公事，就本省這次的成績，依我自己的體驗來說，可以說有一部份已經表現了相當合於理想的工作。在選舉運動的開端，培火只寫了一張啟事，朋友就給拿去發表在數個報紙上面，聲明我的態度，我所依靠的力量，只是愛我平素的朋友們的友誼與協助而已。

同志們在精神物質上的犧牲是難以計量的呀！培火主張選舉要用公家的力量來公營的，不然選舉是難得公正，人材是要受枉屈，國家是不能順利進步。可喜，在我國行憲的幾次大選中，已證明在本省筚路還是走得通，這可算是選舉史上一段不錯的紀錄咧。

民主政治的要訣，可以說是歸縮在選舉的工作裡，民眾須有自主的判斷，選舉才能發揮其充分的效力，在這次選舉的體驗上，我是越發感覺大眾教育需要普遍來提高，因此，我在各地已經宣言過，我決意和同志們協力，馬上準備來開始我卅餘年來夢想要做而做不出來的白話字教育工作，懇求各界賜予協助與指導。

培火既已承受選民各位的鈞命，負了重責，誓本在各地所宣告的政見，鞠躬盡瘁，必為我國家民族、為我本省來效勞。特別站在本省的立場，我在政治上是必主張提早徹底實現台灣地方自治的制度，在經濟上必須主張實施本省與內地之間的全盤地經濟協調的計劃，在外交上我是主張我國在管制日本是要居在主要的地位，要來活用本省的經驗與人材。

以上是培火當前的感想與政見的重點，敬陳於選民同胞尊前，懇求大家的指正與鞭撻。現在我國的國步艱難至極，我們需要覺悟，沒有國家是沒有個人，沒有民族是沒有國家，個人必須為民族為國家奮鬥才有意義。但是，假公行私的人，無論那一方面實在太多，而且都佔居在能動的地位，為我國族的前途設想，實足堪憂，我們應該深切反省，深切覺悟。

（引自民國三十七年二月四日中華日報）

治台管見（一九四九、一、七）

甲、當前情勢

一、政治：台灣光復，行政長官公署之工作情形，與日人治台政策相去無幾，進用舊勢力，疏外革新人物，正氣不揚，是非不辨，甚至中央清查團交辦之舞弊重案，亦無下文，以致人民對政治漸失興趣，政風日下，人心渙散。

二、人事：祖國與台灣間，被日人暴政隔離五十年，中央不諳台灣實情，而台胞亦大都不能明瞭祖國情形，缺乏智識，以致於政治、經濟、教育各部門，中央大都任用外省人士以代替日人之地位，台省有志有為之士，概被忽略而受歧視，因之省內外之別，普遍於全省矣。

三、經濟：日人所留之各種經濟機構，其屬國營公營部份，悉歸外省人士掌管，其屬民間部份，以資金及門徑關係，除一小部份外，大都歸於外省人士收買，加以接收貪污、營私之風盛行，卒使台胞深覺空有光復之名，而仍受經濟榨取之實，前門送虎後門進狼。

四、民心：台胞於光復時，有熱愛祖國之情緒，由於政治、經濟、人事之措施失宜，構成省內外人士之盼域，高度熱情自沸點降到冰點，由失望而演變為二二八事件，自此以後，著名之本省智識份子，行蹤不明者甚多，尤以不負責之密告盛行，身體自由失卻保障，無故被拘者常有其人，因之各具戒心，而今已歸消沉苦悶。

五、共黨：共黨份子，自日據時代已有存在，以國內今日之形勢，加之省內人心之暗流，共黨在台之地下工作，大有其發揮之餘地，殊難忽視。

乙、今後要策

一、切實抱定三民主義民主自由之方針，萬事以立信為先，政府信任台胞，而台胞必能尊奉政府。

二、黨、政、軍須密切聯繫，一掃昔日之各自為政，互相掣肘之弊風。

三、實施地方自治，依照　國父遺教，即行縣市長民選，二年後再行省長民選。

四、起用台省人材，在省長未民選時，省政府委員及各廳處長，半數以上由台省人士充任，各公營事業之幹部人員亦然。

五、設置台灣省經濟委員會，使台省成為我國之健全經濟基地，其委員由各縣市議會選出一名，由省參議會選出五名，台灣省選出之立法委員八名，中央政府選派十名。

該會之職務如左：

1. 審核及調整公營事業，杜絕舞弊營私。

2.依據法規與台省實情，審定貢獻中央之數量。

3.調整台省與各省之經濟關係，尤需注意台幣之比值。

六、組織地方自衛力量

1.通過地方自治機構，設置義務警察，協助憲警維持各地治安。

2.通過地方自治機構，設置地方防衛隊，協助國軍防務工作。

民國三十八年元月七日稿

（附註：本件以立法委員身份於民國三十八年一月十五日面致陳誠主席）

蔣總裁招待黨籍立法委員茶會發言（一九五〇、三、六）

總裁、總裁夫人、諸位前輩、諸位先生：

今天承　總裁招待，為的是要在一般政治上，及總統提名陳辭修先生擔任行政院院長的事，交換意見，培火為本省籍黨員、立法委員，幸得參加末席，甚感光榮，敬謹報告一點鄙見。培火以為政治乃眾人之事，必須光明正大，切實做到彼此相知相信，才能發達而有進步。光復後數年間的台灣政治，培火大膽敢說，離開了這原則太遠，使國內外的人，都為之痛心。現在中央政府已經移到台灣，多數的大員前輩，培火又大膽地說，似不大明瞭台灣的實際，怎能有切實的作為，而台灣的民眾又不深知中央的事情，怎能對之發生信心而合作。現在台灣已成為中華民國反共抗俄最大最重要的根據地，中央與台灣的配合萬一不適當，便有滅亡的危險。中央需要明瞭台灣，也要台灣確實來瞭解中央，彼此互知互信，是第一的要件。

說到辭修先生的為人，培火聽過不少的批評，有人說他好，也有人說他不好。但是我們處在此時此地，我們要重新開始我們歷史的一頁，過去的任他過去吧，要緊的是今後的事情。剛才白委員大成，以三七五減租的一件事，稱讚辭修先生的政績，說是大得了台灣的民心，這話我卻不敢百分之百的贊同。三七五政策的推行，原則上是對的，可惜在實行的措施上有了漏洞，中上級地主的人，吃不合理的虧損相當大，一般佃農階級確實是受了利益，所以我說三七五的政績有其六分的成功，今後還有四分要研究。培火來舉一件辭修先生還沒有做完的事，而已經收到全省無論有產無產有智識無智識，或是老少男女，沒有一個台灣人不稱讚與感謝辭修先生的，這件事就是縣市以下地方自治實施的決定，辭修先生只是宣告決定在卅九年度內要做完而已，並還沒有時間可以讓他去做到，而他辭修先生的政治信用已經深深地發生在台灣民眾心窩的裡頭。對這個地方自治的問題，向來在台灣的黨、政、軍的要人之間，不是反對，就是抹煞不談，沒有人肯接受這個民意，培火曾經當過三年的省黨部執行委員，每提到這件問題，就有人說不要再提好囉，好像看我是一個呆子的樣子。培火不敢說辭修先生在台的政績是完全好，可是，不幸光復以來，每個主政者的表現，使民眾失望傷心者多，只有辭修先生能夠把握住民眾的心情，多少能於給他表現出來，所以台灣人民對他的信心特別深。現在台灣是反共抗俄光復大陸的最大基地，要擔負這重擔的人，絕對需要配合台灣的民心，何況辭修先生又是黨國的柱石，其公忠愛國的心情，是大家所欽悉的。又於反共抗俄確保台灣的工作上說，軍事要算是最重要，在這一點，辭修先生是內行中之內行。因此培火敢說辭修先生來當現階段的行政院長是最適合的，完了。

民國三十九年三月六日於中山堂光復廳

施政建議

四十年度施政鄙見（一九五〇、七、廿九）

甲、局勢之認識

保台為絕對需要，復國需量力進行，外交乃成敗所在。

保台有三要，軍事一也，政經二也，人心三也。

六十萬軍紀漸佳之國軍，為對內顯然之安定力量，依目前實情，向外似少發揮餘地。各地軍民雜處，誠非所宜，況尚缺整個之訓養設施，維持士氣恐多問題。

在政治之措施上，三七五減租及縣市自治之實施，雖不無技術細節之問題，原則上已獲致全省之頌揚。但國家需台胞貢獻者方多，而表示信重台胞之能力者尚微。且當局於經濟財政政策，只能為政府之急需著想，未能兼顧民間大眾之困苦，所謂財聚則民散也。長此以往，即生產亦必發生問題。

台胞為不可多得之良民，其生活質樸、耐勞、守法，曉以大義無不全力以赴，台灣一孤島耳，人心極易就範，蓋視領導之方如何而定，政府能示信於台胞，台胞必願與政府同其甘苦。

最近台糖之改組與役男之軍訓措置，似未能深得台胞信望。

復國反攻不能不為，不能輕為。今之反共抗俄，非獨我國族之使命，亦即民主自由世界陣線之鬥爭也，宜了解其世界性之意義，始能負重致遠，始有融通無阻之宏謀。在反共抗俄之鬥爭上，中國大陸為民主自由陣線必爭之地，不可執於固關自守之偈促成見，須知民主自由陣線勝利之後，中國大陸才為中華民國之主權所有焉。我中國大陸之政治社會經濟教育等，為共匪徹底破壞而無遺，即我國軍能於反攻擊退匪黨，我接收人員豈能如日寇敗退時，可以隨便而工作耶？誠恐接收人員之生活日需尚難補給，遍地飢民深覺無法以應付也。

於是足見成敗之所在，在於外交，而主權之觀念必先有所高揚，方能拿出及時有效之外交辦法。所謂主權也者，固非只知有己之自私自主之義，而是為體現真理之自由裁決也。中華民國固為中華民族所肇成，自由民主既為世界人類立國謀生之真理，我中華民族為體現此真理，我國族可以我之自由裁定、運用我國土與我人力而無所顧忌，旨在我願與不願耳。我中華民國已破碎如斯，農不能以自養，工不克以自給，經濟完全破產，技術徹底落後，實無法以自活矣，事實具在，勿庸諱言，我正須聯合世界上以平等待我之民族，共同奮鬥，至於國土人力之使用，乃至經濟生產之聯繫，倘能切實表現民主自由之真理，儘可以我的自由裁定而予以取捨，斷無損害主權之可言，外交方策於是可以放膽而抉擇，我中華民國之復興建設，由是可有光榮之前程。

乙、施政鄙見

一、軍事

1.國軍採精兵主義，訓養實行整個計劃，軍民迅即分居。
2.整編後之預備兵員，自願者給令參加各省之遊擊隊，其餘令其墾荒增產。
3.訓練本省新兵，設施務必現代化，使本省青年奮起，參加捍衛祖國。
4.省內通過地方自治機構，組訓自衛隊，協助憲警，軍事機關不宜干預。（附表一）
5.盡量協助策勵各省遊擊隊，只要其能打擊共匪，不多干涉其行動。

二、政治經濟

1.使縣市地方自治機構，盡量發揮其機能，徹底實行民主法治，以為各省之模範。
2.宣告二年後實行省自治制，統攬民心俾其有所適從。
3.用人務期公允，務使本省智識份子，對政治發生興趣。
4.多設專門職業學校，培養技術人材，以為將來復興建設之備，解決青年出路。（台胞向學心強盛，可多利用民間財力）
5.三七五減租政策，宜採實收分配，切勿固執等則分配，而副作物亦宜分配，方不使佃人取巧，但副作物佃人可以增加所得。
6.新台幣發行額宜再增加，用途加以控制斷無弊害，不然，農工商周轉呆滯，不但生產發生問題，恐稅源亦將枯竭。

7.對日貿易須加重視，本省過剩之農產品或其加工品，向來皆銷售日本，如粉類蕃薯粉樹薯粉之禁出口，遺害農村甚巨。

8.製糖為本省主要工業，其成敗影響國計民生重大，在本省此種人材較多，因既往經營成績不佳，現有卅廠中，分十廠專令本省人材主辦，互相激勵，成績必佳。

9.民為邦本，民眾得普遍領受教育，我國必強，大陸各省治安不佳，且乏簡便之法，今我台灣社會安定，培火編有閩南語注音符號，與國語注音符號可以對照併用，每人僅費些少時光，嫻熟此符號之用法，以後可以自習國語，或科學智識，或寫信閱報悉能自如，培火於此從頭做起國家興革之時，深望能於本年之施政中，關此大眾教育之途徑。（附表二）

10.政黨與政府，猶如樹根與樹枝之關係，根不深則枝不能久茂，此誠政黨政治一般之原則。今我中國國民黨正在改造中，而我舉國又正在與共匪作殊死戰，實不可以一般之原則論也。如欲以改造政黨才來強化政府之能力，惟恐時不及矣。我政府現在台灣，只有此地此民而已，環境頗為簡單，要在政府內部能於一心一德，政令出於一途，毅然把握一切，而政府又能有明智看透人心之需要，運用黨之全機構，使代表此人心之需要而號召，政府隨之而滿足其要求，表裏相應，如是黨必為民眾所愛戴，人心必因之而集中於政府。由整個之中國問題而言，我中國國民黨必須振廢起衰，重新改造，但為適應當前之急需，鄙見以為似要另有簡捷直裁之辦法。

三、外交

1.我政府無論對內對外，務須站穩在民主自由之立場上，表現民主自由之作風，以為一切外交行動之據點。

2.親美似為我外交之基幹，美國與蘇聯固有主義上之鬥爭，但亦必有其權益上之衝突，我宜認定此點，給與美國在我大陸將來有互惠之希望。除我人事之基本問題不容干涉外，為要得其有誠意之支援，我應虛心納其建言。（我人事之基本，須以民意來建立）

3.我外交之另一重點，應在對日之關係上。乘日本現尚未訂條約，我宜妥慎選派最有能力而適當之人員，到日深入其官民之間，一面表示我對其重視關切，另一面使彼自覺親我方有出路，彼此真須共存共榮，訂為兄弟之邦。

民國三十九年七月二十九日稿

【附表一】

台灣省自衛隊組織表

- 總隊長（省主席兼任）
  - 總隊會議（大隊長、大隊副、調查專員、參加總隊長主席議決全省行動方針。）
    - 大隊會議（中隊長、中隊副參加調查專員列席大隊長主席議決縣市行動方針。）
      - 大隊會議（中隊長、中隊副參加調查專員列席大隊長主席議決區鄉鎮行動方針。）
  - 自衛委員會（縣市長、縣市議長、黨政軍代表、大隊長為委員、總隊長主席為全省決策機關）
  - 秘書室（掌理事務）
  - 調查專員室（職掌全省調查連絡事項）

註：大隊長由大隊會議選出總隊長任免指揮大隊行動。
大隊副由縣市議會推舉總隊長任免職掌縣市調查連絡事項。
中隊長由中隊會議選出縣市長任免指揮中隊行動。
中隊副由區鄉鎮民代表推舉縣市長任免職掌區鄉鎮調查連絡事項。
小隊長由小隊員互選區鄉鎮長任免指揮小隊行動。
小隊副由村里民代表會推舉區鄉鎮長任免職掌村里調查連絡事項。
小隊員由每鄰公推一名分班分時值日受小隊長指揮協助憲警維持公安秩序。
各鄰住戶輪流值日巡察鄰內報告鄰長轉報小隊。
各級隊長隊副有給，隊員津貼務與職業配合服務。
隊費附加於戶稅徵收不足由省府補助。

【附表二】

閩南語注音符號

ㄅ ㄆ 兀 ㄇ ㄉ ㄊ ㄌ ㄋ
ㄍ ㄎ 兀 几 ㄏ
ㄐ ㄑ ㄒ ㄱ ㄗ ㄘ ㄙ Z
ㄚ ㄜ ㆤ ㄝ ㄈ 区 ㄨ ㄧ

備考

ㄇ 由 ㄇ 改 几 由 几 改
ㄱ 由 ㄒ 改 Z 由 ㄙ 改
ㆤ 由 ㄧ 改
区 ㄈ 由 ㄛ 改

閩南語平仄符號

ˋ ˊ ˋ ˇ 一 ｜
上 上 上 上 下 下 下
平 下 去 入 平 去 入
上

教育文化小組第二次會議發言（一九五一、三、一）

主席、各位先生，本席拜讀教育改革綱要初稿之後，感覺起草人是以對付平常國家社會環境的觀念來起草的，但是本席以為，今後我們若不能打回大陸，就沒有話說，若是能得打回去，那麼我們的國家社會環境就不是一個平常的，本席以為那就是一片荒涼，所有的工商設施都被毀滅了，除殘留的老幼以外，年輕的人必不多存，衣食住行的資料必大成問題，所謂財窮人散，絕對不是一個平常的國家社會，因此本席以為這個改革綱要，在應付環境的觀念上已經有了問題，本席以為我們所面臨的國家社會狀態是一個非常的，而又是要繼續五年、十年相當長期的窮困狀態，這個觀念若是諸位先生以為正確的話，本席就想貢獻幾點鄙見。

第一、各人因為生活窮困，人人都要從事工作，幼小兒童，因為青壯年的人幾乎死散迨盡，尤為寶貴，因此義務國民教育，需要擴展到托兒所的範圍，一面俾大人可以盡量工作，一面使兒童多受保護，但是在普通國民教育的課程，殊不可以如從前那樣悠長地浪費時間，而教習莫須有的學課，本席以為不但從前的六年課程不需要，即四年的課程都要改其作風，鄙見以為從十歲的兒童起，就令其半耕半讀，半天上學半天工作，補助家事與生產，養成勞動的習慣，但必須的課程必要使其精熟，造成健全的基本國民。

其次，中等國民教育，本席以為今後師資經費設備都成問題，為欲使人人都可以得到中等國民教育的機會，政府需採特別作風，精選師資，一部份令其提早編印適宜自修的課本，以無償分給學生，一部份於極短時期在重要地點以最妙的方法教養訓練各科的專科師資，分派到各鄉鎮做學生自修的指導，學生畢業的資格，由政府派員分期考核。

再次，中等技術教育，可令各種實業機構兼辦，以其技術人員當做教員，學生一面學習課程，一面在各機構實地練習。

關於文科精神修養方面，用獨修書籍或做專題演講指導之。

至於高等專門技術教育，精選人材，派出國外留學為得策。

四〇、三、一下午三時於台大會議室

戶政主管問題的管見（一九五一、四、廿三）

戶政為國家建設之基本調查與紀錄，亦為人民權利義務之公正根據，因此，政府在執行戶政上，應有最冷靜而最正確之措施，對人民必使其明瞭戶政與其有切身之關係，使其踴躍申報與政府合作。

本人在日治時代，所體會之戶政意義，特別在台灣，是統治民族對被統治民族要加以完全的控制，戶政即是它的基本要著，因此戶政是屬於警察主管，而以警察的附屬機構所謂保甲聯合會為其輔助機構，它對戶政的處理，確實非常認真，亦有很精采的成就，但是人民對此，雖然也非常認真詳細申報，斷不敢有所遺漏隱蔽等情，但是這個斷不是人民瞭解戶政之原本意義，不過是懼怕日人的處罰使然。

光復後，制度變更，人事亦異，人民心理固無需恐怖，但辦理戶政人員，亦多不自振作，加以當時的主管在自作聰明，輕予改變，錯誤百出，手續多有出入，既無日警那樣認真的工作，致發人民厭惡申報之漸，台灣戶政現在雖比光復時稍為改進，但距理想尚遠。

鄙見我中華民國是自由民主國家，一切國家建設都要建設在全民權益之上，斷不可以有分毫壓榨民眾之作為。戶政乃是國家建設之基本調查與紀錄，不是某一階層要控制或利用某一階層的工具，因此戶政的管理與執行，必須冷靜而正確，必須使民眾樂意輕便與主管機構來合作，才能收起全功。因此本人以為戶政主管應屬民政機構，而警察機構暗地協助工作，其辦法：

一、人民自動申報。

二、國家定期總調查。

三、戶政人員時常調查。

四、警察依據戶政機構抄送之戶籍副本暗地複查，申報上級機構糾正。（此項用意，一面加強戶籍登記之正確，另一面可以防止不良份子之潛伏，此項工作非常重要，對有發現戶籍遺漏之事實，必加以重獎）。

五、戶政人員待遇，應比普通同級人員予以提高，但是一有過失，即予撤換懲處。

四十年四月二十三日在內政部戶政座談會發言

改制組第四專題研究小組第二次會議發言

（一九五一、五、一）

第一次發言

剛才韓委員駿傑有再提到研究題目需要加以整理的貴見，本人前次的建議沒有成立，本來不願意對這個問題再加表白鄙見，因為韓委員鄭重再予提起，因此本人亦來重申幾句。第一項說戰地最高軍政指揮組織問題，「最高」這兩個字，豈不是已經成了問題，無論是軍是政，最高的指揮權豈不是都屬於中央的大權，戰地是地方，那裡可以有最高指揮的權呢？若說問題是僅限在戰地的軍政配合組織的範圍之內，這是要依據地方實際的情形，中央最高的指揮是無從一一來干涉的，從這兩方面來說，第一項目的戰地最高軍政指揮機構問題云云，甚涵義已經有了出入不貫串的地方，至於說到指揮機構的構成要素的決定，若不先從第四項目的協調社會情緒云云的觀念，給它來個明確的論定，恐怕大家的討論，就沒有一個共同的基礎，討論恐怕就要多費時間，前次本人鑑於各位委員有了各種意見，所以建議舉派一個題目整理的小組，在本次開會以前，參酌各委員所發表的意見，整理一下，提出本次會議報告，這樣本人以為可以節省大家的時間，討論的程序亦會整然，現在就不需要再有這樣的討論，本人參加第四組的研究，是以為本組的設計最關重要，本組的設計與實施搞不好的話，恐怕我們的一切都要落了空呀。

第二次發言

現在討論第一項目「戰地最高軍政指揮機構問題」，本人申述幾點鄙見，請各位委員指教。第一點「戰地」的意義太過籠統，不知道是要指縣或省或數省的範圍做界限，恐怕不是要指全中國來做戰地看吧，以地區範圍的大小，指揮機構的大小權限是有差別的。第二點「最高」這二個字希望留給中央使用，地方不好隨便使用這個字眼，最高的指揮勿論這是中央的統帥大權，只有這一個是最高的指揮也是最高的機構，本人希望這個觀念要正確，給它指明某地區的軍政指揮機構，就夠足了某一機構在某一地區的權限，絕無需要用這「最高」的字句。第三點要請教這軍政指揮機構的成員內容是什麼?說到這一點，恐怕就不能不先來考慮第四項目所謂「協調社會情緒使能與政府通力合作以達成反攻目標問題」，向來我們有一句話說「打天下」，我說我們的反攻也可以說是要來打天下，不過我們這次不是要為某一姓一族一黨來打天下，我們是要為我們的大中華民族為我們的全民同胞來打天下，來維持我們大中華民族的主權與文化，斷不讓共匪蘇俄來侵略我們搶奪我們，要這樣必須要凡屬反共抗俄的同志同胞，勿論種族無分黨派，大家都來大同團結，只要有熱誠有表現有才幹有辦法，大家都來大公無私、都給尊重、都給參加活動服務的機會，如此我們的力量便會無限地增強，將來的勝利自然是屬我們的。這個觀念若是正確需要的話，本人是國民黨黨員，我為我國家民族的前途，更為我所痛愛的國民黨的成功設想，本人深深地盼望在這個軍政指揮機構成立的時候，不要再有黨政軍那一套的作法。所謂公事公辦大公無私，只要能消滅共匪打倒蘇俄，為此來同生共死而奮鬥的同志同胞，都加以一視同仁的待遇，絕無彼此的差別，絕對不好再有國民黨在表面上，給人家看做在把持一切的說法。本人以為要這樣來幹，這個軍政指揮機構，才能有活潑的氣魄與能力，才能充分地發揮它指揮的機能。第四點本人切望要組織地方軍政指揮機構的時候，必須考慮到地方的實情，需要尊重地方特殊的歷史與地方社會的情緒。本人說到此點，回想已往祖國來收復台灣的情形，實在使我痛心極了，因此越使本人不能不說一個清楚來請各位指教。諸位請想最愛祖國最有民族觀念的台胞，歡天喜地的慶祝光復祖國懷抱才一年有餘的時候，為什麼會發生那慘痛的二二八事變呀？原因固然不少，但是中央無暇顧及地方的實情，任憑陳儀孤意獨行，無視台灣社會的歷史與秩序，是非顛倒善惡混淆，人心大亂，此其原因之最大者也。前車已覆，後車之鑑，同一原因可能發生同一的結果，本人深願要組織地方軍政指揮機構的時候，需要特別尊重地方的實情與歷史，殊不可以事事都以中央憑空的判斷與信任，來忽略地方忠貞的力量與合作。

四十年五月一日下午三時

改制組第七次會議發言（一九五一、五、十六）

第一次發言

第四專題小組研究題目所提出增刪修改意見之審查，係由本席與張委員宗良潘委員錫光共同負責，剛才聽到王委員改進的意見很好，我們只注意到戰地，而沒有注意到中央，因此原來的第三項目將戰地兩字改為包括中央全國的意味進去，本席就可以同意王委員的高見。

第二次發言

關於協調社會情緒一案，係原來發交題目，本席認為這個題目非常重要，故移至第一，不先來一個基本觀念的討論決定，便不能獲得正確的方案，國內的情形我不敢說，對本省的情形我敢說較為熟悉，大家對於本省的情形，若只認為秩序很好，沒有問題，那是不對的，譬如台灣今天的選舉，是中華民國台灣省的選舉，我想表現出來的情形，就不是這樣，今日是國民黨在此地要來選舉，台灣人民對於國民黨究竟情緒如何，是應該加以檢討，本席是國民黨黨員，自然是愛黨，但是對台灣客觀的情形，我們絕不能忽視，假如可以把台灣看做不懂事的小孩子，亦要他能諒解才能引導他走路，因此，本席認為要反攻大陸，重建完整的中華民國，一定要能協調台灣及內地的社會情緒，才能有良好的表現，再如我國在收復台灣的當時，本席認為中央太不研究台灣社會的情形，尤其是陳儀的作風孤意獨行，結果弄出那樣悲慘的場面，今後如果再不認清地方的實情，專憑中央的判斷做事，恐怕是不能達到重建中華民國的目的。

四十年五月十六日下午三時在台灣省府會議室

行政院設計委員會第六次大會發言

（討論收復大陸後邊疆教育建設方案）（一九五二、十一、廿二）

主席、各位先生：本席本來不想發言，因為剛才聽到幾位先生的意見，說是為要統一全國的需要上，必須著重普及國語，不可以利用地方的言文，來做教育的工作，其至有說，邊疆的文化是比較落後，如來採用他們的文言習慣，豈不是使邊疆一直落後趕不上文化嗎？本席覺得這個大有檢討的需要，特別是在收復大陸滿目荒涼的時候，想要只許通過國語才來教育，必須先有國文國語的一致，國家才能統一，這個想法恐怕是太過天真而過於形式了，國文國語的一致，可以做國家統一的大幫助是對的，這個我們要在二十年、三十年在學校教育裡，寬裕的時間之中來獲取。至於在收復大陸時期，需要緊急收復民心，興建事業利益地方民生，那就沒有時間來等候學習國語國文，剛才聽到有人主張說，在台灣的國語普及比國內那一省都好，必得以台灣為榜樣在內地來推行國語，本席敬請這位先生實際看一下，台灣光復以來拚命在學習國語的人，都是十歲、二十歲以下的，台灣現在能於擔負反攻基地的責任的人，都不是這一批在學國語的人呀，台灣現在正在擔負這重大責任的，就是那批不能學習國語而只能說土話的成年男女呀。太可惜了，現在台灣什麼好報紙、或是國民黨及其他友黨的好主義好主張，這批直接對國家社會負責的人們，都沒有福氣明白來領略呀。收復大陸時切不可以只來學習台灣現在所做的作風，這樣對國家的復興建設損失太大了。收復大陸後的邊疆教育建設，不但是邊疆，就是在各省的教育建設，本席都是希望須尊重地方的言文，廣泛的開始教育，先將事情弄清楚，先來提高生活必須的智識與方法，再來說明主義與立場，這樣思想才能接近才能一致起來。國語國文的教育是要緊的，但是收復後急要的建設復興，斷不可以專靠國語國文之一途，這點關係太大了，切望諸位先生深切加以考慮。教育文化小組，本席不是正式參加，本席是列席的委員，原方案裡面，有一項教科書採用旁註方言的辦法，本席敢說這是重視了鄙見的一部份的表現，剛才盛委員世才的高見，本席以為是很寶貴，本席很表贊同，因此特別表白幾句，敬請各位先生指教。

民國四十一年十一月二十二日

建議書（一九五四、九、廿七）

案由：在現階段為加強省民責任心，配合反攻，充實力量，計對於黨政軍各方面應有興革事項，謹陳管見，懇請採納由。

一、台灣社會之現狀

按本月十八日自由人報第三七〇號第二版鄭士珪氏之「變化中之台灣社會」文內有一段「人情如紙薄」引證王擇民先生之論，台灣社會人與人間充滿冷漠、仇視、破壞的毒素。又引羅家倫先生所著《新人生觀》之說，人與人之間，太缺少真摯的感情，到處都是欺詐、冷酷無情，找不到可以互相信賴的堅實基礎，……在這種爾虞我詐、不講信義的社會裏，只知互相利用，以人為工具，渾厚敦樸之風蕩然無存。……所以我（鄭氏自稱）也覺得今日的自由中國，必須以公道的思想、平等的法律、公正的生活，以及人心要於飽食暖衣高官厚祿等之外，別有較高尚較純潔的企求，來做維繫社會的工具，共策進步，才有復興的一日云云。

內地人士對台灣社會的現狀，具有如上的觀感，培火是生於斯長於斯，憶自稍知人事開始社會活動以迄今日，覺得本省社會的變遷，真有隔世之感，幾乎變成了只有個人而無社會。在日寇進侵登陸台灣的時候固不必說，在其佔據台灣宰割台胞五十年中，台胞間自然形成兩種不同社會，一種是反抗日本，另一種是奉迎日本，各有其中心目標，前者之目標是維護民族文化與民族正義，後者就是奉迎日本的帝國主義政策，期得自私自利的生活。在此兩種不同目標之下，雖無有規章的約束，亦各自有其秩序，各有統一的行動，有前輩後輩之別，有中心有外圍，有指揮有遵從，有盛大的集會有一致的活動。因此，奉迎的一方，愈一致而愈多所得，反抗的一方雖然受盡千辛萬苦，愈一致亦愈奮發，社會頗呈活氣，黑白分明目標清楚，人心振奮而自團結。今日台灣光復數載，地方建設生產事業均有進步，惟民風民心大不如前，除受權勢所號召，威力所推促外，未有為正義而自動的公眾行動，真是一盤散砂，唯利是趨沒有是非，各相利用沒有正邪賢愚之別，到處爾虞我詐，缺乏純真的感情，因此君子獨善其身，小人橫行無道。大陸淪陷業經五年，倘再過三年尚不能反攻，恐大局全非，反攻尤難，即在近之有利客觀條件下，奈以如此人心，如此社會，實亦無濟於反攻也。竊聞在某場合　總裁有所垂詢，本黨在台灣做了很多貢獻與建樹，而省民對本黨不但不表感謝，反抱惡感者為多，如此現象需要檢討，理由何在需要明白。果爾，則　總裁已經看出本省社會最嚴重之病症矣。培火不敏辱承總裁暨黨國先進之愛護，感於局勢之緊迫，敢不披瀝愚誠，以做左列芻蕘之供。

二、省黨部以下應迅改革成為真正地方的黨部

中華民國是行憲民主自由的國家，政權運用的方式，應該採用依據輿論的政黨政治，祗因大敵當前，國家命脈全賴於內部團結能在短時間內發揮其力量，因此，本黨無暇等待各政黨之自然長大，共負復國建國的重任。台省民眾如欲負起其對復國應有的責任，除參加本黨活動之外，實無有效他途，是乃明顯的事實。但是本黨若仍以往作風，固步自封，不究環境，不辯需要，以舊袋裝新酒，以舊人管新事，不符實情，不合需要，不惟徒勞，實則貽誤甚大。

國家興亡匹夫有責，凡具人性莫不同感，況台胞多年橫受異族侵凌，對此觀念特別敏感而強烈。大陸淪陷赤炎滔天，復國鬥爭何等艱鉅，即使罄自由中國全部人力財力，尚感不足，何堪省民內部關係如此離散，與其對本黨之觀感如此冷淡，在此情形而談反攻，大有丈八金剛之感耳。為今之計，本黨必須急速於省民間提醒互信精神，實事求是，接受輿論，針對輿情，使得地方人士樂意參加本黨組織，使地方黨部歸諸地方黨員自管，中央只在輔督範圍予以領導。總而言之，務要做到使省民切實自覺本黨即是他們的力量，本黨的隆替也即是他們的成敗所在，能得省民發生此感想，黨國前途才有辦法。

至於如何使地方人士，樂意參加本黨，應先研擬能於獲得他們同意而感興趣的辦法，由有聲望有歷史之省籍同志，將其帶往各地與他們研討，得其多數同意，付諸實行，方可有成。

三、台籍部隊需要台籍將官帶領

反攻復國大業，須以舉國力量完成，軍事力量乃其最重要者，台灣現為反攻基地，將來所須之軍事力量，亦要多由台灣產生。台胞受外界刺激較多、教育比較普及、體格比較強壯、朝氣也比較蓬勃，前項所述立信工作，由黨務改革著有成果時，台籍部隊定可成為國軍之勁旅無疑。但是，有兵必須有將，徵兵練兵容易，將才實在難得，台省兵源可有百萬，兩年來經受訓者已數萬，然有聲望之省籍將官何在，尚無所聞。國軍之統帥中樞，在　總統統率之下，屬全國性又屬歷史性的，完整堅強，毋庸致喙。國軍之各省部隊亦皆訓練有素，配合良好，沒有問題。所顧慮者，為台籍新部隊已耳。台胞之生活習慣與內地各省迴異，如將新軍混合於舊軍之中，惟恐問題叢生，戰力亦必為之減少。台籍新軍在技術方面，由經驗豐富之內地將官予以教導，唯在生活起居之間，無有人望素著語言習慣相同之台籍將官為之領導，軍心士氣恐難提高，服從軍令執槍向敵，人皆能之，夫敵愾血戰，奮不顧身，大有關於情感範圍，不自平素有所培養，殊不可僅以軍令槍械動也。倘於三年之內，開始反攻，則上述所需將官，須以簡捷方法獲得，其法如何，培火以為省黨部以下地方黨部，果能切實而迅即加以改革，則人與人之間，有了互信基礎，有了真實組織，由此互信組織自可發現所需之將才。是故，黨部之改造，不啻為台灣社會改造之關鍵，亦為本省建軍必須之重要條件。

四、及早施行真實地方自治

本省自四年前，業已施行普選之縣市地方自治，選舉人之投票情緒，一次比一次低，省民對本黨之認識，一次比一次冷淡，最近在台北嘉義之縣市長選舉，表現最為明顯，一般的批評，謂本黨過份專斷，過份控制，致使選舉結果，徒有民主之名而無其實，本黨在台施行多件進步的政策，而未獲省民多數的好感，是為重要原因之一。培火在此斗膽直陳，請於未做反攻之今日，本黨應及早對縣市自治，不加控制為宜。各縣市長以及縣市議員，公然則不敢，每於私下談話時，無不批評地方自治是假的，都說人事被控制，預算被控制，沒有地方可自由作主意。培火斷不敢有所偏袒，台胞的智識程度雖不高，但是一般比較誠摯勤勉，比較有朝氣而少習氣，特別是民族情感強，在此反共抗俄、反攻復國的大時代，敢說是我國家最寶貴的人民，也是本黨最重要的預備黨員，本黨必須盡量吸收他們，視他們為忠實的黨員，能為黨國犧牲奮鬥。若然，本黨必須及早將縣市的自治權，不折不扣地交給他們，使他們能有機會忠誠為地方服務。至於省級的自治，培火則以為臨時省議會，自下次改選起宜成為正式省議會，只是主席仍由政府任命，此係配合作戰而需要的，省民一定可以諒解。

以上敬陳三端，竊為針對當前本省社會與國家需要，可為正本清源作一舉百之措施，區區愚忱，辭不盡意，是否有當，恭請

察核

謹呈

本黨中央常務委員會轉呈

總裁　蔣

從政黨員　蔡培火敬呈

四十三年九月二十七日

政府當前應有財經興革之管見

（一九五五、二、十二）

一、前言

國際環境正在進行偽裝和平，期延大戰爆發時間，我國立場勢在必戰，期早完成反攻復國之使命，但時間似不能過早過遲，因對內準備未妥，對外時機未熟，如若過於遲緩，則恐匪黨穩定步驟，大陸上反攻力量多受摧殘，因此鄙見以為金廈之戰，必須繼續，不可停火，而省內之各種必要措施，特別是財經興革事項亟須著手實行，庶可充裕財源振奮民心，而待進攻號角鳴響。

二、經濟關係方面

1、信託局、物質局應迅予改革，放棄與民爭利作風，其職責限制在國用民需必要範圍，盡其充實國用、平抑物價之使命。

2、切實輔助民營事業，確立自由經濟制度，鼓勵民間企業之興趣，吸引華僑來台投資，為此：

（甲）出入境手續不要過嚴過煩，需要改為整套機動性之辦法。

（乙）自備外匯物資來台，不宜再令其通過政府機關方能銷售，因此業經發生不少留難勒索事例，使人裹足不前。

（丙）匯率與黑市之不合理現象須予調整。

（丁）生產資金之融通應盡量給予方便。

3、公營事業似可再撥出部份歸諸民營，如糖業、碱業等，又如商業銀行之官股亦可轉移民間，吸取游資歸入正途，或另設一工礦銀行引導僑胞回國主辦，聞香港現有華僑游資五六億美元，倘能吸取此款來台，貢獻國家甚大，否則在港巨額華僑游資未能吸收，萬一被奸匪利用，不僅政府信譽有關，即對僑胞之歸向不無影響。

4、建立進出口連鎖制度，不使有所偏枯偏利，而貿易商之水準必須提高加重其違法處分。

5、為謀生產資金之充分供給，銀行之銀行需要存在，因此台灣銀行之重貼現業務要迅予開辦，中央銀行之復業與否宜慎做研究。

6、金融系統急須整頓，台灣銀行一面代辦中央銀行業務，一面又與商業銀行競爭，農工商業之金融混在一起，甚至商業金融機構進出農村地區，使農村資金集中都市，農村經濟發展多受阻礙，長短期放款之性格不同金融系統須急調整。

7、地方人民之信用合作社實際上現在不准新設，此事大有妨害地方人民之合作，助長資金集中都市，破壞農村建設甚鉅。

8、鼓勵長期優利存款，免其所得稅，導致游資化為生產資金。

9、逐漸降低利息，特別對生產貸款給與優異待遇，使民間利息自然降低。

10、為動員民間資金歸向生產事業，證券交易所之設立至為需要，目前宜先加強證券行之管理，以維護交易者之安全，進而組成證券交易所。

11、物資疏散及存貯設備亟須積極施行。

12、日常生活必需品儘速確立實施配給制度。

13、厲行節約，對一般民眾善導，改變其婚喪祭禮之方式，避免浪費，但須給與正當之娛樂機會。

三、財政關係方面

1、稅制要重新切實整頓，地方財源短少，幾不能有事業計劃，地方自治徒擁空名，每逢地方人士便以此事相告。

2、關於土地及農產之課稅，因社會情形之變革，稅率似要重新調整以期切實。

3、統一發票辦法業已發生嚴重弊病，宜迅予補救。商會方面建議廢止，且願負責保障廢止後政府收入不減少，似可考慮採納。

4、外匯比率不可提高，現有公定與黑市相差過大，有礙貿易現象，宜以政治力量平抑或以分類分級補貼辦法處理，切勿變更現行匯率為要。

5、稅法要簡明，如印花稅頗覺繁雜，人民苦於遵守，時有糾紛。

6、司法當局報告四十三年度有關財務案件七十餘萬件，其中五十九萬餘件乃屬稅收強制執行者，屬於判定執行者亦有十萬件，一般呼籲營業有關稅徵過重作風又多煩擾無法支理，似有研究改善之必要。

7、稅務查緝小組之行動在地方頗多批評，人員既多參加，部份有稅務員、有警察、亦有軍隊，其表現十分嚴重，人民對此觀感十分惡劣，需要改變作風。

8、稅務人員之編制與配合似要妥為調整，人浮於事，徵稅費用過大，批評頗多，稅務用人多為內地人士，中級以上幾不見有台籍人員，下級人員中台籍之人似不超出二成以上，一般批評稅務人員生活之表現與其正當收入相比，殊不自然。培火以為此事影響至鉅，稅務用員倘能予以精選淘汰，而台籍與內地人士又能配合適宜，稅收料可增加。

9、預算平衡絕對需要，鄙見目前增加歲收絕無希望，若時局可暫有喘息機會，則敢建議暫時裁減不急之軍費以資彌補，此事需要發揮負責者之聰明魄力。

以上各點，培火以為係當前急需興革之財經要項，宜迅予處理，是否有當，敬請

院長副院長暨各位先生指教

政務委員蔡培火

四十四年二月十二日

行政院第四四八次院會討論國有林問題

（一九五六、三、十五）

關於本案我過去已經知道一點情形。剛才嚴主席所説的各點，我以為都很正確，我現在想補充幾句。本案的性格，嚴主席也曾説過了，本案屬於實質上的財政問題小，屬於人心上的政治問題大。我今天藉這個機會要説明的，目前一般本省人的觀念上，認為現在一切都是要取之於本省，沒有需要認真來分別國有不國有的話，反正今後勿論是財力、物力、人力乃至兵源都是要取之於台灣的。我也曾告訴他們説，如果沒有八年抗戰，台灣又如何能夠脱離日本的統治呢？何況從大陸帶來台灣的東西也不少。我所以要報告這些話是因為我對台灣人心比較清楚一點，我更了解人心趨向的重要，所以我常常講到「人心」問題。

説一個比喻，小孩要吃糖果，大人不肯，説：糖果不能吃，吃了會肚子痛。這樣做法，小孩一定不依，最好的辦法，是尊重小孩的一點意見，譬如小孩要兩塊糖，給他一塊或半塊，就可以安頓下來。也就是説，現在明知道本省人要求的事不一定是對的，但此時祗好尊重他們的一點意見，關於他們所不了解的事，暫時不辦，等到將來反攻大陸勝利，腳步站穩以後，再完全照憲法規定辦理，我以為這樣才是當前妥善的辦法。

若是一定說要依照憲法來辦理的話，就需要考慮到日據時代，日本對台灣的統治地位關係，當時台灣並不就是日本普通的縣，台灣是日本的一個特別地區，她有特別法律，也有特別預算，總督不是地方官，他是天皇親任的代表。後來日本要南進，要以台灣為根據地，就高唱「內地延長」的政策，台灣的志士仁人就不贊成。台灣人主張，台灣應該設置台灣議會，特別來規定一切，因為台灣的情形特殊，不能以「內地延長」來說話，所謂內地延長主義的思想，台灣人與日本人，是有過很大的抗爭。因此，可以知道台灣人對日本留下來的「國有」兩個字的了解，與現在立法委員的解釋，是不相同的，照台灣人的了解，日本所留下來的國有就是總督府有，也就是現在的省有。

過去我曾對一些立法委員說過，台灣人看立法院的立法，並不完全代表他們的意思。也有人認為：台灣能夠徹底實行耕者有其田的政策，在內地是不是照樣行得通？認為這不是用自己的拳頭打石獅，而是用別人的拳頭打石獅的做法。我不知道嚴主席曾報告過沒有，聽說有一次省政府開秘密會議的時候，就有人表示反對立法院的存在。所以政府要想維持安定局面，對於台省人士的意見，必須重視一點。如果在此時一定要來確定台灣的森林歸屬於「國有」、而「國有」的意義即是歸屬中央的話，我認為是不智之舉，本案應予保留。

四十五年三月十五日

日本訪華團政治小組第三次座談會發言

（一九五六、八、廿二）

訪問團各位先生，本人去年秋天曾經到過貴國訪問，在那時候，有很多舊知的日本好朋友，因為都很關切自由中國的事情，大家提出了很多問題來問我。現在各位先生親臨此國，諸位又是熱烈的反共鬥士，我想諸位更是有問題要問我。因為時間關係，我只就兩三個比較重要的問題，根據實際加以說明，貢獻給諸位先生做參考。

本人以為諸位先生所要知道的關於自由中國第一個重要的問題，就是在台灣的本省人與從中國大陸移來的外省人之間，其融洽的程度如何，是不是有問題。我可以坦白地報告，不是百分之百地融洽而完全沒有問題，問題是有的，但是在國家民族的團結上，在反共抗俄的行動方向上，是完全沒有問題不成問題的，諸位不僅是愛護自由中國，更是熱心反共的人士，諸位聽到本人這一句報告，必定為自由中國的健全而感到安心。我自由中國的領土這麼小而力量很有限，其所面對的困難又是那樣大，若不是我們本省外省的民眾，能在國家民族的立場，堅強地團結，則在反共抗俄的艱鉅行動上，豈不是就發生絕望畏縮的心情嗎？事實則如諸位先生所見到的，我們全國的活氣是很充沛而活潑明朗的。本人這幾句話，是根據事實而說的，亦敢說是代表本省人的利益而在說的。諸位先生很清楚，本人在日本時期幾十年之久，都是代表台灣民眾，與當時的日本軍閥政客們做生死鬥爭過來的人，本人現在這個歲數，能得再活幾年，豈敢不代表本省人的利益來說話，而將他們丟在一邊，只是在說官話嗎？若是這樣則我的人生就全部落空，我亦不能算是愛國愛民族的份子，我豈能保有我現在的地位在說話呢？諸位請信我的說話是誠實，在我自由中國，本省人與外省人之間，站在國家與反共的陣線上，是完全一致團結的，但是在另外的問題上，我已經說過了，不是百分之百地融洽而沒有問題。

日本統治了台灣五十年，不許台灣人自由與大陸來往，而強迫台灣人放棄漢文而學習使用日本話，因此台灣突然光復，中國在國家的需要上，台灣本省人的能力一時就應付不來，自然在辦事工作上的地位，多由外省人擔任，本省人便成為落後的存在，這個於本省人實屬痛苦難過的。我本人光復以來，能得略略可以將就，蒙受先進的愛護亦有，但是出自本人的努力，在未光復之前就私下學習中國國語，研究中國事情，方能有今日，普通不做特別用功的人，就擔當不起了，這不是有別的緣故，就是能力不合實際的需要而已。請到台灣大學看，或是到台大附屬醫院看，因為學術是無國境時代之分，有學術能力的本省人，就比較多數在那裡擔任教授院長，或主要醫務的地位，但是他們在講課講話的時候所用的言語，就好像什錦飯一樣，有幾句中國國語，而亦有日本語、台灣話，或是英語等滲雜在使用，現在時間經過十年，已經變得很好很純粹了，但是還是有多少的痕跡可以看出。

五年以前本省實施地方自治制後，本省人的地位大為提高，然而能力與實際之需要，還是不能如意相配合，譬如就用人一點來說，各縣市長都是本省人當選，但是需要適合實際的人才來輔佐，而縣市長自己不知人材在那裡，因而需要求教於上峯或是外省的前輩，懷有惡意的人就看做用人無自由而受干涉，我不說用人完全不受干涉，實在大部份的情形是如上所述，是具有不得已的原因。地方自治實施著步成熟，本人相信臨時省議會的臨時兩個字，除了因戰時的需要，在省議會的權能上加以某種限制外，我想不久會改正接近為完整的省議會，本省人在政治上的權能也將完全受尊重。

第二我想諸位先生要知道的重要問題，是自由中國反共抗俄的遠境如何。自由中國的人力物力極有限，而世界各國和平空氣極其濃厚，到底自由中國對反共抗俄的將來性如何，能得支持到幾年後，而蔣總統的健康豈能持續長久，日本各界愛護自由中國的朋友們，都有這個掛慮，量必諸位先生亦極關切這點。蔣總統的健康如何，諸位先生已經親自看見過，是那樣身體非常健康，精神非常飽滿。至於自由中國的人力物力有限，能得支持幾年，我敢說，除了我們向大陸開始反攻的行動外，而又除了軍事設施所需要的力量以外，我們都可以自己支持得來，特別是我們正在施展建設，我們現在已經開始創建連絡東西橫貫公路，以便開發中央山地資源，而又正在興工建設石門水庫，增強防洪水利電化的力量等等，我們要供給我們平時的需要，是絕對不成問題，而反要比東亞任何地方都還要生活的好，不過反共的哨角不知何時要鳴響，這個要看世界反共的大勢如何，假如說時間還在二十年三十年之後，那就沒有話可說，當做別論，若是說時間是在三年五年或者是十年之後，那我們是斷然有把握有自信的，可以支持下去，但是這裡有一個必須的條件，就是美國朋友要跟我們繼續現在的合作。這個不只是我們需要這樣，你們日本亦是一樣的需要，尤其是南韓更是需要美國繼續協力合作。因此我們除了極小部份的人，我們舉國官民都是充滿親美的氣氛，而看到你們貴國反美的氣氛是那樣的強烈，實在感覺詫異不能了解。我尚且敢說我們自由中國的本省人，在我們中國民族之中，是屬於最優秀之部份，其愛國心之強烈，其愛護民族傳統文化心情之深厚，是很優秀而強韌的，經過日本五十年統治的強迫，他們所表現的成就，我以為諸位先生可以瞭解我的話。幾年來我們國家為鞏固反共抗俄的基礎，以及準備適應反攻號角的鳴響，我們政府要求本省民眾所貢獻的負擔，實在是至重且大，而今後的貢獻或者需要更重更大，我請諸位先生安心勿慮，我們的民眾一定根據他們的愛國心情，他們的愛護傳統文化的精神，他們一定照樣忍耐貢獻下去，他們都知道，他們一不忍耐，不只是反攻無望，民族文化毀滅，而且生命財產一切的一切，都要喪盡無餘，全中華民族的殘餘命脈，都要全歸烏有，他們深深知道這樣悲慘的情景，絕對不能讓他表現出來，他們知道，他們對國家民族的使命太重大了，他們一定團結一致，咬定牙根，忍耐貢獻下去，直到最後勝利。打倒匪俄、光復大陸，這個勝利，勿論是要和自由民主陣線各國各民族共同來獲得的勝利呀。

第三、我來提出諸位先生心裡期待要來解決的問題，貴國日本輕工業復興的程度已經超出戰前，但是還找不到安定的市場，這個是貴國當前急待解決的苦痛，貴國一部份人士，因不堪目前的痛苦，而竟要向中國大陸求出路，這個於貴國真是飲鴆止渴的舉動，我知道諸位先生是不贊同的。我們自由中國的消化力極小，對貴國的需要，也不能有多大的合作。只有東南亞各地排在我們的面前，可惜貴國軍閥施行侵略，大概都表示對貴國不親善的態度，好在我們的同胞華僑一千幾百萬，散住在這一帶的地方，只要你們貴國反共的態度堅強地表現出來，而對我們自由中國與美國，發揮親善一致的行動，我以個人的意見，敢向諸位先生告明，我們自由中國政府若能決定其政策，使我們散在南方各地的華僑，為貴國商品開拓其市場，這樣貴國當前的困苦，豈不是就可以消除了嗎?要在貴國的決心如何，若是解決困難，我以為不是艱鉅的事情。

另外譬如貴國所需要糖米食糧，我們自由中國是可以供應的，不過成本大一點，貴國時常表示不願意購買，成為彼此親善的障礙，本人以為我們彼此稍為用一點心思，發動多一點親善的意向，問題即可以解決。譬如香蕉鳳梨都是貴國民眾所嗜好的食品，不過不是必須的食品就是了，這樣東西，我們這裡是無窮盡的生產品，只要你們不要說必須不必須的話，盡量讓你們的民眾多享受一點，使我們多得些利頭，那麼我們必定可以將這些利頭抵銷糖米的成本，而糖米的價格，豈不是也就可以減低，來供應你們的要求嗎?這樣我們兩國賢明的政治家稍為動用一點腦筋，發動親善的意志，馬上就可以解決彼此的困難。我這幾點的鄙見，都是很淺近而具體的，為共同反共抗俄達到成功，提供諸位先生做參考，並請指正。

四十五年八月廿二日

就總統提示六大課題恭陳幾點管見

（一九五六、十、卅一）

一、前言

總統　蔣公在本月十五日紀念週昭示，而今退處台灣，大陸淪陷，億萬同胞在共匪暴政之下，求生不得，求死不能，此時猶言祝壽，不但不足增譽，簡直感覺恥辱。此時此地，希望各界人士對建設國家反攻大陸，提出具體切實可行之興革意見，以資參考，為國家開闢新機運，這才是適合　總統所期望祝壽的意義。於是提示六大課題，壽人以壽國，開未有之言路，英偉領導，真是國家復興的朕兆，恭聆之餘萬分感佩。茲接新生報謝然之社長來函，對　總統提示之六大課題，徵詢意見，並廣徵眾議，期滙成正確之復國建國方策為總統壽。我自由中國近年成就固多，但迫待興革者亦屬不少，爰謹陳幾點基本興革管見，以就教於大方。

二、關於建立台灣為實現三民主義模範省應興應革要政

我中華民國有一部基於三民主義之憲法，此憲法實為中華民國命脈所在，欲建立台灣為實現三民主義之模範省，自應遵照憲法推行各種設施。反攻大陸實屬舉國渴望而迫需，但以配合國際情勢與準備工作，而內政之興革益為切要。台灣寶島為反攻復國基地，人民勤勉守法，國民教育普及為全國冠，省民多年與異族爭鬥，民族愛國意識極濃，中華民國如欲施行憲法，台灣省可謂最好園地。只因大敵當前反攻在望，為政者不能不在行憲之外，另有應變措施，權宜輕重極關重要，以下幾點鄙見，聊供內政興革之參考。

1、選舉要辦好，用人要有朝氣

台灣自實施地方自治選舉迄已五年，選民對選舉漸感乏趣，投票率逐見低落。好人忌避候選，即出面應選亦難當選，候選人費用鉅大，甚至破產者不乏其人，又多訴訟。覺得選舉可怕，盡人皆知，無可諱言。政府所定選舉辦法尚未妥善，民眾素養不夠水準，更有一部莠民利用選舉做吃飯營私機會，而政黨作風亦不能辭其責。要行憲必須選舉，民眾水準要由多次經驗來提高，惟選舉辦法與政黨作風急須檢討。選舉辦法，本人是主張全部公辦，選舉費用可在政府預算外，由候選人均攤分擔相當數額，而不准候選人私自活動，現行辦法主要弊端，在准候選人私自活動。至於政黨作風，就現狀看，執政黨似乎在選舉場中與民眾相頡頏，而在野黨似乎不生不死，使選舉活動失了很多生氣，長此以往，內政基礎堪虞，急須予以改進。惟政黨

事，只有訴諸各政黨之愛國心與明智之發動，期望其改進外，實無別途良策。

用人要有朝氣，並非定要用新人，舊人有歷史關係長處，可用與否判若指掌，倘明知其不可用，而因感情或以為好用而用之，便是用人無朝氣，結果陽奉陰違斷不能達成任務。用人以歷史眼光，所謂「視其所以，觀其所由，察其所安」，以時日與客觀來考慮選擇，是最得法最要緊，果爾則到處皆可發現無數新人。民青兩黨朋友常言其黨員，在政府機關受歧視，若真是事實，顯為用人沒有朝氣之例證。

2、及早提高民眾教育水準造成良好政治環境

我國地大物博，人口眾多，有悠久歷史與文化，大可有為於世界人群之中，而今竟到空前未有地步，究其原因，厥為教育不普及，最多數民眾尚在不知不覺之中打滾，使賢者無法施其經綸，而野心家得以混水摸魚為所欲為，一部中國廿五史幾變成為戰亂連續記錄，政治不修真是我國的老病症，民眾愚昧，社會黑暗，怎能治好，間有聖雄崛起，使中國亦曾有輝煌史蹟，為時短暫。現要反共抗俄，要民主自由而行憲，教育為根本問題，民眾智能不啟發提高，結果南轅北轍。過去一般對教育，仍有受教育便得資格可賺錢之不正觀念，今後所需教育，是要廣泛培養民族正氣良好公民，造成明朗有力社會環境，配合民主自由實行憲政。至於專材與資格之培養，為教育行政之一部門是國家考政之所職，向來國家只在此事上全力以赴，因此當局煞費苦心，而國家狀況仍乏進展。當今教育當局，似對此亦有所感，觀其最近措施，略有接近上述需要。本人深感人類智能的寶庫，迄今仍被學校大門鎖住，因此花金錢費時間，而使最多數貧窮大眾，不能接受教育而沉淪於文盲愚昧境地，言之傷心，國弱根源於此。學校教育盡國家財力為樹人百年大計自是必須，然在此反共抗俄急不及待，社會教育實有切需，本人有鑑及此，多年來提倡用國音注音符號編成白話字，學習快便，倘能撥供參千萬元新台幣，假以三年時日，則本省大部份家庭即可變成學校或圖書館，還可救濟千百失業青年學子，文盲大眾不僅可以識字唸書得到各種智識，即政府政令可以普遍深入於民間，三民主義五權憲法均容易使大眾徹底了解，可惜此事提倡已久，尚未獲得實施機運。

3、國民經濟應迅予全盤檢討與補救以利民生

我國之經濟建設，近年來有長足進步，乃眾目所共睹，特別是官營事業歸民營，耕者有其田政策實施後，一般經濟活動頗為旺盛，可謂良好現象。但從國民經濟之一面考察，農村經濟漸趨疲弊，購買力微弱，市鎮之商況日見消沉，店舖改為攤販，納稅能力低下，此為各地普遍情形，其故在入不敷出。查農村漸趨疲弊之原因，在於銀根緊物價漲，而農作物之價格比較平定，各種負擔皆有增加，尤其子女教育費為然。現以土地政策施行不久，以往地主之利益，落在一般農民手裡，目前農民之實際收入，比諸以往尚算優裕，其在生活上之實感，似比廉潔之低級公務員較佳，但在心理上，各人俱有不樂觀之陰影。補救之法，不是簡單，紙面有限，不能詳述，何況又須做反攻作戰的準備，當甚困難，然問題之嚴重仍要認識而迅予解決。約言之，在支出方面是否能再節省開支，而在收入方面鼓勵增產之外，本人盼望能特別重視南洋一帶僑胞的力量，爭取產品市場，至於稅收作風，民間多有煩言，倘就稽徵人員之良莠嚴加考

核，多起用省籍人員配合，參考各地工商民意團體意見，稅入定可增加，而民悅服。

4、司法之尊嚴必須維護與發揚

我們要行憲要法治，自要司法有尊嚴，司法要獨立。並非謂行政可腐敗，而獨司法需要有尊嚴，因司法若不腐敗而有尊嚴，即使行政有腐敗，法治還是法治也，若是司法沒有尊嚴而腐敗，則全無法治可言矣。本人係本省籍，接觸地方民間機會多，常聽對司法有所批評，對選舉的判決亦有不平，其他對司法尊嚴之批評，似應注意。本人一生大部份，敢說是和日本的強暴相抗爭，但是對日本司法還是保持良好印象。或謂司法人員業務煩重，酬勞微薄，尊嚴怎能維持，本人以為不是如此說法，尊嚴自是尊嚴，酬勞是另一回事，觀念要弄清。因為司法要有尊嚴，特別具有人格尊嚴的人員，始配得擔任司法官，因為司法人員是特別有尊嚴，所以其待遇要特別高特別好。本人建議司法經費的重要性應與軍事經費相提並論，司法人員不僅是能力要強，人格要特別崇高，要經嚴格的考核，具此資格，故其待遇要特別優厚。至於民事紛爭案件，儘量在民間確立調解制度，公推地方公正長者，不重報酬而付與崇高的名譽，以合議方式做公正的調解，法院與此配合做案件之裁判，若然本人以為可以省錢又省事。

三、團結海內外反共救國意志、增強反攻復國戰力的具體辦法

近數年我自由中國在　總統領導下，進步最顯著者，厥為整軍練軍之成果，國軍實力為東亞反共國家軍力之冠，惟在團結海外反共救國意志一事，尚須努力，以期促進實現，鄙見以為迅開

反共救國會議，誠為中心要著。中華民國反共救國之中流砥柱，總統　蔣公，諒無人不由衷愛戴。今日在國內外之反共愛國人士，各黨各派或無黨無派，皆為一方之賢豪，見人見智各有其反共救國之主張與力量。故國河山破碎，同胞處於共禍水深火熱中，業經六七載，各方尚未能完全和衷共濟，統一意志集中力量，實屬憾事。大陸數億萬同胞慘遭空前未有非人浩劫，豈容各執己見，不相為謀。光陰似箭，時不我與，國家至上，民族至上，勿論如何，開誠佈公，至誠動天地，精誠所至，金石為開，患難兄弟共聚一堂，商討反共救國大計，此其時矣。深望政府早日召集反共救國會議，盡其在我，集海內外賢達於一堂，各盡智能，共赴國難。倘被邀之人躊躇不前，責任自然明白，或有主張開會以前，須先慎密籌備，派人廣為聯絡，試探形勢妥為安排，然後邀集開會，老誠謀事固屬當然，過於揣摸，反傷真誠，不誠無物，徒失時機而誤大局，切誡切誡。

關於增強反攻復國戰力，只就國軍戰力而論，本人以為有三方面，作戰統帥是一方面，技術練兵是一方面，生活訓練又是一方面，此三方面所表現的力量，就是構成軍隊的戰力。統帥作戰以及技術練兵都是軍事上專門的事項，需要受過長期軍事教育，而有相當軍事經驗的專才，始能擔當領導指揮的任務。至於生活訓練事項，是在軍營中的起居飲食修養娛樂等，類似學校生活的事項，如學校教員或社會賢達人士，加以軍事上相當的常識，似可將就擔當領導指揮的任務。本人料想今後國軍的成分，本省籍士兵一天比一天增加，經過相當時期後，本省士兵諒要佔不少的數量。因此在軍營裡的生活領導就要加以特別考慮，才能收到更多的成就而增強戰力。所謂特別的考慮，在本省士兵少數的時候，並不發生問題，可以同外省士兵混合在一起，但到數量增加的時候，言語習慣風俗嗜好等特殊性，必定增強起來，需要予以適當的領導訓練，這是自然的道理與結果。所謂適當的領導與訓練，本人想要由本省籍的將官來擔當，才能勝任愉快。但這類的將官，目前似乎沒有，若用普通的辦法來養成，恐怕時間過長來不及用。補救之法，採取特別任用的途徑，凡在教育界或是在其他相當的地位有信望能力的人士，經過短期的特別軍事訓練，就採用擔任生活訓練的將官，本人以為此一考慮是重要的。

四、謹就　總統之生活與風度作兩點芻蕘之獻

台灣光復，本人始獲追隨　總統蔣公，尤其是大陸淪陷，中央遷台，更時得恭聆謦欬親受訓誨，殊覺　總統之偉大人格，足為國人欽式而愛戴。際此赤禍遍地，祖國河山正待光復，挽狂瀾於既倒，作中流之砥柱，惟賴我　總統蔣公出而領導此艱鉅大業，　蔣公之康寧，實繫國家之安危。竊思　總統宵旰辛勤親理萬機，固為國人所欽仰，但精力有限，況反攻復國，須作長期奮鬥，倘可恭請　總統除統帥三軍綜理最高國策外，其餘政務，嚴飭各層，負起全責悉力以赴，則我民族救星將可保持更愉快精神，更康寧政躬，以完成反共復國之神聖使命。容再進一言，我英明領袖，人格卓超，寬厚包涵，愛部屬如子侄，因之信之過深，即知其有過錯，亦只訓惕，期其悔悟，終至不可饒恕時，遂亦不得不嚴厲處分，有瀆清神。竊思用人惟難，除訓惕善導外，建立制度，信賞必罰，如是則反共復國指日可待也。

四十五年十月卅一日刊於新生報

要怎樣辦好下屆選舉（一九七九）

要怎樣辦好下屆選舉，我簡單扼要的陳述一下我的看法。

我以為大家溝通觀念是最要緊的，現在我看大家觀念沒有溝通，譬如說，青年黨、民社黨有青年黨與民社黨的考慮，國民黨又另有考慮，彼此不協調。尤其最嚴重的一句話就是「黨外人士」這個名詞，顧名思義，「黨外人士」國民黨以外的人士了。如果照此講法，就像形成國民黨與黨外人士的對立，易形成社會的分離，這是不宜的。

要如何辦好下屆選舉，最重要的就是如何溝通觀念的問題。依我看首先要國民黨反省，要如何統一、協調，使大家一心一德，為中華民國的前途、為台灣的安定來相酌量，然後才有黨的事，這件事情如果辦不到，國民黨也沒有了，其他的黨派更不用說，台灣一千七百萬人民，也都將成為海上難民了。要大家此一觀念看得透，無論是國民黨、青年黨、民社黨、及至社會人士，都必須深切檢討反省。

現在部份社會人士極端主張成立新黨，我怕分裂更大，照現狀我是反對新黨成立的，同時我也是反對台灣獨立的人，所以想組新黨的、或搞台灣獨立的人，都罵我臭培火，不叫我蔡培火。我願意給他們罵，因為這樣罵我的人就是共黨的同路人，或是對現實的政治認識不清。我反對共產黨、厭惡共產黨、反對台灣獨立，我也不是說國民黨樣樣好，但我愛中華民國，我不能不支持國民黨，因為當前的中華民國不能沒有國民黨。

我希望青年黨、民社黨都要反省，不要給人家笑話。我本人已經老了，今年九十一歲，能再活二年三年不知道，今後只有靠各位年輕愛國反共的人士來努力。

至於要如何緩和情勢呢！我認為必須建立一個超黨派的集團，譬如是中華民國反共聯盟，共同愛國共同為反共而協力，雖然國民黨居於領導地位，它總不能無視其他愛國反共友黨的存在，而能尊重彼等的愛國行動。例如選舉獲得全勝與否，實無必要如此標榜，因為政治上最主要的還是人民的心向，人民的心都向於愛國反共，然則國民黨獲勝或其他友黨獲勝，都無所謂，都是為愛國反共可免過份計較，你就是成功了。要能這樣，就要看國民黨做老大哥做得好不好。所以我想在建立中華民國反共聯盟以前，現在先來籌辦類似國建會的國是會議，由各黨派領導人士參加，共同溝通觀念，先來維持中華民國的團結、安定，進而建立全面的大同團結，這樣國家才有前途。

管制日本要綱草案

日本乃東方之德國，而其民族較諸德國更為激烈黷武，其組織與訓練歷年已久，倘不乘其戰敗徹底加以管制，一變其民風，使死灰不復再燃，則我雖為戰勝國，將來實未可高枕無憂，故日本民主政制之成否與我國運之將來，其關係特為密切。是以我殊不可單與盟國取同一之方式以對付之，我與盟國忠實協力合作而外，宜別有長遠深切之治本計劃，集我各方力量或明或暗以管制之，即於我政府機構中特置一部專任其事殊屬切要，至其管制工作茲且分為四部。

一、徹底剷除黷武組織及其餘孽

1、嚴厲懲罰戰犯。

2、天皇制不可不廢而又不可即廢。此次日本聲明投降，其大陸派遣軍能不反抗而一致繳械順服者，賴於裕仁下詔之力殊大，今後仍暫時保留虛存其位，使其黷武之臣不敢輕舉盲動，俟治安恢復，民主政制確立時，乃藉其國民公意永遠廢除為上策。

3、陸海空軍之組織與其設備須盡付諸毀滅。

4、設保安機關，由忠於民主政制之官民擔其責任，與盟軍協力維持治安。

5、由我國選派廣大規模之諜報及特務人員遍佈各地，以防日人地下工作，此點對我國情特有需要而我國人特有力量。

6、凡日人出國者須嚴厲限制，以防其對外連絡留華日人，務必從速遣送返日，不得已而要留用之技術人員，必須有妥善管理方法以杜禍害。

7、對我國人之渡日者亦須加以管制，防止其不良行為，且須提防赤色人物之往來。

二、盡量育成其民主政制

1、對日政治經濟管制須派專任大員。

2、改訂其欽定憲法，一切大權應歸議會掌握，尤要廢除貴族皇族制，天皇地位准其存續，僅使徒擁虛器，絕不可容其有活動之餘地。

3、使各政黨得任意組織活動，藉以消除其潛在毒素。

4、嚴禁非法秘密行動。

5、防止日人暗殺、報復，特要保護民主政客之安全。

6、民主政客之活動資金可由我暗中給助。

7、待其黷武思想消滅，民主政制完成鞏固之後，我國應施互惠積極政策，發揚我漢族寬宏精神。

三、急速施行民主社會政策

1、一切資本主義的大企業應悉數禁止之，而現有企業充作賠款。
2、對所有權宜大加限制，其皇室及大資本組織戰犯等之財產悉行沒收充公，抵作賠款。
3、廢止其長子相續制。
4、其皇室年費由其國費支付一定數額。
5、定限以外之土地不容私有，宜速施行耕者有其田，俾大眾容易歸農。
6、輕工業任其自由經營，但對外貿易須與盟方合作，以其一定之利潤充作賠款。
7、日本所需之工業原料由盟方規定供給辦法。
8、民眾糧食缺乏時，盟方准予輸入補救之。

四、教育宗教對策

1、禁止以神道、神社為國教，徹底實行信仰自由。
2、我國民間應有強大之宗教思想團體渡日積極指導。
3、禁止黷武思想之宣傳及其訓練。
4、我應以賠款之一部份充作對日救濟貧困之用。

5、真實和平份子可提前恢復其旅行國外之自由。

6、每年定期選派學生以及地方善良人民作集團之國外旅行，以激勵其自新之決心。

7、日人思想未見純化以前，須防其與我民眾雜居，此點於台灣尤為緊要，有謂可使日人歸化者為我安寧計，切不可草草迅口言也。

觀察報告類

視察新竹煤礦局報告（一九五一、一、六）

甲、關於機構方面

一、機構組織情形

新竹煤礦局設總經理一人、協理一人，以下設秘書、總務、礦務、業務、會計五室，每室各設主任一人，室以下分課辦事。

所屬加羅排礦廠設礦長一人，以下設總務、礦務、選煉、土木機電、會計五課，加羅礦廠現正在籌備設立中。

二、調整詳細經過

該局在三十八年一月成立，係新創立之機構，現尚在拓展工程時期，故在頒行調整案時，機構方面無需調整。

三、董監事改聘情形

該局非公司組織，未設置董監事。

乙、關於業務方面

一、經營業務範圍及現有資金總額

該局加羅排之煤礦，其煤質之優良為本省所僅有，經煉成冶金焦後，灰份約在百分之八，硫份在千分之五，均較本省所定之鑄物特級焦標準為優，為供應鑄煉及製肥等工廠需要，故當以採煉冶金焦為業務。

該局成立迄今曾先後由資源委員會撥發創業資金，計折合新台幣二〇七、五七〇・二九元暫做會撥資本，復由前煤業總局撥交器材作價補充，經核定資本總額為新台幣一百萬元。此外，該局為拓建工程增加產量，曾向資源委員會請撥建設費美金一二六、八〇六・九〇元，最近核准先領半數計折合新台幣六六九、五〇〇・〇〇元，正在著手實施拓建工程中。

二、過去業務情形

自卅八年四月礦廠開工，即先後進行修建工房、開鑿巷道、建築煉焦爐、及修建地面運輸等各項工程，惟以三十八年五月京滬失陷，經費接濟一時中斷，且因坑木採運困難招工不易，故工程進行受著阻滯，在三十八年度內產煤八三〇噸，以之試驗產焦八二・九五噸，並無銷售業務。

三、卅九年度核定業務計劃及其實施情形

自卅九年度起，仍以進行巷道工程為主，按業務計劃估計全年產焦量為六、六〇〇噸，應

需產原煤一六、五〇〇噸，其中八五山區產煤佔三分之二，烏嘴山區產煤佔三分之一。嗣因烏嘴山區巷道前進遭遇地層變化，尚未達到主要煤層，迄今仍未產煤。而八五山區上半年，仍因遭遇坑木採運困難，工人招致不易，以及夏秋霖雨資金週轉不繼，原因產煉均受影響，截至十一月份止共計產焦一、七七四・三一噸，十二月份預計能產焦五〇〇噸，合計僅及原計劃三分之一強。

四、技術改進情形

1、洗煉方面

㈠原有簡單之洗煤設備，以人力洗選不但工作效率過低，而所得之淨煤其含灰份亦難均一，現改複式洗煤槽，半年來試驗調整，已可控制使淨煤之灰份趨於均一。

㈡複式洗煤槽所出之泥煤，再為洗選流入泥煤池，如此所產泥煤可與淨煤配煉成焦。

㈢泥煤與塊煤配合煉焦以增加產焦量。

㈣關於含煤渣之處理，利用帶斗升降設備，將含煤渣重行倒入裝煤斗予以重洗提煤。

2、運搬方面

以往各坑口運煤至煉焦坪悉用人力降運，嗣以工作效率過低，乃先在八五山第五坑口裝置架空索道，以便該坑原煤由礦坑降運，因礦廠現無動力設備，不得不利用重力運轉，每日工作八小時可運煤四〇噸，較之人力既經濟且迅速。

3、照明方面

礦燈用電池所需之鉛板，因市價過高現已完全自製，所需成本較之市價便宜三分之二而且合用。

五、製成品產銷情形

去年夏秋兩季台省產焦，因供過於求銷售不易，直至十一月間肥料公司第五廠預定今年二月開工製肥，月需特級焦二、四〇〇噸，遂向該局預為購儲，截至十一月底售焦一、五二二・六〇噸，除五〇〇噸售與肥料公司外，其餘分售與省內各機械工廠及鐵路機廠之用，自十二月份起擬將產量全數訂售與肥料公司，俾利本省農田用肥。

六、業務方面之困難

1、坑木問題

巷道石質不堅，需用大宗坑木，去年向林產局申請坑口附近之林木核准數量不多，轉瞬即收不繼，現由八五山外採伐倒運用人力背負上山，工資過高，殊不經濟，十一月間再向林產局續行申請尚未核准，又烏嘴山礦坑口地勢更高，坑木益難運致，其附近林木屬保安林更難望核准。

2、運輸問題

由竹東至八五山礦地路程二十四公里，以山路路面太壞影響運輸太鉅，其中自內灣以東距礦廠一段約十二公里，全係亂石沖積之河床，汽車行駛車胎零件之損耗尤大，以致成本增高，現在竹東至合興鐵路業經完成，由合興至內灣仍有四公里，是否繼續展築，尚在鐵路局籌劃中。

3、入山證問題

該局礦廠位在高山同胞居住區，就地無法招工，從外招工入山必須具領入山證方能進入，但因手續較繁，工人多不願久候，其已准入山工作者，限期兩個月必須重辦手續，又常實行突擊檢查，稍有不合，即遭處罰，以致工人情緒不安，曾經該局建議檢查機關稍寬尺度，未見生效，因此招工特別困難。

丙、關於人員方面

一、組織法規及人員編制

1、附該局組織規程一份。

2、附該局及礦廠現有人員編制表一份。

二、現有人員數額

局廠共有職、雇員計五七人，工人計二八六人。

丁、關於待遇方面

一、過去待遇情形

1、職員薪俸及職務加給依照台灣省政府規定辦理。

2、工人工資依照台灣省政府建設廳製訂之台灣省工礦業工資標準辦理。

3、員工配給食米，單身員工每人月給十五公斤，有眷卅公斤。
4、員工醫藥、子女教育撫卹等各項補助，悉依資源委員會各項法規辦理。
5、員工一律參加資源委員會人壽保險，保險費由該局補助一半。

二、現在待遇情形

1、職員薪俸依照院頒全國公教人員待遇暫行辦法辦理，包括統一薪俸、職務加給、制服費、交通費、技術津貼及生活必須品配給等項。
2、工人工資依照台灣省建設廳制訂之台灣省工礦業工資標準及以往食米配給標準辦理。
(1)裡工按實際工作日數計算當月工資，全月未請假者獎工一天，每半月定休息一日，如照常工作者工資倍給，在工作時間以外加工者，每加一小時按一小時半支給工資，另按工作數量核給獎金。
(2)坑內工與包工均按工作數量支給工資，如超過規定均從優計算。
(3)工人每日所得工資約分打硐工七元、坑內工八元、木工三元九角、鋸材工三元九角、土木工四元五角、煉焦工六元四角五分不等。
3、職員各項補助依照院頒全國公教人員婚喪醫藥生育災害及子女教育補助辦法辦理。
4、職員撫卹依照會頒撫卹規劃辦理。
5、工人傷殘、生育、死亡（包括眷屬）、年老各項補助，依據勞工保險辦法辦理，其補助數額較過去規定不及時，由該局補足其差額。

6、職員壽險依資源委員會規定，壽險費由該局補助四分之三，工人壽險依台灣省勞工保險辦法，壽險費由該局補助十分之六，省府補助十分之二。

7、年終獎金、不請假獎金依照資源委員會規定，工人考勤獎金依照台灣省工資標準之規定辦理。

8、員工日用必需品由該局代辦供應，除酌加運輸費外，不收利潤。

戊、關於開支方面

一、過去開支情形及本年度預算

該局自三十八年一月成立以來，尚在創業期間，過去開支均以工程用款為主，總計收入六、三八八、〇〇〇・〇〇元，支出五、六一七、〇〇〇・〇〇元，其中本年度創業預算追加部份最近始奉核准，增產工程刻正著手拓充中。（附該局開辦迄今之收支概況表及卅九年度創業預算表）

二、目前緊縮概況

該局業務正在拓充，支出逐漸增加，目前未能緊縮。

三、四十年度概算

附該局四十年度營業預算一份

己、總評及建議事項

一、總評

該局自成立迄今為期兩年，尚在創業期間，業務進行實欠迅速，考其原因，資委會未能及時撥發創業資金，固為主要關鍵，而坑木未能配合供應，阻礙工程之前進及入山證之為難，以致招工不易，均應立即解決，而未能解決亦不無影響工作，此應改善之事項一也。

據該局計算每噸焦之生產成本需新台幣一五七・六一八元，由礦廠至竹東之汽車運費七四・八六元，分攤推銷費用三七・九四元，分攤管理費用八六・三〇元，共計三五六・七一八元，而台省焦價按所訂之價格，特級鑄物焦每噸為一八四・二〇元，即每噸焦約需虧損一七二元，全年合計為數可觀，而煤局中人認為國營事業以完成任務為達到創設之目的，盈虧在所不計，然而當茲國庫艱難之時，似應兼籌並顧，此應改善之事項二也。

該局礦廠位於高山區交通不便，對於員工設備亦正簡陋，無電影、無娛樂、無學校、無醫院，雖設有醫務員一人為員工及附近高山同胞診療，亦僅能診治普通輕微病症，對於員工健康及康樂活動之設備均付缺如，此應改善之事項三也。

二、建議事項

1、創業資金如有必要，應迅即核定及時撥發，以免阻礙工程延緩生產。

2、竹東至內灣鐵路自合興至內灣段仍有四公里未完成，該段隧道已經完工，路基十分之六七亦已築就，需在國外購料之外匯，亦已由煤局與水泥公司及肥料公司墊付，擬飭鐵路局限期完成以利運輸。

3、八五山礦廠至內灣約十二公里，該局計劃架設動力高空索道，以利運焦，約需美金卅七萬五千元，是項計劃雖善，但需如許資金，究竟是否必要而合於經濟條件，擬飭資委會妥為迅速研究核定。

4、八五山及鳥嘴山山深林密，該局需用之坑木自應就地取材，過去在山外採購倒運上山殊不合理，擬飭林產管理局，在不妨礙保安之原則下，迅速准予間伐當做坑木使用。

5、員工入山工作為國增產，自應予以利便，至於需要辦理入山證手續，擬飭負責機關憑該局之證明文件及個人身份證，隨到隨辦，力求迅速不得留難，一經核發即可與身份證同時使用，無需兩個月重新辦理一次，以免無謂之麻煩。

6、國營事業資金龐大，往往多虧損而少盈餘，工人工作艱苦所得微薄，人民喧有煩言，除必須配合國策之事業在所不計外，普通如採煤煉焦之事業，似應兼顧盈虧，焦價必須合理調整，寓事業於企業化之中，為工人提高工資與福利，為政府樹立經營之威信至感切要。

7、該局人員編制現有職員五十七人，已足敷用，據報將來業務拓展需增加二十人，似嫌過多，據該局組織規程，除規定總經理、協理及各室主任、各課課長外，得設正工程師、正管理師至多各二人，工程師、管理師至多各六人，其餘副工程師、副管理師、工務員、管理員、助理工務員、助理管理員、醫師、醫務員及護士等各若干人之規定，其彈性過大，擬飭斟酌，需要明確修訂為宜。

以上視察情形及建議事項是否有當，謹報請

鈞長察核施行

謹呈

院長陳

副院長張

政務委員蔡培火

四十年一月六日於台北市

新竹煤礦局

三八年一月新創立，同四月礦廠開工

組織

新竹煤礦局	加羅排礦廠
總經理一、協理一，秘書、總務、礦務、業務、會計五室、每室主任一，室以下分課。	礦長一，以下分五課—總務、礦務、選煉、土木機電、會計 礦區三—八五三礦區、鳥嘴山礦區、加羅礦區

既有員工數額

職雇員	工人
五七人	二八六人

業務情形

範圍專為採煉冶金焦，煤質特優，礦脈不佳，灰份百分之八，硫份千分之五，最高產量每月焦二一、四〇〇噸

會撥創業資金前後計二〇七、五七〇元（折新台幣）
合前煤業總局撥交器材作價補充核定總資本新台幣一百萬元
最近核准再撥美金一二六、八〇六元
先領半數折新台幣六六九、五〇〇元

生產成績

三八年度因種種障礙	三九年度
產煤八三〇噸 產焦八三噸弱	預定產煤一六、五〇〇噸 產焦六、六〇〇噸 實績只有三分之一強 產焦二、二四四噸 產煤五、六一〇噸

待遇（福利設備缺乏）

職員依照院頒全國公務人員待遇暫行辦法

工人最高每日只得八元

坑內工八元	打硐工七元	煉焦工六元五角	土木工四元五角	鋸材工四元

開支方面

見附表，該局現正在拓展業務來解緊縮。

困難問題

坑木、入山證、運輸

總評

成績不佳的原因		康樂設備
不能及時撥款 雨水、礦層變化 機關配合不靈	省定特級焦每噸一八四・二〇元 生產費　每噸一五七・六一元 汽車運費　每噸　七四・八六元 推銷費　每噸　三七・九四元 管理費　每噸　八六・三〇元 總成本　每噸一八四・二〇元 損失　每噸一七二　元	

新竹煤礦局開辦迄今之收支概況表

摘　　要	金　　額	備　　考
收入之部		
1.政府投資	1,000,000 元	
2.借入流動產	1,185,000 元	煤業總局存料作價撥轉
3.營業收入	200,000 元	
4.會屬機關往來	3,422,000 元	淄博煤礦售料價款暨存料作價部份及其他會屬機關來款
5.資本公債	490,000 元	撥料出售與原估價超額部份
6.其他收入	91,000 元	預售定金及代收款等
合計	6,388,000 元	
支出之部		
1.資本支出	1,075,000 元	設備費約佔 65 %，事務費約佔 35 %
2.營業支出	430,000 元	生產費用約佔 70 %，推銷費用約佔 10 %，管理費用約佔 20 %
3.購置支出	3,550,000 元	包括存料及用品等
4.墊付款支出	150,000 元	墊付鐵路局竹內支線款
5.會屬機關往來	45,000 元	
6.其他支出	167,000 元	包括短期投資及暫付款項等
合計	5,617,000 元	
結存		
1.現金	62,000 元	
2.銀行存款	709,000 元	
合計	771,000 元	

視察金銅礦務局報告（一九五一、一、十二）

甲、關於機構方面

一、機構組織情形

金銅礦務局設於台北縣之金瓜石，該礦自民國廿二年起，始由日本礦業株式會社做有計劃之經營，台灣光復後，於民國卅四年十一月由經濟部台灣區特派員辦公處及前台灣省長官公署會同接收保管，至卅五年五月由資源委員會接辦成立台灣銅礦籌備處，卅七年一月改組為台灣金銅礦務局，其組織在局長副局長之下分設秘書室、總務組、業務組、會計組、工務組、礦廠、選廠、煉廠、修理廠、煉金廠、醫院、供應社、員工勵進會及台北辦事處等十四單位，各單位以下分課辦事。

二、調整詳細經過

1、秘書室原設祕書一人，下設機要統計二課，卅八年七月改設主任祕書一人、祕書二人，將原設兩課撤銷。

2、總務組原設七課，卅八年經將地產課、福利課、警務課裁撤，所有應辦事項，分別移交文書課員工勵進會及保警十二中隊辦理。

3、工務組原設之化驗課及水電課於卅八年一月裁撤，其工作分別併入選廠之驗礦股，改為試驗股及修理廠之水電股。

4、業務組為伐運大量坑木及什木，於卅九年三月將原有龜山林場內部予以充實改組為蘭陽林場，並在宜蘭設有通訊處負責聯絡事宜。

5、礦廠原設有地質測繪股，於卅八年七月裁撤其工作併入採礦股。

6、選廠原設有銅選工場，因無需要經已裁撤。

7、煉廠原設有鼓風爐、工場及反射爐工場，於卅八年七月合併改組為熔煉工場，並將原設技術股裁撤。

8、煉金廠原組織為提金室，為嚴密管理並加強產金工作，於卅八年十月改組為煉金廠。

9、修理廠原設有技術股，於卅八年一月裁撤。

三、董監事改聘情形

該局非公司組織，未設置董監事。

乙、關於業務方面

一、經營業務範圍及現有資金總額

該局經營業務以金銅為主要產品，黃金向係繳售台灣銀行，銅品因本省用量不多，故著重外銷，現有資本總額為新台幣一千萬元。

二、過去業務情形

該局於卅五年五月奉令接收，在籌備時間從事修復工程，卅六年初開始生產半成品，迨至七月始產少量粗銅及黃金，粗銅因係粗製品無法銷售，黃金銷售政策亦未釐訂，故該年度並未營業，仍繼續各項修建工程。需用資金除由資委會核撥一部份外，餘由該局以產品向台灣銀行押借週轉運用，卅七年度開始正式營業，黃金奉命按官價繳售國家銀行，銅品大部運銷上海。卅八年五月上海淪落，銷路頓現呆滯，而本省需要有限，黃金因限價不敷成本，歷年虧損，資金週轉不靈，總計卅六年度至卅八年度三年之中黃金出產二五、一〇九・四〇八市兩，銷售為二九、四七三・八四三六市兩，內拋售黃金期貨四、三六四・四三五六市兩。白銀出產一萬市兩，銷售九、九四九・七二市兩，電積銅出產七二七・二五九公噸，銷售四三〇・六八三公噸。

三、卅九年度核定業務計劃及其實施情形

1、該局卅九年度預定計劃年產黃金一萬八千市兩，電積銅四百八十公噸，白銀九千六百市兩，截至十一月底，黃金已超出預計產量，電積銅僅產二分之一，白銀不及四分之一。

2、將日營時代遺留之銅礦砂約一萬五千公噸，運往日本提煉以免日久損失。

3、計劃修復銅礦，經資委會及生管會核准所需美金七十萬元，其中國內材料費四十萬

元，自卅九年十二月份起已由資委會核准分月撥借，其餘國外材料費三十萬元，正在呈請生管會准由台行存日美匯撥借中。

四、技術改進情形

㈠金礦採選方面

1、碎礦部份

⑴增加顎形碎石機以打碎大塊礦石，省去人工打碎。

⑵改轉篩為震動篩，增加篩礦能力，並除去處理泥礦時障礙。

2、磨礦氫化部份

⑴增加多爾分級機之循環率，因此磨礦能力增加，鋼球等消耗減少。

⑵補充之氫化鈉在第二次磨礦時加入，對金銀之收回率不變，而氫化鈉之用量減少。

⑶減少收金時所用鉛塊，不特鉛塊之用量減少，鋅粉之用量亦隨之減少，且氫化澱物之金銀品位可以提高。

⑷美氏濾液機內層原用麻布，現已改用竹片，價廉耐用省工省料。

㈡沉澱銅方面

銅泥沉積池加築內池，使大部銅泥沉澱內池，因此出銅時可省人力，內池銅含水分較低，故濾過工作亦減少。

㈢金銅提煉方面

該礦在日營時代全無金銅提煉設備，現該局已新建月產純金純銀各二千市兩及電解銅三十噸之設備，且所產電解金銅之品位已適合外銷，至於技術之改進分述於下：

1、鼓風爐所產粗銅對於鐵板水套有侵蝕現象，金門部份之水套時時損壞，以致停爐不能正常工作，經採用銅質水套後可連續開爐不停。

2、沉澱銅中含有砒質煉成之粗銅，含砒量高達百分之一至一・三，在普通反射爐中精煉只能除去百分之六十左右，大有影響電解工作，若採用歐美通用之方法，用蘇打時價值太高，經試驗改用石灰可將砒減至百分之〇・〇二以下，電銅品質因而改進。

3、電解銅之電流效率初開時僅百分之八十左右，經多方面改進，現可達到百分之九十三，產量增加且節省煉費不少。

五、原料來源數量及其製成品之產銷情形

該局所產黃金之原料為金礦石，全部自行採掘供給，銅則以銅礦尚未修復，僅以廢鐵自含銅礦水中吸取提煉，去年一月至十一月止黃金出產二〇、三三二・一七九市兩，銷售一九、五二四・三五六市兩，白銀出產二、〇八八・四九八市兩，留為配合煉金之用未銷售，電積銅出產二三八・六七四公噸，連舊存銷售二九七・七三四公噸，精銅出產一二五・五三〇公噸，銷售八六・五二一公噸。

六、業務方面之困難

1、資金缺乏、周轉不靈，且未能將原有大規模之設備修復利用，以小產量而維持大設備

自感困難。

2、黃金售價一向受政府限制，而金價又已與物價脫節，以致所收售價不敷生產成本。

3、設備陳舊隨時有發生障礙，可能不能按最大能量加以利用而發揮其效能。

4、經營方式受政府法令限制，不能因時制宜而使之企業化。

丙、關於人員方面

一、組織法規及人員編制

1、附該局組織規程一份

2、附該局人員編制表一份

二、過去人員數額

年度／員工數	日營時代最高數	日營時代最低數	三十五年度	三十六年度	三十七年度	三十八年度
職員	二六五	一一六	一五〇	二八三	三〇二	二九〇
工人	九、三〇〇	二、九六〇	一、一五五	二、〇六〇	一、九九七	二、〇七一
合計	九、五六五	三、〇七六	一、三〇五	二、三四三	二、二九九	二、三六一

三、現有人員數額

卅九年十一月現在數職員二七六人，工人二、〇七七人，合計二、三五三人。

丁、關於待遇方面

一、過去待遇情形

1、該局職員待遇過去依照台灣省政府卅八年六月一日公佈之統一薪俸辦法辦理，除薪俸外，職務加給按薪俸最高百分之六十、最低百分之三十計給，另加生活補貼百分之八十。

2、工人工資按日計算，最高底資二・七〇元，加生活補貼百分之八十，合計四・八六元，最低底資〇・七〇元，加生活補貼百分之八十，合計一・三六元，加班工資以累積八小時為一工，按底資加百分之五十計給，裡包工按規定時間提前完工者按規定時期計給。

3、員工配給食米，單身員工每人月給十五公斤，有眷者卅公斤。

4、員工住房除職員均有宿舍外，工人方面共有單身公共宿舍四所，眷屬宿舍九十二幢，共可容納礦工九百餘人，宿舍內之床舖椅桌等設備及炊事工、清潔工並水電等均由公家供給，惟宿舍住滿時其餘工人須自行負責。

5、該局在金瓜石設有醫院一所，設備相當完全，在水南洞設診療所一所，凡屬員工及眷屬患病就診，醫藥一律免費，如在他處治療，依照政府規定予以補助。

6、該局補助瓜山國民學校使之健全，並創設私立時雨中學一所，以便員工子女免費就學，其在他處就學者，教育費按政府規定予以補助。

7、婚喪生育傷病退職及勞工保險等，除按政府規定辦理外，另由員工互助會照章予以補助。

8、該局在金瓜石水南洞兩地各設供應社一處，廉價供應日常生活必需品，並附設成衣鋪為員工廉價縫製衣服。

9、其他設有公共浴室、理髮室、電影院、游泳池、體育場、圖書室、閱報室、遊藝室、茶室、食堂等或收費低廉或免費供應，所有員工一律可享同等之待遇。

二、現行待遇情形

1、職員待遇自卅九年八月一日起遵照院頒全國公教人員待遇暫行辦法辦理，包括統一薪俸、職務加給、技術津貼、服裝費、交通費及生活必需品配給等項，其餘待遇照舊。

2、工人待遇照舊辦理。

戊、關於開支方面

一、過去開支情形及卅九年度預算

1、該局卅五與卅六年度為創業時期，卅七年度產量稀少，入不敷出，均由資委會核撥資金或向台行貸款以資維持，卅八年度開始負債達舊台幣十五億五千萬元，嗣因物價上漲，管理費及事業費倍增，而黃金售價則受限制，虧累甚鉅，復經資委會撥發資金及拋售期貨始勉渡難關（附歷年財務資金收支大數表）。

2、卅九年度預算為營業收入九、〇五七、六〇〇元，營業外收入一六二、四〇〇元，合計九，二二〇、〇〇〇元，營業支出九、〇六〇、〇〇〇元，營業外支出八〇、〇〇〇元，合計九、一四〇、〇〇〇元，盈餘八〇、〇〇〇元。

二、目前緊縮概況

該局正在進行修復銅礦拓展業務，目前未能緊縮。

三、四十年度概算

附該局四十年度營業概算書一份。

己、總評及建議事項

一、總評

1、黃金售價受台灣銀行牌價限制過低，卅九年八月份以前每市兩限為二八〇元，九月份起限為四〇〇元，均與市價及其他物價脱節，不敷生產成本，據該局估計現在黃金生產成本每市兩需六〇三元，如不負擔稅捐及代繳政府款並能按期借貸週轉金亦需五四七・三三元，今政府限價為四〇〇元，即每市兩至少需虧本一四七・三三元，以四十年度預計生產一萬八千市兩計之，年虧二、六五一、九四〇・〇〇元，相差太大殊不合理。

2、工人工作辛苦，使用如牛馬，尤其坑內工人，兼有傷寒及患病之危險，而所得工資過於微薄，最高日給底資不過二元七角，最低日給底資僅有七角，以之維持個人還極困難，如有家庭負擔更為淒慘。

3、該局工人宿舍祗能容納全部工人之百分之四十五，其餘百分之五十五須自租宿舍，亦無津貼，普通工人常有加工可多得工資，一年病假規定十四日，如不請假另加十四日工資，惟採礦工人則無加工無病假，均有失待遇之公平。

4、職員與工人在日營時代為一比卅左右，而年產黃金最多時達八萬餘兩，銅六千餘噸，現在該局員工為一與七之比，卅九年度產金二萬餘市兩，銅二百餘公噸，未免相形見拙，在二千餘工人之中，生產工祗佔一、七八三人，什工佔一七八人，其餘為臨時工及包工，依此而論，職員與什工均不應有如此之多。

二、建議事項

1、黃金售價應按生產成本及時調整，如政府認為與維持黃金政策有關，不便及時調整，則似宜按生產成本予以補貼，使該局加強負責維持而趨於企業化，不能以請款借貸過日，致盈虧責任含混不清。

2、該局所屬各廠機械陳舊，容易損壞，各項零件需臨時購買補充，不但價貴吃虧，如需國外採購，緩不濟急則有停工之虞，而各種材料亦因資金缺乏不能整批購儲，物價時漲損失不少，該局請求核撥週轉資金用之於購儲材料及機械零件實屬需要，擬飭核實撥發。

3、該局銅礦有關國防資源，副產硫化鐵可供製造肥料，在日營時代獲利數千萬元，原有設備甚大，現大部份尚可修理利用，曾經呈准修復，除准撥國內材料費美金四十萬元之外，仍需國外材料費美金卅萬元，尚未核准，擬飭生管會迅予核撥，以爭取時間。

4、廢鐵四噸經含銅之礦水接觸而起置換作用後可提煉純銅一噸，該局因缺乏廢鐵，以致許多有用之礦水付之東流，至為可惜，查台灣各公司廢鐵頗多，聞有運往日本交易者，何不互為利用以增資源，擬飭限制廢鐵出口撥供煉銅。

5、該局職員與什工為數過多，濫費公帑，如台北辦事處人員即有職員十六人，什工十六人，擬飭切實核減裁汰該局各機構不必要之員工。

6、工人工資由省府建設廳不分工作種類一律規定，標準又極低薄殊不合理，必須分別工作種類，提高至能維持最低生活，而工人宿舍亦應增建，自租宿舍者必須予以津貼，工人之加工與請假優待，均須合理公平，工人之食油與其他物資配給如能與一般機關工役同等待遇，亦可減少礦工生活之困難。

7、打石工人以金礦石含有石英石易致肺病，據醫師報告工作兩年之工人即有致病之危險，卅九年度向勞工保險部申請職業病者共為十八人，已死七人，而勞工保險部以被保險勞工須於加入保險後始罹職業病者方合規定核發，但政府開始勞工保險時並未作此聲明，而保險時所附診斷書均填明於投保前即有患病，今省府拘於規定不予給付，致使該局勞工發生不平，誤會政府失約，恐怕影響將來，擬飭從寬核給嘉惠於為國生產之病工，該局幹部亦有同樣請求。

8、瓜山國校學生千餘人，大部份為員工之子弟，經檢查身體結果，各班學生有百分之八十至九十五發生陽性反應，容易傳染肺病，情形嚴重，而工人宿舍設備不佳，煤煙滿室，氣難聞，擬飭衛生機關注意預防，以保員工與其子弟之健康。

以上視察情形及建議事項是否有當，謹報請

鈞長察核施行

謹呈

院長陳

副院長張

政務委員蔡培火

四十年一月十二日於台北市

巡視台南市報告存稿（一九五〇、六、廿七）

培火此次出發各縣市，主要目的為宣傳反共抗俄意義、提高民眾愛國情緒，並訪問地方人士，促進各方團結。對於　鈞長臨行提示增加生產、探求民隱及代達關懷本省民瘼之意三點，亦擬利用各種機會廣為宣導，此外於地方自治工作之準備，一般行政利弊得失所在，並擬留心視察不厭求詳，關於各縣市視察中所發現之各項問題，除培火職權內可以解答或處理者，擬隨時予以解答處理外，其餘分別情形分交當地政府或函請省政府辦理，並就其重要者報請　鈞長裁決。

茲就視察台南市經過情形簡陳如次：

培火停留台南市三日，參加基督教徒聚會一次，講述基督徒之責任與反共抗俄；參加省立一中、省立二中聯合紀念週一次，講述戰時生活；召集各界座談會一次，講述反共抗俄及加強團結並聽取各方意見；召集市民大會一次，講述台民對反共抗俄應負之責任；應邀對師範學校學生講演一次，講述共匪摧殘中國固有文化及青年對反共抗俄應有之認識；應台南廣播電台之邀廣播一次，略述反共抗俄之意義；出席各界茶話會一次，就地方自治問題聽取各方意見，並説明中央實行台灣地方自治之決心，每次集會之餘，兼行訪問黨政軍首長及地方人士於個別談敘中做各種問題之探詢。

以上各種集會參加人數眾多，情形均甚熱烈，培火每次講述均就　鈞長提示三點先為轉述，反應良好收效頗宏，尤以座談會各人發言之踴躍，指陳得失甚多中肯，其中意見之比較重要及培火觀感所及，應報聞

鈞右者約有以下各點：

一、市經濟情形日趨惡化，商號倒閉者已十餘家，停業者四十餘家，受牽連影響在醞釀倒閉停業中者約近百家，其中以布業為最慘，致此原因固有不一，然要以社會購買力低、暗息、高捐稅負擔過重三點為致命所在。

二、市民深知大義，負擔雖重並無怨言，惟對於財產調查不實，負擔未見公平，尤以省外人士負擔較輕一點，深致憤慨。公債獎券等之配額比例上，台南市亦有獨重之感，而以台北市之處境優而成績獨劣一事最受指摘。至於捐稅繁密時限緊迫一節尤其不勝其苦，聞有自四月一日起至目前止，一般捐稅（特殊者不計）竟至七種之多，接踵而來無喘息餘暇。對於二期儲蓄獎券之限期太過迫促，又值農忙時期更有力不從心之感，如能展限一月稍資週轉尚可勉強承受，此種要求實近情理，似應予以慎重考慮。

三、台銀應以扶植生產事業為主，藉以配合當前經濟政策，惟台銀堅持不增加發行額之原則，未能對生產事業大量放款，致頭寸短缺公私工廠週轉不靈，生產機能陷於痲痺狀態，一部

份且輾轉於高利貸壓迫之下至於倒閉。地方人士僉認此種限制發行政策利少害多，無異因噎廢食，且與　鈞長所提增加生產之要求，亦南轅而北轍也，似應針對當前需要，酌量增加發行，以濟各方之急。

四、近日米價奇跌，已成穀賤傷農之象，而蕃薯收成亦因雨水過多，藏既易爛，售又無人接受，農民苦不堪言，有增產即破產之感。為救濟計，政府亟應仿照常平倉辦法，以收購政策安定合理糧價。

五、光復前日人在台所發行之公債及所辦之各種保險，有甚多應還之本息及應付之保險金因戰敗而概置之不理，台民損失甚巨，現對日和約雖未簽訂，然政府對於是項債權亟應對日提出償還要求，以免有失時效。

六、地方自治工作各方期待甚殷，不能再事遷延，台灣民眾奉公守法之精神已為眾所公認，內地辦理選舉之種種弊病在台灣不至發生，可勿為此顧慮。該市各界頗知團結，對政府亦深能諒解，惟少數稅捐徵收人員有貪污勒詐行為者，頗為眾所痛恨。

謹呈

院長陳

政務委員員蔡培火

報告六月廿七日於台南市

代電請飭寬放農貸由存稿

行政院院長陳鈞鑒：

培火旬來巡迴台南縣各鄉鎮，除宣傳反共抗俄及一般政令外，特遵囑以鼓勵增產為主要任務，聽講民眾基於切身關係，對於增產一點亦最為關心，惟各地民眾異口同聲均以目前捐稅負擔奇重，增產苦乏資金，僉請轉商台灣銀行大量對農村低利放款，以配合政府增產政策等語。情詞迫切，培火參證農村實際情形，認為所請合理，蓋目前農村經濟枯竭已極青黃不接之際，放青苗賣種子之事已成普遍現象，若非及時放款周急，非但增產徒託空言，貧農生計亦將頻於絕境。查銀行過去因物價波動急劇，市面暗息日高，少數奸人利用銀行放款以囤積居奇者有之，以轉貸獲利者亦有之，放款愈多為害愈甚，為防止流弊計，曾有限制放款提高利息之措施，當時權衡利害不為無見，然農村經濟由是呆滯，農民苦不堪言矣。今一切情景已非昔比，社會經濟漸入正常狀態，物價安定，暗息日低，囤積轉貸均已無利可圖，銀行若於此時向農村低利放款，除增產外絕不會流入他途，倘再與各級生產指導機關適當聯繫，則收效更大，國計民生均繫於是，誠不容緩也。培火深入農村見聞較切，所陳確屬實情，可否轉令台灣省政府切實辦理，以恤農艱而利生產之處，僅電察核，政務委員蔡培火叩為午虞。

巡視台南縣報告存稿(一九五〇、七、十八)

培火於六月廿八日由台南市到達台南縣之新營。

台南縣轄十區六十七鄉鎮，論人口、文化、物產及鄉村建設，均為台省數一數二之大縣，以其所處地位之重要，不能不以較長之時間做普遍深入之視察。培火計停留本縣廿二日，除在縣治新營二日邀集各界座談會一次，宣導中央政令、聽取地方意見、並訪問黨部參議會暨重要士紳外，其餘均係巡迴各區鄉鎮，所到每一區鄉鎮，召集民眾大會、訪問士紳。兩旬之間計出席民眾大會講演卅四次，座談會九次，又承邀對學校講演二次，對糖廠員工講演六次，對駐軍七十五軍第六師官兵講演一次。培火夙昔言行謬承縣民信賴，此來雖係農忙時期，而民眾大會之中聞訊輟耕而集者均甚熱烈，士紳談敘尤感應接不暇，培火亦以深入農村得與純樸之民眾旦夕接近，雖盛暑衰年猶引以為樂。其中最足欣慰者，即為一般民眾對反共抗俄之宣傳獲有良好之反應，蓋台民耳聞內地同胞水深火熱之情形，對共匪殘暴原已談虎色變，受日本軍閥荼毒五十年，對帝俄侵略亦已早具戒心，培火更就共匪暴行及帝俄陰謀於民眾具有切身利害之點，以通俗淺顯之台語反復說明，遂能益深其警惕之心，堅其同仇之念，自南韓戰事發生，國際情形轉變，培火講述此一有利形勢，鼓勵民眾挑起重擔為民族復興功臣時，掌聲應之而起，民氣如此，善利導之，反共抗俄實操左卷。此外，關於軍民之合作、省內外同胞之團結、地方自治之意義、尤其是　鈞長所提示增加生產等三點，培火亦每次連帶提及且引喻為反共抗俄之重要工作，每次講演畢，當場徵詢民意，雖發言者甚多，然所提意見無一越出法令情理之外者，即訴窮訴苦亦無怨言，除有關戰時特殊情形，經培火婉為解釋或當地政府辦理欠善，就地予以糾正外，茲就其比較重要者報請　鈞核。

一、沿海住民因土質不宜耕種，多以曬鹽為主業捕魚為副業，原已貧苦不堪，近年鹽價低落，主業已不可靠，出海捕魚又因海防關係禁令森嚴，副業亦成劃餅。培火曾到口湖、布袋、七股、台西等各鄉鹽民視察，觀其生活慘苦情形，實在不忍卒述，據民眾請願二點：㈠請考量變更海禁開放時間，使能與潮汐漲落時間相配合，俾便隨潮出海。蓋現前硬性規定全不顧潮汐漲落情形，雖開放無用也。㈡請念鹽民特殊困苦，如有平糶米配給布之機會儘先優待等語。查鹽民聚居海邊，與海防有密切關係，窮苦至此，於情於勢均不宜坐視，所請二點似應予以鄭重之考慮。

二、基層自衛組織工作責成縣區政府主辦，事權統一，系統分明，自極合理，惟聞保安司令部派有各級政治指導員，防衛司令部派有各級副隊長，國防部亦將派遣軍官參加，人事仍甚複雜，使縣區長有不勝週旋之感，且所派之人語言隔閡不諳民情，除增加煩擾外，恐難有很好之工作效率，實不如專責縣區就地取才之為愈。查台民習慣對警察向甚信任，如就警察中屬於閩台籍者挑選訓練，益以鳳山受訓之台籍青年，則派充基層幹部綽綽有餘矣。

三、沿海地區民多窮苦，但以國防關係往往駐有重兵，民間偶有供應之處理，宜全省或全縣統籌方稱公允。惟事實上多由所在地負擔，如以七股鄉之窮鹽民，每月須負擔碉堡守兵飲水挑費參千元以上，其他沿海各鄉如麥寮、台西等，更須負擔沿海防禦工事及營房修築費，至民伕牛車等之徵用更無時無之，單就麥寮一鄉，自本年三月一日起至目前止，即需負擔新台幣六萬六千元之鉅，國防所繫責窮鄉獨立負擔，不平孰甚，計各地類此者當不在少數，似宜設法統籌，以輕民負。

四、台民守法，政府一令頒行，群相重視，近來政令繁多，民方引以為苦，而最苦者則為法令之解釋不一，同屬政府機關，有一令做多種解釋者，而以稅捐方面為最甚。有關民眾負擔之法令，詎可隨人異解，使民無所適從，似應責令有關機關將現行法令慎密審查，就其注意欠明、文義兩可之點，做統一之解釋，以資遵守而杜流弊。

五、近來政府召集民眾開會之次數日多，自衛組織實施後將更有加無已。台民守法，對於集會頗為認真，但已有不勝其煩之苦，倘指導之人能使每一集會有其充實豐富之內容，則多一次集會即係多一次之訓練，會多亦未嘗不可。無如近來集會多已流於形式，奉行故套全無內容，民眾一集再集，由興趣減低而漸生厭惡，循至影響守法之精神，損失不可計數。培火之意以為今後對於民眾大會要慎重召集，不可隨事舉行，迹近戲弄，凡可合併者儘量合併，而指導之人必須於會前有充分之準備，對於講解法令討論問題均能熟練正確，以引起民眾信仰並增其集會之興趣。自治實施在即，此點尤宜特別注意。

六、政府經營農場原為試驗及示範之意，非專以財政為目的也，近來各地政府對此點已完全忽視，所辦農場有機構有職員而並無耕作，只是將田地租與農民坐司收租之瑣務而已，收租即專為財政，原已失其本意，況多設機構人事以收此微薄之租，與財政目的亦大相違背，民眾之意以為政府如不能自行經營，則取消機構將田地長期放租，由財政科或鄉鎮機構直接收租，則既免轉折又省開支，官民均蒙利，培火認為此點意見至為正確，擬請予以考慮。

七、三七五減租在原則上已得到普遍之擁護，惟技術上尚存在兩個主要問題，引起業佃間之爭執，一為三七五標準以等則為依據、抑以實收物為依據？一為小業主收回自耕與大佃農承租過量如何解決？培火所到鄉鎮均有上述問題之提出，當時認為省政府或已注意此一問題，培火未便率爾解答，惟此問題如不速予合理解決，則糾紛將無已時也。查減租標準照等則抑照實收物，兩者均有利弊，甚難折衷，至當要在權衡利弊再作慎密周詳之研究，然後向民眾說明原委，予以最後決定，務使取捨之間，使業佃兩方均明其理。至於小業主與大佃農間之問題，當以實施限田辦法最為適當，若能早日頒布施行，則紛爭可息。至於公地放租採用二五減租辦法，本為示範業主及加惠佃農之意，惟聞公地所定等則比一般田地為高，而業主應攤之水費又全部責成佃農負擔，其結果反不如三七五矣，民間頗加非議，應速改善。此外副作物悉歸佃人所有，流弊聞亦頗多，蓋如此則佃人不忠於工作物之生產，而將大部份勞力肥料用於副產物，使業主所得至微且長刁薄之風，此點亦似有糾正之必要。

八、自海南島及舟山兩地駐軍相繼撤退來台後，鄉村幾已普遍駐兵，軍民雜處本非所宜，所幸軍能愛民民亦愛軍，培火所到之鄉罕聞軍民間有隔閡者，問民以軍紀則曰秋毫無犯，問軍以民情則曰事事協助，軍民相處如是，殊足欣慰。其中最為民眾所稱道者為駐北港之七十五軍第六師駐東山白河部隊之前五十軍一四七師四四一團，軍紀嚴肅為光復以來所僅見，最近四四一團調防鹿港，當地民眾均依依不捨，大有揮淚送別者。現住白河部隊為二一一師六三二團，亦甚得民眾之愛護，想其他駐兵縣市為培火所未到者，亦必如是，復興氣象自不局限於一隅也。惟保安警察之駐各地糖廠者，對民眾態度不佳甚引反感，各廠當局亦都無如之何，森林警察私賣樹木，有監守自盜之嫌，亟宜加緊管訓不使軍隊專美。

九、農村經濟困難情形前於台南市報告中已略為提及，近日巡迴鄉鎮所見尤為嚴重，然其主要原因仍不外農產物之滯銷與跌價，如米、蕃薯、落花生、鹽、糖等均為大宗生產，而因滯銷之故，其價格甚至不及成本，又因捐稅急如星火，非急於脫售不可。糖之副產物如糖密、湯精、紙漿之滯銷，亦間接予農村以有力之打擊，當局對此非無所知，然何以迄今未有有效之對策，雖台銀最近增加發行額五千萬元，農民聞之色喜，而究非根本解決之道。培火之意以為應從三方面著手：㈠從速採用對農產物收購政策，以安定合理價格，此點已詳台南市報告內，乞賜考慮。（**報載政府對糖價曾有最低價格之保障辦法，蔗農頗以為慰，惟迄未公佈不審，因何中止，乞賜查明並迅予決定，以安蔗農之心，如有更佳之替代辦法，自更需要。**）㈡爭取國外市場開闢外銷之路，近來外銷之路所以阻塞，大半由於人謀不臧作法遲笨，故此點要從刷新人事、重訂政策做起。㈢切實裁減公營事業之機構人員，以省經費並減少民眾之反感，蓋龐大之機構與人員既無補於事功，便亦無全部保留之必要，聞糖業公司之裁縮，僅係變更名稱，改各分公司為各總廠，實換湯不換藥，誠如是將永無改革之望矣。上述三點原係平常之見，培火體察民意亦復如是，若能及早有所施為，對於培養民力鞏固民心方面將有莫大之裨益。

十、省立中學與縣立中學除經費來源不同外，其他課程學制組織等項，應無若何差異，惟事實上縣立中學教職員人數為學生數廿一分之一，而省立中學則為九分之一，職員人數之多寡相差兩倍以上，是縣立中學二人能完成之工作，而省立中學則非五人不能完成，決無是理，裁汰冗員節省公帑，實不容緩。

以上十點當否，乞

核

謹呈

院長陳

副院長張

政務委員蔡培火

七月十八日於虎尾區署

巡視嘉義市報告存稿（一九五〇、七、廿一）

培火於廿日晨由台南縣之虎尾區到達嘉義市，在市一日有半，召集民眾大會一次，座談會一次，另參加市黨部黨員座談會一次，並訪問市黨部、市參議會、七十五軍軍部及重要士紳。民眾大會出席者計近千人，率多市區及近郊民眾，培火講演畢，民眾熱烈發言，多數意見偏於捐稅負擔及市區行政問題，亦有二三前輩大聲疾呼，就取締奢侈、嚴明賞罰、堅決反共抗俄等大處發言，與培火桴鼓相應者，情緒激昂，聞者感動。兩次座談會參加者亦甚踴躍，陸空軍代表、各中學校長、本黨市級幹部競相發言，對於當前局勢及庶政興革頗有透闢見解。此外，征屬代表及一般士紳亦有意見陳述，茲就兩日聞見所得，擇要報請　鈞核。

一、台籍受訓壯丁月來盛傳即將遣回原籍征屬，詢之市縣當局，亦未加以否認，而實際上並無遣回之事，以是謠言紛紛，有謂在營壯丁逃亡者已數百人，政府將大舉搜索並拘捕家屬，有謂遣回之事中止，即將開往某地作戰云云。征屬憂慮之餘，對於政府舉棋不定之措施頗有責難，以為政府對於受訓壯丁或留或遣均無問題，但須及早明確表示，不應二三其意，致釀成社會不安。培火認為所言極有見地，且認為逃亡如真有其事，則後果不堪設想，特鄭重提出，盼能迅予糾正。

二、物價普跌，農產物尤甚，惟公營事業特別為交通事業之價格，則只聞隨物價而漲，從未聞隨物價而跌者，民眾惶惑不平，培火雖喻以財政困難之義，仍未易得若輩之信服，可否對交通事業比照物價酌量減低之處，敢請　察核。

三、學校駐軍原係權宜之計，現距離秋季開學之期尚有二月，新營房之建築費既籌募之於民眾，則務須於二個月內建築完工，俾軍隊如期遷出學校以免耽誤學業，民眾對此點甚為關切，政府踐履諾言亦不容稍失信用。

四、非軍人不穿軍服甚至不准穿著與軍服同色之便服，民眾尚無異議，惟規定學生須穿著藍色制服，則均認為非一般學生父兄之經濟能力所許可，蓋學生穿著新制服，除求形式整齊美觀外，無教育意義可言也，目前農村經濟實無餘力及此，不急之務。

五、青年學生因當局限制高中之設立苦無出路，鑑於一般向學之心旺盛，而將來收復大陸各省時需要專門技術人材必多，擬請依各地實力之所及，准予開設職業專科學校以資培育適應當前需要。

六、公教人員待遇調整實行實物配給後，對於同地同工同酬一點得到普遍良好之反應，尤其配給煤布兩項最多責難，蓋煤不適於用而布非急切之需也，市縣以下公教人員均有停止煤布配給改發代金之要求，培火深表同情，特為代請，惟既已定議，可否變更之處，乞賜核奪。

上述六點當否，乞　核

謹呈

院長陳

副院長張

政務委員蔡培火

七月廿一日於台北

致澎湖李縣長為函知准於十月三日出巡澎湖由存稿（一九五〇、九、廿九）

玉林縣長我兄勛鑒：

弟定出巡各地，准於十月三日上午十時由台北乘機直接飛來澎湖，約十一時可以到達，當天下午即可開始工作。至預定之工作係一般訪問，並往各鄉鎮聽取民情，如情形許可希望每一地方公開演講一次，民眾越多越佳，並對各界人士開座談會一次，以期集思廣益。請為聯繫澎湖縣黨部排定工作程序，並拜託代定三人寄宿之比較清靜地方，以便安頓為荷。良晤有期，先此奉達。敬請

勛安

弟蔡培火啟

九月廿九日

電知改期飛澎由存稿（一九五〇、十、三）

馬公縣政府

李縣長玉林兄：

茲因氣候不佳，飛機停飛，改明日飛航前來，特達。

弟蔡培火啟

十月三日

致張副院長厲生為函知飛澎抵達情形由存稿（一九五〇、十、四）

少武副院長賜鑒：

職本定三日出巡澎湖，因氣候惡劣，飛機不能飛航，改今日前來，繞飛花蓮、台南兩處，上午十時半起飛至下午一時四十分怡記。

庇平安抵達馬公機場，李司令官仙洲兄以及黨政首長等，昨今兩日均親至機場迎接，稍事休息後隨即開始工作，對各機關首長、各人民團體代表及馬公鎮附近縣議員候選人演講，並開一座談會，如天氣許可，預計每一鄉鎮均親往巡視。在澎湖工作約需十日之時間，知關垂注，專此奉聞。敬請

政安

職蔡培火拜啟

十月四日於馬公

函澎湖李司令官振清致謝由存稿（一九五〇、十、十三）

李司令官仙洲兄勛鑒：

弟此次巡視澎湖，荷蒙遠道迎送並多予利便，用能各地工作均得順遂完成。在澎時間復一再造擾，郇廚，高誼隆情至為銘感，此際確保台灣安危，願同僇力，他日反攻大陸，甘苦亦須共嘗，每念英豪，欽佩無已，臨書神往，不盡依依，專此致謝，敬請

戎安

弟蔡培火拜啟

十月十三日

函澎湖縣長李玉林致謝由存稿

（一九五〇、十、十三）

玉林縣長我兄勛鑒：

弟此次巡視澎湖，叨承多加協助各種工作，便利良多，復蒙遠道迎送，衷心至為感激，專此致謝，順請

政安

徐局長鴻憲均此致謝

弟蔡培火敬啟

十月十三日

函澎湖郭副議長高參議員勸其通力合作由存稿（一九五〇、十、十七）

郭副議長石頭兄
高參議員順益兄勛鑒：

澎湖聚首至為歡欣，關於澎湖需要改善各項問題，在弟力之所及，自當進言中樞，迅予照辦。惟地方一切建設事業必須地方人士通力合作，集中意志共促成功，即政見偶有參差，感情不能分裂。弟在澎湖曾經掏誠奉告，甚盼吾兄按照建議各點相輔進行，共同為國家地方而努力，除分函高參議員順益兄郭副議長石頭兄外，專此函達，順候

大安，並請代候

吳老議長康安（郭函附註）

弟蔡培火敬啟

十月十七日

函澎湖李縣長加促高郭合作並對退還請客費用致歉由存稿（一九五〇、十、十七）

玉林縣長我兄勛鑒：

十三日寄上一書，諒登記室澎湖縣需要加強，各項問題在弟力之所及，自當進言中樞，迅予照辦，惟郭副議長與高參議員雙方感情亟須融洽一致，地方建設始能事半功倍。前在澎湖已於個人接觸，與舉行茶會中掬誠勸告，言歸於好，消釋前嫌，共同為國家地方而努力。吾兄對此諒有同感，甚盼運用機緣，力促其成，舉凡有關地方事業集會之場合，招集雙方到會參商，使之推誠相與通力合作，地方之幸也。

十二日承蒙代墊晚餐費用，曾囑陳森奉還三百元，直抵台北後，始由陳森告以登車之時又將原款送下，兄太客氣，弟至抱歉矣。

餘不一一。順頌

政祺

弟蔡培火敬啟　十月十七日

函澎湖防衛部政治部尹主任致謝由存稿

（一九五〇、十、十七）

殿甲主任我兄勛鑒：

澎湖一晤無任歡欣，復蒙協助有加，詳告地方各種情形，藉做作良好之參考，衷心至為感激，澎湖位當前線，軍民雜處，必須同舟共濟，彼此相安。吾　兄為軍民之橋樑，甚盼運用槃才善於因應，守土反攻，實深利賴也。專此致謝。順請

政安

弟蔡培火敬啟

十月十七日

致高雄市長陳保泰為函知巡視高雄日期及辦法由存稿（一九五〇、十、十九）

保泰市長我兄勛鑒：

弟定十月廿二日上午八時卅分，由台北市乘對號快車出巡高雄市，準備廿三日及廿四日在高雄市做一般訪問，並對各區民眾分別講演或開座談會，希望招集民眾能多多益善，倘獲交通之便，一天在兩個地點各開演講會一次亦可，惟工作地點與時間應如何分記，煩請 市長聯繫高雄市黨部預為排定，以利進行，並請代定三人住宿之比較清靜地方為荷，費 神至感。順請

政安

弟蔡培火敬啟

十月十九日

二十二晚經約定在大港埔教會對教友演講又及

致高雄／屏東縣長董中生／何舉帆為函知巡視高雄／屏東縣日期及辦法由存稿（一九五〇、十、十九）

中生／舉帆縣長我兄勛鑒：

弟定十月廿六日／三十一日上午前來高雄／屏東縣巡視，準備到達之日即可開始工作，至廿九日完成卅日在四重溪休息，四日工作之間，在恆春工作一天，以後三天擬作一般之訪問，希望在每一地方對民眾演講或開座談會一次，招集民眾多多益善，倘獲交通之便，一天在兩地各開演講會一次亦可，惟工作地點與時間應如何分配，煩請　縣長聯繫高雄／屏東縣黨部預為排定以利進行，並請代定三人住宿之比較清靜地方為荷，費神至感。順請

政安

弟蔡培火敬啟

十月十九日

（屏東加註）在高雄縣工作至二十九日止，三十日擬在四重溪休息，三十一日順路先到恆春工作又及

巡視澎湖報告存稿（一九五〇、十、十六）

一、巡視澎湖縣經過

培火本定十月三日起程出巡澎湖縣，至機場等候數時後，因氣候惡劣宣告班機停飛，乃改四日搭乘繞道班機經花蓮台南，是日下午飛抵澎湖工作十日，於本月十三日返抵台北。

當抵澎湖下機之後稍事休息，下午三時半立即開始工作，對澎湖縣各機關首長、各界代表及馬公鎮附近縣議員候選人計七十餘人演講，並舉行座談會至五時半畢會。五日上午九時至白砂鄉露天演講，到會民眾一千三百餘人，九時卅分開始至十一時演講完畢，隨即訪問駐軍團長袁子濬，後舉行各界首長及地方知名人士座談會，到會四十二人至十二時卅分完畢，是日下午三時至湖西鄉，三時卅分開始對民眾五百餘人做露天演講，至五時演講完畢，就地聽取民眾意見及分別解答以後，六時回寓。六日上午九時起分別訪問防衛司令官李振清、第一艦隊司令劉廣凱、澎湖要港司令李連墀、澎湖縣長李玉林，同日下午二時訪問澎湖縣黨部、澎湖縣參議會、馬公鎮公所及馬公鎮之重要人士吳爾聰、郭石頭、高順益、林澄清等，晚間七時卅分至九時卅分在馬公鎮公所大禮堂，對民眾六百餘人演講，並於演講完畢聽取民眾意見及予以解答。七日上午九時至鑑管港對三百餘民眾作露天演講，並聽取或解答民眾之意見，至五時完畢。八日為星期日，上午十時至馬公鎮基督教會演講，到教友百餘人，至十一時半演講完畢。九日上午十時卅分乘船至漁翁島訪問駐軍師長郭思義，下午一時卅分至三時在小池角對四百餘民眾做露天演講並聽取或解答其意見，三時卅分至五時對內垵村民眾五百餘人做露天演講，並聽取或解答其意見，六時回寓。十日為國慶紀念日，上午九時參加澎湖縣各界慶祝大會，對到會軍民各界一萬餘人演講本小時，同日上午十一時應李司令官之邀，對澎湖防衛司令部軍事幹部訓練班五百餘人訓話，至十二時完畢。十一日上午十時乘船至望安鄉，十一時四十分到達，訪問駐軍團長吳廣仁，下午一時卅分開始對民眾一千二百餘人做露天演講，並聽取或解答其意見，至三時半完畢，同日晚七時至馬公鎮基督教會參加其幹部餐敘，並解答其意見。十二日上午十時乘船至吉貝島，十二時到達，訪問駐軍成排長，下午一時卅分在學校教室對民眾六百餘人演講，並聽取或解答其意見，至三時廿分完畢，是日晚六時柬邀防衛司令官李振清、第一艦隊司令劉廣凱、澎湖要港司令李連墀、九十六軍軍長于兆龍，防衛部政治部主任兼澎湖縣黨部書記長尹殿甲、澎湖縣長李玉林、澎湖縣參議會議長吳爾聰、副議長郭石頭、警察局長徐鴻憲等，在力行社便餐藉表慰勞之意。十三日早七時十五分應李司令官之邀對防衛部官兵六千餘人演講，至七時四十五分完畢，九時至十時卅分招集澎湖縣各鄉鎮知名人士三十餘人，舉行茶會一次昭告巡視觀感，特希各方和協、有補時艱，毋負政府之期望，後由多人陳述意見，情緒甚佳，十時四十分因聽省立澎湖醫院成績不佳，特往視察至十一時廿分完畢。以上為十日來之工作經過，培火每於民眾集會場所，除遵照轉述　鈞長關心民瘼，促進生產及勤求民隱之至意外，並詳為闡釋民主自由之真義，反共抗俄之必勝，國內外情勢之梗概，大家必須軍民合作、官民合作、上下一致、臥薪嘗膽，以期建設台灣，反攻大陸。並附帶鼓勵踴躍選舉及慎投一票之重要，聽講民眾類能深切體會，樂於接受，雖在露天場所或烈日當頭或細雨霏霏，培火演講不停，民眾亦欣然靜聽所有民間疾苦及大眾願望，諸見熱烈發言切合需要，均經一一予以解決或轉請核辦。

二、主要問題

澎湖列島地瘠民貧，耕地稀少，水利缺乏，而且地當台灣海峽之衝，風力強暴，農民胼手胝足辛苦耕耘，然收穫成果實至為有限，一年糧食只能維持四個月，其餘八個月之糧食均需仰給於外來，此糧食之問題實為全澎湖人民最關心希望解決之事也。

澎湖週圍大海魚產豐富，居民有百分之五十五以上專藉漁業為生，猶有百分之二十五亦半耕半漁，在承平之時自由捕魚自由運銷，總可勉為生活。自去歲以還，軍隊轉進，防衛加嚴，良好海灣多布雷以封鎖，捕魚時刻亦嚴令而限制，運銷魚船之往來地點全受指定，回程物資之偷運亦被禁不許，因此漁獲物大為減少，生機暗淡，漁民苦之。此漁撈及偷運之問題，亦為全島漁民最希望解決之事也。

澎湖地方狹小，房屋不多，原有房屋祇能供給原有人民居住，在抗戰時期被炸燬一部份尚未重建復原，本縣人民已有房屋不敷之感；現駐軍驟增數萬，另加軍眷及隨來之人員分居學校與民房，益覺供求懸殊，擁擠不堪，不但影響學生入學，即軍民雜處，亦難免發生少數糾紛，此房屋之問題為全澎湖軍官民急切希望解決之事也。

澎湖集島成治，大多數居民均以漁業為生，因距消費地較遠，所有漁獲物不能隨即完全銷售，必須用鹽醃製候船運銷各地，茲據澎湖各處漁民報告，購買漁鹽十分不便，往往徒有配給之名而購鹽無著，眼看鮮魚腐敗至足痛心，此漁鹽之問題為全澎湖漁民最切身希望解決之事也。

澎湖為要塞之區，位於第一線上，黨政軍民受政府之策勵與防衛司令官李振清及澎湖縣長李玉林領導之下，風雨同舟時加警惕，各方配合工作緊張，民心士氣異常奮發，人民安份守法，軍隊精壯強健，軍民與官民一致合作均為澎湖之優點，惟有地方少數人之對立演成派別之相持，省參議員高順益與縣參議會副議長郭石頭感情不洽，各有附從，以致地方事業一經雙方爭執，即不能順利完成，此為澎湖之缺點。培火經以個人接觸或舉行茶會，對雙方迭加勸告消釋前嫌言歸於好，共同為國家地方而努力。

三、就地解決事件

1、軍民間房屋糾紛

甲、湖西鄉西溪村一二三號住民王江雲有房屋兩間，被軍眷強佔一間，不納租金反被毆打，軍眷遷出後仍封鎖其空房。

乙、湖西鄉西溪村六六號住民陳桂萱房屋被軍眷佔住一部份，與之理論反被送往警察所麻煩。

丙、鑑管港住民翁財教之房屋被要塞司令部第二大台第四台副台長李洒斌眷屬分住一部份，不納租金，往往藉故辱罵妨礙其出入。

丁、馬公鎮重慶里住民顏其碩有樓房一座在縣參議會對面，被野戰醫院佔用一年不納租金，請求退還樓下留其次女一家居住，亦未得應允。

戊、省參議員高順益之一部份房屋亦為軍隊分住，因軍人禮貌欠周，高順益有擬索回之意。

己、馬公鎮基督教堂有一部份房屋附設防衛部政治部之康樂社，教會好清靜肅穆，舉凡康樂活動如高唱戲曲等似有未便，請求換駐比較適宜機構。

以上甲乙兩案已交李縣長轉知該地駐軍官長查明懲辦，丙丁兩案已交警察局徐局長從中調解，戊己兩案已交防衛部政治部尹主任設法解決。

2、駐軍演習妨害農作物

甲、駐紮白砂鄉之士兵有時野外演習踐踏農作物、減少生產，經在座談會中交該地駐軍團長通飭制止，非遇不得已時，絕需極力維護民眾之利益。袁團長立允遵辦，並面請李司令官通飭各地駐軍在演習時，避免進入耕地踐踏農作物。

乙、湖西鄉之南寮地方有一次戰車演習輾廢農作物，不少農民辛勞種植一無收穫，情殊可憫，雖經縣政府切視，擬在防衛捐項下撥款補償尚未實現，已交李縣長早日撥補，如補償不足，酌減其稅捐，藉資救濟。

3、西嶼鄉擬撥配給米

該鄉在去年擬購之配給米，所有價款早已收清，惟米迄今未發，據稱係農會經手，米為海軍接濟不及時，借去供應，已交李縣長追究，據覆日內即可追清分還。

4、限制捕魚時間

以前規定限制漁民出入捕魚時間，已洽商李司令官轉飭，經過手續之人放寬不加限制。

5、村間來往通行證

民訓輔導大隊以前對於人民甲乙村之來往，均規定需要登記並領發通行證，否則不許通行，聞經國防部令飭有案，人民感覺十分麻煩，低級人員亦有藉故留難之情事，已交縣長即日取消，便利人民。

四、轉請核辦事件

1、增建營房

澎湖列島駐軍為第一線之官兵，任重辛勞為國效命，風雨之掩蔽應為之設法解決，據報本省所收之防衛捐撥充建築營房部份，按照駐軍比例至少可撥澎湖二百八十萬元，現僅分配一百四十萬元，不敷遠甚，擬請至少再撥一百四十萬元，增加建築以安軍民，在李司令官之意，並請撥些木材以便修理破爛房室，省時省費效力尤大。

2、配給物質

澎湖缺糧而且隔離台灣，運濟困難，一遇戰事發生或風雨所阻，則來源斷絕，危險殊甚，環請在澎湖設立物調機構，源源配給日常物質。在未設機構之前，請求運囤糧食八萬包，至少亦需三萬包以上，以備不虞，所有運費及運輸損耗請由公家負責，與台灣本島一視同仁，向來運費及運輸損耗悉歸澎湖民眾負擔似不公允，又以前運到之蕃薯籤間有腐壞，售價比市價不低，無人領取，請求一律免費配給，藉宏救濟。培火以為澎湖貧困，負擔已重，合理之請求似應予以照辦，擬請分飭省關之物調會及糧食局參酌辦理。

3、改善布雷

沙底海灣為捕魚最有利之場所，而海灣沙灘又係敵人便於登陸地帶，澎湖布雷嚴密阻礙漁民下海捕魚，其中風櫃尾之韓坡里與西嶼鄉之內垵村尤感困難，既無土地種植，又少海產出息，最低之生活受絕大之威脅，李司令官亦同意可以放寬更改，培火以為布雷之得不償漁民之失過大，擬請轉飭技術總隊盡可能予以改善，以疏漁民生機。

4、多配漁鹽

漁鹽為漁民之生命線，亦為一般漁醃業者榮枯所關，近來日本鹹魚傾銷台灣，亟應便利配銷漁鹽，減輕成本以與爭衡而挽回利源，培火以為台灣鹽之生產大有剩餘，如非中間者藉圖謀利，儘可多量配銷漁鹽、鼓勵增產，尤需充實澎湖鹽務分局，切實就地配銷更為漁民所歡迎，擬請轉飭台灣鹽務局切實辦理。

5、便利交通

澎湖本島與已經連接之白砂島，計有人口五萬餘人，陸上交通原有公共汽車二輛，已經壞去一輛，仍剩一輛亦不堪用，平時已不利便，一遇戰時更難因應，又海上交通在望安鄉、七美鄉與吉貝島三處，均無至馬公鎮之定期交通船。望安鄉與高雄港接近，過去關係密切，自由交通，今則禁止直接往來，必須繞道馬公，民眾均一致深感不便，擬請轉飭台灣交通處加撥新汽車二輛、汽船一隻交澎湖交通機構經營，以利民行，並飭台灣保安司令部准望安鄉至高雄、台南定期行駛一隻交通船，載運日用物質，以示政府關心民瘼之盛意。又澎湖各島漁船運魚到高雄、台南等地售賣後，購買需要物資返島時，悉被當局禁止，徒駕空船而回為民眾最感痛苦而難諒解者。

6、解決淡水

澎湖原有水井勉強供應住民之需，今軍隊大增供不應求，此時已感困難，如有外國艦隊到達淡水則更難以應付。觀聽所繫，亦不能不早為之謀，現在增開一井尚未完成，在李司令官及馬公鎮張鎮長之意，如能更開一井充實設備，則飲用淡水便可稍為安心，擬請轉飭酌予補助，以維軍民食需。

7、提高教育

白砂鄉現有縣立補習學校一所，請求改設縣立初級中學，此為白砂鄉人之請求，望安鄉則連補習學校亦無，該鄉人士請求設一縣立補習學校，此皆有關教育經費之增加，擬請轉飭教育廳加以注意。惟澎湖縣之水產學校原有高級班，合併高雄後，學子升學費用增加，為一般中下家庭所難為，前往就學者殊少，而澎湖列島純為水產之鄉，高級水產人才確屬事實上所需要，環請恢復設立水產高級班不無理由，擬請轉飭教育廳參酌辦理。

8、調整省立澎湖醫院

澎湖醫院在澎湖縣總算為中心醫院，然感其設備欠充實，而且破舊不堪，院長賈友三對於人事方面稍欠應付之方，醫師紛紛請求他調，亦以軍方病人太多難於應付，更加業務之困難，擬請轉飭省衛生處補充設備、調整能員、改善業務，確保軍民之健康。

以上轉請八項事件均為彙合澎湖各界人士之共同要求，確屬急切需要者，謹將巡視結果報請　察核分別施行

謹呈

院長陳

副院長張

政務委員蔡培火

報告十月十六日於台北市

巡視高雄市報告存稿（一九五〇、十、廿五）

一、巡視高雄市經過

培火於十月廿二日由台北出巡高雄市，當日下午五時廿分抵達，隨即訪問市政府，八時至九時卅分在大港埔基督教會對教友二百餘人演講。廿三日上午七時卅分至九時在旗津區對民眾五百餘人做露天演講，十時至十二時在市府大禮堂對各機關團體首長及參議員等七十餘人演講，並舉行座談會，下午二時至六時分別訪問高雄要塞司令洪士奇、南地區守備司令部副司令李法寰、港務局長王國華以及市黨部、市參議會、警察局等，晚間八時至九時卅分在公共體育場對民眾三千二百餘人做露天演講。廿四日上午八時卅分至十時在左營興隆戲院對民眾四百餘人演講，隨後訪問海軍總司令桂永清，下午二時卅分至四時在楠梓區對民眾八百餘人做露天演講，晚間八時至九時卅分在大港埔對民眾二千六百餘人做露天演講，除遵照轉達　鈞長之意旨外，均以闡揚民主自由之真詮、激發反共抗俄勝利之信心、在此時期務須以艱難兄弟自相親之精誠、加強團結為演講之中心，每於演講完畢，聽取民眾意見並予解答。廿五日在高雄市做報告，準備廿六日前往高雄縣巡視。

二、轉請核辦事項

1、補救高雄市財源

高雄市過去各工廠之營業稅與所得稅多以總公司設在台北，政府即就總公司徵稅，高雄市不能向之徵收，財源缺少，擬請轉飭財政機關研究辦法以資補救。

2、分配進口貨在高雄港起卸

高雄港近以進口貨限運基隆市而大受影響，為培養高雄港之繁榮，擬請轉飭准許南部貨物在高雄港起卸。

3、分配貿易商

在各界座談會中，環請對日貿易商之分配不宜由台北商人獨佔，高雄市亦應比例參加，擬請轉飭照辦。

4、限制選舉費

此次地方自治選舉並無限制選舉費用之數額以及用途，以致選舉時各競選人之費用過多，殊屬濫費，而清貧之士不易競爭，有人建議選舉公辦，擬請轉飭加以改善。

5、設立高雄商學院

高雄市人口廿八萬為南部商業中心，眾請在高雄市設立商學院一所，以資造就高級商業人才。

6、放租海軍要港部留用空地

楠梓區援中港一帶在日治時代人民耕地被強迫收買，光復後由海軍接收現要港用地外，還有留用空地五百餘甲，而住民有二千八百餘人，其所有耕地衹有十餘甲，眾請將空地放租農民耕種，又其中一部份已由海軍福利會主持放租，間有主管更換或租約到期而藉詞需索，農民不得安心耕種，亦請予以改善以救民困。

7、保障人事

人事制度推行已久，良好公教人員必須切實保障，為杜漸防微，擬請通飭各機關，對於部屬非有重大過失，不得輕易更換，以安工作情緒。

以上七項問題為高雄市各界所建議，是否有當，謹報請　鈞長察核施行。

謹呈

院長陳

副院長張

政務委員蔡培火

報告十月廿五日於高雄市

致張副院長厲生為函送高雄市報告及巡視日程由存稿（一九五〇、十、廿六）

少武副院長賜鑒：

職巡視高雄市業經完畢，敬將報告寄呈　察核，並請轉呈　院長核辦。茲定本日起至廿九日止巡視高雄縣，卅日在四重溪做報告，卅一日起巡視屏東縣，餘容後報。順候

政安

職蔡培火拜啟

十月廿六日

電總統祝壽由存稿（一九五〇、十、卅）

台北

總統蔣鈞鑒：

恭祝六四華誕，永享遐齡。

職蔡培火　叩

卅於屏東

巡視高雄縣報告存稿（一九五〇、十、卅）

一、巡視高雄縣經過

培火於十月廿六日抵高雄縣，上午十時卅分至十二時在縣政府大禮堂開座談會，到各界首長及參議員等七十餘人，下午在鳳山分別訪問陸軍總司令部南區防守司令部、高雄縣黨部、高雄縣參議會及地方重要人士，晚間八時卅分至十時四十分在鳳山戲院對民眾一千五百餘人演講。廿七日上午十時至十二時在橋頭鄉戲院對民眾一千二百餘人演講，下午二時至三時卅分在崗山區署開座談會，到各界首長及知名人士三十九人，下午四時卅分至六時在崗山中學大禮堂對民眾五百餘人演講。廿八日上午十時十五分至十二時在旗山區戲院對民眾一千三百餘人演講，下午二時卅分至四時卅分在美濃鎮戲院對民眾及學生一千四百餘人演講。廿九日上午十時卅分至十二時在路竹鄉戲院對民眾四百餘人演講，下午三時卅分至五時卅分在茄萣鄉國民學校操場對民眾一千八百餘人做露天演講。除宣達中樞意旨、分析反共抗俄必勝、強調台灣民眾應負起千載難逢之光榮任務外，並聽取民眾意見，隨即予以解答。此次巡視南部，沿途所見五穀豐收，民情頗為穩定，足可告慰於　鈞長者也。

二、就地解決事項

1、房屋糾紛案

甲、鳳山鎮李宗山房屋被陸軍少將楊英佔住，先約兩個月退還，有縣黨部吳書記長崇雄保證，到期失約，請求設法歸還。

乙、路竹鄉大社國民學校共有教室廿間，已由軍隊駐紮十間，現又欲加借三間，請求設法制止。

丙、橋頭鄉戴祥房屋被軍人強佔，經直接交涉退還無效，請求為之解決。

2、軍車速度過快，迭有肇禍，請求轉商軍方嚴加限制，在湖內鄉大湖村撞壞房屋，重傷三人之車輛已扣交當地區署，司機逃走，迄無妥善處理，請求追究補償。

3、維護交通案

甲、美濃鎮旗尾橋為該鎮四萬民眾進出之唯一孔道，雖有計劃建築，迄未繼續施工，民眾來往殊為艱苦，請求加緊建築以利交通。

乙、旗山區楠梓仙溪沿溪之路基，緊靠溪岸，前已崩塌一處，尤其在嶺口附近地方路基不固，如再崩陷，則全區交通大道斷絕堪虞，請求急速修理，以免因小失大。

4、凡被河流沖壞田地，請簡捷調查免徵捐稅。

5、路竹鄉教職員請求簡化領薪手續，交由就近合作社轉發。

6、鳳山鎮間有警察於深夜到人家叩門，以查戶口為名，實則查私酒，失信於民，請求予以糾正。

右六項已交高雄縣董縣長分別妥為處理。

三、轉請核辦事項

1、便利捕魚

高雄縣沿海漁民因限制捕魚，生活困苦，請求轉飭駐軍取消捕魚時間，尤其在冬節前後二十日，烏魚汛期，大利所在，請求簡辦出海手續，不再如去年烏魚汛期，望魚興嘆。

2、平抑物價

穀賤傷農，日用必需品起價過多，一斗米不值三封火柴，以致收支懸殊，請求平抑以救農村，尤其公賣品更應抑低，免資藉口。

3、放寬貸款

農民漁民生活均屬困難，過去所放貸款太少，杯水車薪無濟於事，到處民眾均請放寬數量，尤其在漁村對此項要求聲浪更為高漲。

4、改善主佃關係

三七五減租按照等則繳納，民眾感覺不甚妥當，尤其等則調查欠正確，申請變更亦甚困難，請求按照實物收穫比例繳租，小地主亟須收回土地自耕，大佃戶所租土地遠超其耕種能力，轉租剝削，眾請政府妥為改善。

5、公地放租

前被日軍強佔人民之土地，均係私人所有，如高雄縣潭頭山等處，除極小軍用地外，大部歸於荒蕪，窮農則欲耕無地，實為可惜，眾請發還人民或放租耕種。又糖廠公地仍有數萬甲，自耕成績不及民間，請求一併放租，並須以公平為原則。

6、改善村里長地位

村里長為無給職，工作煩雜，尤其駐有軍隊地方事事是問，更難應付，以致民眾不願擔任，眾請改善其立場，限制軍隊任意麻煩，如有必要，接洽應憑正式手續，以健全地方自治之基層。

7、肥料換穀

政府規定配給農民肥料須以穀交換，現穀賤肥貴，農民不願將穀交換，請求以現金購買。

8、營房建築

各地民眾對於軍隊仍多駐學校，而新建營房所見無多，並且均是極簡單之草房，究竟建築費用如何支付，人民嘖有煩言，似應撤查處理，以平民心。

右八項謹報請　鈞長察核施行。

謹呈

院長陳
副院長張

政務委員蔡培火
報告十月卅日於四重溪

致張副院長厲生為函送高雄縣報告及巡視屏東日期由存稿（一九五〇、十、卅一）

少武副院長賜鑒：

職巡視高雄縣業經完畢，茲將報告寄呈　察核並請轉呈　院長核辦，本日起巡視屏東縣，預計十一月三日完成，四日回台北，順此奉聞。並候

政安

職蔡培火拜啟

十月卅一日

函知恆春區康區長玉湖逕向南區防守司令部申請開放港口取消限制捕魚時間由存稿（一九五〇、十一、三）

玉湖區長勛鑒：

關於恆春區民眾請求設法取消限制捕魚時間，尤其烏魚汛期更應自由討海，以及開放一二港口以利海上交通等項，業經商洽南區防守司令部，以唐司令官外出由林副司令官及尹參謀長接談，據稱可以考慮，但向未接到地方機關團體之申請，嗣後如有要求儘可向該部洽辦云云。盼將詳情備文逕向申請，當有具體答覆。

此次巡視恆春承蒙連日招待，順此致謝。即頌

政祺

蔡培火啟

十一月三日

巡視屏東縣報告存稿（一九五〇、十一、六）

一、巡視屏東縣經過

培火於十月卅日由高雄抵達屏東縣之四重溪，是晚七時卅分至九時卅分，在車城鄉國民學校對民眾四百餘人演講，卅一日上午十時在恆春區署開座談會，到各鄉里長及當地機關團體首長百餘人，至十二時完畢，即參加七十一師政治部佈置之慶祝　總統壽堂簽名祝壽，下午三時訪問當地駐軍人民團體以及地方重要人士，晚間八時在恆春區各界慶祝　總統華誕遊藝會場，對民眾三千餘人作扼要之短講，十一月一日上午十至十二時卅分在東港區大舞台對民眾一千六百餘人演講，下午三時至五時在潮州省立中學禮堂對民眾三百餘人演講，二日上午九時卅分至十二時在屏東戲院對民眾一千三百餘人演講，下午三時至五時在屏東縣政府大禮堂開座談會，到各機關團體首長及自治幹部百餘人，會畢分別訪問地方機關及地方重要人士，三日上午九時卅分至十一時卅分在萬丹鄉戲院對民眾八百餘人演講，下午三時至鳳山南部防守區司令部及高雄縣政府商洽各地民眾請求解決事項，晚間八時至十時在里港鄉禮拜堂對民眾一千餘人演講，每於演講完畢聽取民眾意見及予以解答。

二、就地解決事項

1、海防徵工

海防工事常徵附近民工服務，不發工資還須自帶工具，沿海居民請設法制止，如有必須應依正當手續公平辦理並撥防衛捐補助。

2、維持軍紀

甲、軍車速度過快時常肇事，眾請嚴令限制並加強訓練司機。

乙、間有軍人無票乘車或越等乘車或攀乘過重之商人卡車，又不聽勸告易於滋事，眾請設法糾正。

丙、最近在屏東發生軍人無理打人情事，亦有買鞋穿著後翌日強迫退貨，否則吵鬧不休，眾請急需整飭。

3、便利交通

恆春區港口禁閉，交通困難，雖有交通車，以車少票貴，人民苦之，眾請開放一二港口，准其船隻出入以利交通。

4、鄉產歸鄉

車城鄉縣有林原為地方民眾出力造成，眾請不該許可私人營利，應歸該鄉為國校基金或地方財源。

5、改善收稅

稅捐稽徵處對民眾通知欲追徵廿六年以來之契稅，輾轉出賣數人之土地亦一律補徵，民眾認為不合理，請求加以改善，對於徵收營業稅、任意片面估價亦認為有失公平，眾請估價時會同商會斟酌較為妥當。

6、簡化核發土地所有權狀

土地所有權狀報由縣政府核發手續過煩，遷延時日，眾請蓋好縣印後授權地政事務所核發較為簡便。

7、催發教職員薪水

原為高雄縣轄之地方，自十月一日劃歸屏東縣後所屬學校教職員之八九兩月份薪水迄今未發，高屏兩縣政府均藉故拖延，該員等請求設法迅速發給以維生活。

以上一至三項已洽南區防守司令部斟酌辦理，四至六項已交屏東縣政府查明改善，第七項已交高雄縣政府迅速發給。

三、轉請核辦事項

1、便利捕魚

沿海漁民依靠捕魚為生，一經予以捕魚時間之限制，收入大為減少，尤其烏魚汛期在冬節前後二十日，關係漁民利益至大，前在巡視澎湖縣與高雄縣之報告中已經述及，屏東縣亦有同樣情形，眾請取消限制並予簡化出海手續，此事雖經洽商南區防守司令部，據稱可加以考慮，培火仍擬請交國防部研究通飭取消以維漁民生計。

2、平抑物價

穀賤傷農，各地農民認為去年穀價一千斤售七百餘元時，白露酒每瓶五角，現在穀價一千斤售四百餘元，白露酒每瓶反起至二元，其餘食鹽豆餅及交通費日用必需品，均起價至數倍或十餘倍，農村至為艱苦，各地民眾咸請迅速平抑物價，尤其公營事業之價格更應抑低，以領導物價之減削。

3、建築營房

屏東各鄉民眾以新建營房不多，軍隊仍多駐學校，對於以前撥交建築營房之費用，不知作何開支，眾請迅建營房歸還學校，以便學生上學。

4、公地放租

糖廠公地仍有未經放租，各地農民認為糖廠自耕成績不及農民，據東港人民林文銓稱根據農林廳之統計，普通農民之收穫比糖廠自耕之收穫多三成，眾請全部放租以增加生產。

5、荒地開墾

日治時代向人民徵收之土地用作飛機場或作軍用地，迄今荒蕪無用者甚多，即在六龜鄉之土地有四百餘甲，山地門有二千八百餘甲，還有關子嶺獅頭山後內大埔數百甲之公地迄未開墾，任其荒蕪，眾請准許分撥失業者開墾，寓救濟於生產之中，實屬一舉兩得。

6、救濟軍眷

大陸撤退來台之軍眷，尤其自海南島前來者生活淒慘無法安身，如由地方各自籌募救濟，紛雜不平，眾請中樞統一救濟扶助其生產，以免流落無依。

7、興修水利

恆春區石門水庫已經派員測量，如水庫完成可以建築三千瓩之發電廠，可以灌溉三千餘甲之良田，眾請洽商農村復興委員會撥款建築，又恆春龍鑾潭之水利工程、東港區之烏龍圳、萬丹鄉竹林圖水圳，亦請一律興修以利增產。

8、肥料免換穀

以前肥料較廉、穀價較高時，經辦人員遲遲不換，現在肥料起價、穀價低賤，農民不願以穀交換，眾請以現金購買且以原價配售。

9、公務員請停配煤炭

因各家庭不慣燒煤且爐灶不適合，起火不易又不衛生，僉請停配改發貸金。

右九項謹報請　鈞長察核施行。

謹呈

院長陳

副院長張

政務委員蔡培火

報告十一月六日於台北市

函高雄市長陳保泰高雄縣長董中生屏東縣長何舉帆致謝由存稿（一九五〇、十一、七）

保泰市長
中生縣長我兄勛鑒：
舉帆縣長

弟巡視高雄市高雄縣屏東縣期間，承蒙派員協助並撥車交通，使工作進行殊為便利，復荷　盛餐招待，衷心至為感激，專此致謝。順請

政安

弟蔡培火敬啟
十一月七日

函屏東糖總廠廠長張季熙善處劉勉調動並致謝由存稿（一九五〇、十一、七）

張總廠長季熙兄勛鑒：

恆春糖廠主任劉勉調動事前在屏東已經面談，茲接恆春鎮民代表陳正順等六十四人聯名陳情書，請設法挽留該主任繼續在恆春服務，前來用特函達查照善為處理，並請將處理情形見復為荷。

此次在屏東工作期間寄住　貴廠招待所，連日造擾，至為感激，順此致謝。即候

公安

弟蔡培火敬啟

十一月七日

函澎湖縣長李玉林鼓勵其競選縣長由存稿（一九五〇、十一、九）

玉林縣長我兄勛鑒：

澎湖派別對立既未能趨於協調，將來選舉縣長如當地人士，為欲致其中和通力合作，而願我兄出而競選，亦屬比較相宜，除分函素日接近我兄之幾位澎湖人士一致支持外，特祝加緊努力競選成功。前日兄來敝舍，有失迎候，本擬一盡地主之誼，因未悉尊寓何處，正在訪問間，聞已飛返澎湖，不克如願，至深惆悵，嗣後如有前來台北機緣，仍請　惠賜一談，自當掃榻以歡迎也。專此順頌

勛綏

弟蔡培火敬啟

十一月九日

函澎湖縣議員鄭暻文、黃見享請支持李玉林競選縣長由存稿（一九五〇、十一、十）

暻文、見享議員我兄勛鑒：

澎湖派系對立有礙地方事業之推行，前因巡視之便，經向雙方一再勸告通力合作、消釋前嫌，近聞仍未見彼此諒解。此次縣長選舉，不知　石頭兄是否出而競選，抑有另定計劃？惟此次競選恐非容易，茲聞李縣長玉林辭職競選，弟以為如能選出中和人物居中協調，則雙方糾紛較可避免，地方事業亦易於推行，倘蒙同意，請一致支持成全之，但未知　尊意以為如何，便請一覆為荷，專此。即頌

時綏

弟蔡培火敬啟

十一月十日

函澎湖縣郭石頭先生商酌支持李玉林競選縣長由存稿（一九五〇、十一、十）

郭副議長石頭兄大鑒：

澎湖意見糾紛，前經一再勸解集中意志通力合作，近聞仍未見諒，甚為可惜，此次縣長選舉，不知我 兄是否依照原意出而競選，抑有另定計劃？際茲局勢相當嚴重，欲期政務順遂推行，實不容易，即競選活動亦必相當麻煩，茲聞李縣長玉林辭職競選，弟以為如能選出中和人物居中協調，則雙方糾紛較可避免，地方事業亦易於推行，相信必有賢明之措施也。尊意以為如何，便請一覆為荷，專此。即頌

時綏

弟蔡培火敬啟

十一月十日

函彰化陳縣長錫卿請提升宋協邦為指導員由存稿（一九五〇、十一、十）

錫卿縣長我兄勛鑒：

茲有宋協邦君學歷資歷均可充任較高職務，現任北斗區署課員未免過於委屈，如有機會，請提升為指導員等職，當能勝任愉快也，專此奉懇，並頌

政綏

附宋協邦履歷一張

弟蔡培火敬啟

十一月十日

函吳秋微侯全成發動簽署韓石泉競選台南市長由存稿（一九五〇、十一、十三）

秋微兄全成弟聯鑒：

台南市選舉市長，中央意欲　石泉兄出而競選，請於接此信後，立即發動全體同志進行簽署提名，因簽署之期限於本月十九日，並盼趕速辦理，遲恐不及，此次擁護　石泉兄競選，請各同志加緊努力代其活動，勿使其本人出面拜託及過度用費，弟為此事定十四日晚間十時卅分快車南來，連委員震東將於十五日南來，一致行動，先此奉聞，即候

大安

石泉兄前請代候安

弟蔡培火敬啟

十一月十三日

電知吳秋微改期南下由存稿

（一九五〇、十一、十四）

台南市壽生醫院

吳秋微：

因事，改明過午快車南下。

培火　十一月十四日

函覆周秀琴火災保險現無從辦理由存稿

（一九五〇、十一、十四）

周秀琴女士：

十一月五日函，悉查日治時代之火災保險，以對日和約尚未簽訂，現時無從辦理，此覆。

即頌

近安

蔡培火啟

十一月十四日

函覆李陳心為楊英房屋一經另租即可遷還由存稿（一九五〇、十一、十四）

李陳心女士：

十月卅日函悉已交高雄縣董縣長妥為處理，據復楊英房屋一經另行租成，即可遷還等語，此覆。即頌

近安

蔡培火啟

十一月十四日

函陳院長為報告宣傳省內外同胞應團結之事實由存稿（一九五〇、十一、十四）

辭公院長鈞鑒：

職此次巡視高雄屏東各地，於每次演講之中除遵照　鈞長意旨，轉達關心民瘼、促進生產、及勤求民隱外，極力強調本省與外省同胞加強團結、集中力量，一致為反共抗俄而奮鬥。外省來台同胞大部份為忠貞愛國之棟樑，本省同胞應厚待之，在此千載難逢之大時代，爭取台胞為國努力之光榮任務，十餘日來各地民眾咸所聞之，但回台北後側聞有人謂培火在演講中以妙語暗傷外省同胞，適與事實完全相反，即自光復以來，職正為此事費盡心思，因此多受虧損而不顧，謹抄卅五年登載於中華日報之敗戰記一份，附呈察閱為禱，肅此。致請

鈞安

職蔡培火拜啟　十一月十四日

敗戰記剪報仍存蔡委員處

函南投縣長盧明為函知巡視南投縣日期及辦法由存稿（一九五〇、十一、十七）

盧縣長明兄勛鑒：

弟定本月廿日由台北乘八時卅分對號快車赴台中轉乘糖廠火車到　貴縣巡視，到達之日即可開始工作，準備工作六天後，廿六日一天在日月潭休息，廿七日往彰化縣。至預定之工作，希望每日對一般民眾開一次演講會，招集民眾多多益善，如有必要，每天加開一次各界座談會亦可，惟開演講會時，尤其在室外演講，盼能佈置擴音機以利工作，所有工作日程（地點與時間）應如何分配，煩請　縣長聯繫南投縣黨部預為排定，以利進行，並請代定三人住宿之比較清靜地方為荷，當此。順請

政安

弟蔡培火敬啟

十一月十七日

致彰化縣長陳錫卿為函知巡視彰化縣日期及辦法由存稿（一九五〇、十一、十八）

錫卿縣長我兄勛鑒：

頃接　大函，蒙對宋君工作加以關照，至為感謝。弟定本月二十日起，先往南投縣各地工作，二十七日由日月潭乘電力公司火車經二水到彰化，即日開始工作，準備在　貴縣各地工作六天或七天，此次巡視，希望每日對一般民眾開一次演講會，招集民眾多多益善，如有必要，每天加開一次各界座談會亦可，惟開演講會時，尤其在室外演講，盼能佈置擴音機以利工作，所有工作日程（**地點與時間**）應如何分配，煩請縣長聯繫彰化縣黨部預為排定以利進行，並請代定三人住宿之比較清靜地方為荷，如果中途有何變更，俟到南投以後再行聯絡，專此。順請

政安

弟蔡培火敬啟

十一月十八日

致南投／彰化縣黨部任籌備員／李書記長為函知巡視日期請與縣長聯繫由存稿（一九五〇、十一、十八）

任籌備員寶惠
李書記長瑞成兄勛鑒：

弟定本月二十日／廿七日到南投／彰化巡視，預定在貴縣各地工作六天／六天或七天，所有工作日程（地點與時間）已函請盧／陳縣長預為排定，煩請我　兄與之聯繫，以利進行為荷，專此。順請

黨安

弟蔡培火敬啟

十一月十八日

電知南投縣長定今早前往由存稿

（一九五〇、十一、廿）

南投縣政府

盧縣長：

弟今早特快動身，特聞。培火哿（十一、廿日）

函台中縣馮縣長商請再撥桌椅交南投縣應用由存稿（一九五〇、十一、廿二）

世欣縣長我兄勛鑒：

南投新劃縣治，百端待舉，即縣政府辦公桌椅除由　貴縣撥到二十五副及其本縣自行設法外，仍殊感缺乏，弟巡視此間，親見其困難情形，並聞　貴縣辦公桌椅剩餘甚多，可否再撥四十副至南投，以便利其工作之處。特為函請　查明辦理，並函知南投縣政府為荷，弟巡視南投縣後經彰化縣再到　貴縣，良晤不遠，先此附聞，專此。即頌

公綏

弟蔡培火敬啟

十一月廿二日

函彰化縣陳縣長為聯絡巡視辦法由存稿

（一九五〇、十一、廿四）

錫卿縣長我兄勛鑒：

十八日寄上一函諒登記室，茲定廿七日午前到達彰化，但不一定經由二水前來，當日下午即可開始工作，預定至十二月三日止，在　貴縣工作七日，所有工作期內之日期與地點請縣政府排定，惟每日開會之時間與場所，盼由各鄉鎮自行決定比較適合，除上午由甲地至乙地不能工作外，每日午後天天工作均請先為聯絡，以利進行，住宿地方亦煩代定為荷，專此。即頌

公綏

弟蔡培火敬啟

十一月廿四日於南投

巡視南投縣報告存稿（一九五〇、十一、廿六）

一、巡視南投縣經過

培火於本月廿日到南投縣巡視，當日下午抵達，即分別訪問各機關及士紳，是晚八時半至九時半在南投中學參觀克難夜校，並對一百二十餘學生講話，廿一日上午十時至十二時在南投戲院對民眾一千餘人演講，下午三時至四時卅分在南投鎮公所禮堂開座談會，到各界人士五十餘人，廿二日上午八時半至十時對南投糖廠員工一百五十多人講話，同日十一時半至草屯鎮，下午三時至五時在草屯鎮國民學校禮堂開座談會，到各界人士八十餘人，是晚八時至十時在原地點對民眾五百餘人演講，廿三日上午由南投至竹山鎮，下午二時卅分至四時卅分在竹山鎮農會禮堂對民眾四百餘人演講，廿四日上午由南投至集集鎮，下午三時至五時在集集鎮農會對民眾三百餘人演講，廿五日上午由南投至埔里鎮，下午三時至五時在埔里戲院對民眾一千餘人演講，每於演講完畢聽取民眾意見並予以解答，廿六日由埔里至日月潭做報告。

查南投為新劃縣治，百端待舉，不但縣財政入不敷出，相差甚多，即目前公務人員辦公桌椅亦不夠應用，惟南投縣位於全省之中心，十分之八為山，糧食不足，山產與木材則甚豐富而有餘，倘能善於因地制宜，開闢山地及交通，則其前途之發展大有可望也。

二、轉請核辦事項

1、南投縣樹薯粉出產頗多，眾請開放出口，關係該縣經濟甚大。

2、日產售價較市價為高，民力難以負擔，眾請減低出售並准分年繳款。

3、穀賤傷農，每百斤仍低成本壹十一、二元，眾請平抑日用必須品之價格，以疏民困。

4、南投縣適宜種植鳳梨與香蕉，眾請加強獎勵生產，減少販賣商與機關團體之剝削，並予以運銷工具之方便，以利出口，此兩項在日治時代為出口貨之大宗，尤關南投縣之財政基礎。

5、南投縣散在各鄉鎮之官有地甚多，民眾請求放租耕種以增生產。

6、草屯飛機場用地原屬人民林欽億等二百餘戶所有，現仍有七十餘甲由空軍補給總庫第三油料庫管理，該民等認為在日治時代猶按月發給租金，現亦請求發給或向之收買或退還，以卹民艱。

7、台拓會社向農民所收之保證金，在日治時代每甲三百元，現該社之土地由土地銀行管理，眾請按照物價指數迅速發還保證金。

8、農材經濟困難，眾請寬放農貸。

9、竹山鎮與鹿谷鄉原為缺糧之區且交通不便，該地民眾請將應繳之賦穀留供就地糧食，准其折價繳納現金，以免運出又須運入之損失，並請指定該鄉鎮之糧區就近向雲林縣購買，以省遠運之運費及麻煩，埔里鎮亦請求以代金納賦。

10、竹山鎮清水溪一帶之竹林，原在日治時代以微薄代價被強力霸佔，該鎮民眾請求維護人民權益予以合理解決。

11、集集鎮隘寮原屬星製藥會社之事業地五百餘甲以及集集事業區第一至第三林班，該鎮民眾請求開放予民眾造林以增生產，又各山之枯倒木及風倒木甚多，一任山中腐化，貨棄於地至為可惜，並請開放給民眾或自治團體經營，國計民生兩均有利。

12、台糖為本省出產大宗，眾請維持蔗價與糖價之穩定，俾蔗農得以安心樂業。

13、南投鎮第二國民學校駐有陸軍第廿三病院，肺病兵士二百餘人與小學生一千餘人共處一校，傳染堪虞，間有病兵與學生滋事，故意吐痰與學生食者，各家長至不安心，雖聞國防部令飭短期遷移，但迄未實行，眾請嚴飭速遷，以維學子康健，以安民心。

14、南投鎮教育人員以生活清苦，請保障工作不隨便調換，並給予老年退休金。

15、草屯鎮初中學生頗多，埔里鎮亦然，兼交通不便均請設立高中或專科農校，以利學生升學，其經費與校舍均願盡力負責。

16、集集鎮建築初中教室僅完成一小部份，仍有大部份未完成，該鎮人士請求政府予以補助急速完成。

17、農村青年以經費困難多數失學，眾請政府設法補救。

18、埔里經柑子林至台中之公路在鱸鰻潭一帶每年崩陷，唯一交通線一經阻塞，物價隨之暴漲，人民苦之，眾請自柑子林經太平鄉到台中另闢一條公路，比現在經鱸鰻潭可縮短三分之一路程，且土質堅固不虞崩陷，便益民生至鉅，眾請及早興工。

19、埔里至花蓮公路在日治時代已由青年奉公隊開有路基，惟隧道與橋樑尚未完成，此段為橫貫中台灣之幹道，無論對於政治、經濟、軍事方面均有開發之價值，眾請利用兵工建築以完成之，擬請派員勘察設計迅速進行。

20、名間鄉至竹山鎮中隔濁水溪交通不便，如繞道鼻子頭之鐵線橋，須加十餘公里，眾請在兩鄉鎮之最近處建築橋樑以利交通。

21、竹山之清水溪吊橋工程已經完成橋基三分之二，忽於六月停工，該橋有關八萬餘人之交通及貨物進出，眾請嚴催包工迅速完成。

22、南投縣集集煤礦共有礦區八十餘甲，在日治時代已許吳宗敬開採，光復後再經政府許可開至卅七年底止，以後繼續申請尚未批准。查該礦區與南投鎮之間已有十公里之小火車，三公里之手推車路線，如延長二公里之推車線，即可接至山麓再加三公里之吊車，則礦區之煤可源源運出。且聞該區一帶還有金礦、石灰礦、海綠石礦、石油等，擬請派員勘察後斟酌辦理，以開發利源，尤其海綠石可作加里肥料原質，請特加注意。

23、草屯鎮有水田四千餘甲，該鎮人士請求劃分南投水利委員會為草屯區與南投區，以便就近管理修理水利。

24、草屯鎮有居民四萬餘人，眾請政府予以補助辦理自來水之設備，以利居民衛生。

25、集集鎮之番子寮，濁水溪堤如建築三百米，即有二百五十甲之良田，該鎮人民請求政府趕快建築以利增產。

26、埔里鎮之牛眠山有土地四百餘甲，所需堤防建築費，政府規定由縣庫與人民各半負擔，該鎮民眾請求由省庫縣庫各補助三分之一，人民負擔三分之一。

27、關於運糖之貨物稅統一分運照共填四聯且限銷本縣，眾請簡化填寫或用複寫，尤需將限銷本縣改為限銷本省，以便轉運。

28、各地民眾以為各種稅捐手續太煩，請求簡化，又戶稅收納期請定在收成之後，民眾較有辦法繳納，間有特殊困難不能依期繳納者，政府應酌情處理，請勿苛罰，以免民眾難堪。

29、南投縣治新成，財政不敷甚鉅，眾請按照東台灣及陽明山例予以補助，至少請求補助最初一年。

30、鹿谷鄉之大學演習林在日治時代係全鄉人民被壓迫為之種植而造成者，當時猶得補助鄉財政每年三千元，光復後一文未得，該鄉人民請求撥為鄉產或仍按年發給補助金。

31、台中山林管理所管理之竹山鎮山林面積共有六千餘甲，原在日治時代強迫民眾而被佔有者，茲據該鎮鎮長陳博土及各里長各鎮民代表簽稱，該鎮造林地杉木已由林產局批准二萬石歸與嘉義之魏某砍伐，林產局分五四，魏某分四六，所有林產局分得之木材又按照公定價格悉售與魏某。以全鎮人民負責造林保林防火防盜之結果所有利益由一人獨佔，民眾至不甘心，請求將林產局應得之杉材依照公定價格售與竹山鎮公所經營，利潤歸於鎮有，以補助該鎮之財政而昭大公。

32、埔里鎮四圍是山，該鎮民眾請求將所有木材勿完全許可大商人經營，應分一部歸鎮營，以補助該鎮財政。

33、年來拘捕人犯頗多，間有久未定案者，各地民眾均有要求保障人民身份，有罪迅速判罪，無罪迅速釋放，各有關機構應互相聯絡，不能此釋而彼又予拘捕，如南投鎮之鄒淑靜、草屯鎮之張常美萬、斗六之林東山、竹山鎮之陳能通等，均被押數月或仍未結案或不知下落，並請有以改善。

34、駐在南投各地駐軍多有外出閒遊，易於滋事，眾請加強管理與訓練，限制其外出閒遊時間。

35、集集鎮街上存有陸軍軍用汽油一七〇〇桶，眾請移存他處，以免危險之發生。

36、南投縣財政不足，警員待遇有低至五十元者，不但與公營事業人員相差過甚，即與彰化基隆等處警務人員相比亦不一律，當地警務人員請求政府待遇須公平。

37、各地銀樓受限制及金銀首飾舖亦一律禁止，有關首飾業者請求劃分明白，准予金銀首飾舖復業，以應民間需要，並維持首飾工人之生活。

以上三十七項報請　鈞長察核施行。

謹呈

院長陳

副院長張

政務委員蔡培火

報告十一月廿六日於日月潭

函黃秘書長少谷為送巡視南投縣報告二份請妥為轉呈由存稿（一九五〇、十一、廿七）

黃秘書長少谷兄勛鑒：

弟巡視南投縣業經完畢，茲遵囑繕就報告二份，隨函附請　查收妥為轉呈為荷，廿七日起巡視彰化縣，預定至十二月二日完畢，屆時如健康許可，擬繼續巡視台中市台中縣，順此奉聞。敬候

政安

弟蔡培火拜啟

十一月廿七日

函張副院長為巡視南投報告已寄黃秘書長轉呈並告巡視行程由存稿

（一九五〇、十一、廿七）

少武副院長鈞鑒：

職巡視南投縣業已完畢，經將報告繕就二份寄請　黃秘書長少谷妥為轉呈，廿七日至十二月二日巡視彰化縣，如蒙　賜示，請寄彰化縣政府轉，以後如健康許可，擬繼續巡視台中市、台中縣，專此奉聞。謹請

政安

職蔡培火拜啟

十一月廿七日

致台中市陳市長／縣馮縣長為函知巡視日期及辦法由存稿（一九五〇、十二、一）

宗熙市長／世欣縣長我兄勛鑒：

弟定十二月四日及五日／六日至十一日在貴市／縣巡視，希望每日對一般民眾開一次演講會，招集民眾多多益善，如有必要每天加開一次各界座談會亦可，惟開演講會時尤其在室外演講，盼能佈置擴音機以利工作，至於工作地點與時間應如何分配，煩請　市／縣長聯繫台中市／縣黨部預為排定以利進行，並請代定三人住宿之比較清靜地方為荷，專此。順請

政安

弟蔡培火敬啟

十二月一日於彰化

（台中市）四日上午九時以前由彰化到　貴市政府又及

（台中縣）最初一天希望在霧峰工作，但上午九時以前先到縣政府訪問又及

致台中市／縣黨部為函知巡視日期請與市／縣政府聯繫由存稿（一九五〇、十二、一）

陳建文／何金生書記長兄勛鑒：

弟定十二月四日及五日／六日至十一日在　貴市／縣各地工作，所有工作地點與時間已函請陳市長／馮縣長預為排定，煩請我　兄與之聯繫以利進行為荷，專此。順請

黨安

弟蔡培火敬啟

十二月一日於彰化

（台中市）四日上午九時以前由彰化到　貴市又及

（台中縣）六日上午九時以前由台中市到　貴縣又及

函商溪州糖廠金廠長請代計畫延長糖廠火車線至芳苑由存稿（一九五〇、十二、二）

員觀廠長我兄勛鑒：

查芳苑鄉位於海濱，交通不便，轉運貨物概用牛車，殊不經濟，弟巡視該鄉時，眾請將糖廠火車路線延至該鄉，對於人民之往來、貨物之轉運均有莫大便利。今日在　貴廠因一時匆促未即提及，不知可否請　貴廠長鼎力為之計劃，如廠方不致過份虧損，使該鄉民眾得早霑交通恩惠，似亦　貴廠長之一大貢獻也。又本日造擾至為感激，順此致謝。即請

時安

弟蔡培火敬啟
十二月二日於彰化

巡視彰化縣報告存稿（一九五〇、十二、三）

一、巡視彰化縣經過

培火於十一月廿七日上午到達彰化縣巡視，下午即開始工作，分別訪問地方重要人士，四時半至六時在彰化縣政府禮堂開座談會，到各界人士七十餘人，是晚七時半至九時在高樂戲院開演講會，聽眾一千五百餘人，廿八日上午十時半至十二時在線西鄉公所禮堂開座談會，到各界人士九十餘人，下午三時半到五時在新港鄉大舞台開演講會，聽眾約五百人，是晚七時半至九時在芬園鄉戲院開演講會，聽眾約百人，廿九日上午十時至十二時在大村鄉禮堂開座談會，到各界人士八十餘人，下午三時至五時在埔心鄉公所禮堂開座談會，到各界人士七十餘人，是晚七時半至九時半在原地點開演講會，聽眾三百餘人，卅日上午十時十五分至十二時在社頭鄉公所禮堂開座談會，到各界人士百餘人，是晚七時半至九時在田中鎮戲院開演講會，聽眾六百餘人，十二月一日上午十一時半至十二時半在芳苑鄉戲院開演講會，聽眾四百餘人，是晚七時至九時在埤頭鄉戲院開演講會，聽眾五百餘人，二日上午十時至十二時在田尾鄉公所禮堂開座談會，到各界人士六十餘人，下午四時至六時在溪州糖廠禮堂開演講會，聽眾四百餘人，三日上午十時至十一時在彰化基督教會演講，到教友三百餘人，每於演講完畢，聽取民眾意見並予以解答，在座談會開始之前亦分別説明國內外現在之情勢，民主自由之真義，同胞應有之努力及反共抗俄之必勝，以激勵其奮發向上效力國家，所到各處情緒均見良好。

二、轉請核辦事項

1、本年雖甚豐收，但以穀賤，各地民眾以每百斤穀之時值仍低於生產費用十餘元，而日用必須品較之上半年起價甚多，如白露酒每樽五十二元，現起至一百七十五元，其餘鹽煙布匹以及交通費用均起一倍或數倍，生活極難維持，猶須負擔重税，均一致請求加以救濟，按照穀價起落而平抑物價，調查生產費用調整穀價並寬放農貸，最近收回之貸款，請即再放及增配肥料並降低其價格，按屬人配發，以利增產而救農村。

2、生活艱難負擔又重，眾請准許一甲以下之小地主收回土地自耕以資補救。

3、凡缺糧之鄉村尤其在海濱地帶，如芬園、線西、芳苑等處，民眾請求政府多分平糶米、以其需要之迫切遠勝於都市。

4、今年豐收各處倉滿，眾請政府將以前收入之賦穀速即處理，目前人民繳納之賦穀不能拒收，以免民眾儲存困難。

5、糖廠公有土地，眾請放租農民，其理由為糖廠經營僅兩年種蔗一次，如放租農民耕種，除種蔗相等外，還能增產糧食。

6、彰化縣之埔心鄉一帶產柑甚多，該鄉民眾請求配給種柑肥料，選擇優良品種，有如重視香蕉與鳳梨。

7、彰化之大村鄉一帶以編織草席為農家之副業，每年生產約十萬張，近無銷路，請求准予運銷日本。

8、稽徵處徵收營業稅片面估價，民眾認為有欠公平，眾請予以糾正。

9、農村經濟困難往往無力納稅，眾請各項稅收時期定在收成之後，以便籌措繳納而免高利借貸更加負擔。

10、鄉財政全靠戶稅支持，其餘極少收入，因此無力從事建樹，各鄉民眾均請改善稅制，增強各鄉財政。

11、地方自治首重基層，里長之職權限制過小，除少數市鎮外幾無待遇，民眾多不願擔任，眾請予以擴大，以發揮地方自治之效能。

12、線西、新港、芳苑等鄉，位於西海岸，風力強勁，農作物受其摧殘，影響生產甚大，眾請政府予以補助，建造海岸防風林，而芬園鄉則位於八卦山脈之下，往往受山洪之禍患，請求補助建造保安林。

13、芬園鄉貓羅坑之排水溝及貓羅溪橋兩項工程，前在台中縣管轄時經包工建築一半，嗣忽停工，眾請嚴催包商迅速完成。

14、彰化縣之西海岸土地常受海潮沖激，現已崩壞甚多，將來受害更烈，尤以線西鄉及芳苑鄉之王功等處為最甚，至房屋倒塌，眾請政府補助建築海堤以策安全。

15、八卦山之保安林屬林產管理局管理，不但成績不佳而且時生弊端，眾請開放由個人或自治團體經營，政府可以多得財源，而防洪亦必確實得其效果。

16、濁水溪北岸堤防在水尾、潮洋、下水埔三處常被沖壞，損害農田四五百甲，該處民眾請求補助建設水掣以防水患。

17、各地民眾以建築營房籌有的款迄今日久，各校仍依然駐兵，尤其社頭國校駐有陸軍第廿三病院肺病兵士二百餘人，有傳染之危險，草湖國校七間教室被佔六間，海濱學子在曠場上課痛受風寒，田尾國校有廿間教室被佔十二間，陸豐國校有十二間教室被佔七間，溪州國校有廿四間教室被佔十三間，民眾嘖有煩言，請求政府速建營房以安民心。

18、青年失學頗多，有人主張推行羅馬字注音以加強社會教育，又以鄉村教育不及都市教育，女子教育不及男子教育，均請提高以資平衡發展。

19、肅清匪諜無可非議，惟一般民眾認為間有利用特工組織勒索民眾，如已拘案之陳茂昆為害最甚，應速予嚴懲，純良如詹河川亦冤枉被押百餘日，眾請實施冤獄賠償法，以免濫捕濫押之弊。

20、據報十一月上旬駐在彰化之八十七軍士兵實彈演習時向市內射擊，以致民眾死一人傷三人；又上月商人節彰化商會舉辦摸彩，竟有軍人假冒中彩；在彰化八卦山風景區挖土做磚不聽制止等項，均予當地民眾以極壞之印象，眾請整飭軍紀。

右二十項報請　鈞長察核施行。

謹呈

院長陳

副院長張

政務委員蔡培火

報告十二月三日於彰化

函黃秘書長為附送巡視彰化縣報告請妥為轉呈由存稿（一九五〇、十二、四）

黃秘書長少谷兄勛鑒：

弟巡視彰化縣業已完畢，茲繕就報告二份，隨函附請　查收，妥為轉呈為荷，現定四五兩日巡視台中市，六日至十一日巡視台中縣，十二日回台北，順此奉聞。敬候

政安

弟蔡培火拜啟

十二月四日

函張副院長為巡視彰化縣報告已寄黃秘書長轉呈由存稿（一九五〇、十二、四）

少武副院長鈞鑒：

職巡視彰化縣業已完畢，經將報告繕就二份寄請　黃秘書長妥為轉呈，茲定繼續巡視，四五兩日在台中市，六日至十一日至台中縣，以期中部告一段落，十二日回台北，專此奉聞。敬請

政安

職蔡培火拜啟

十二月四日

巡視台中市台中縣報告存稿（一九五〇、十二、十五）

一、巡視台中市台中縣經過

培火於十二月四日到台中市巡視，上午九時至十時在台中市中山堂各界聯合紀念週演講，聽眾約五百人，演講畢訪問地方重要人士，下午二時半至三時半在台中糖廠禮堂演講，聽講員工六百餘人，三時四十分至五時在市政府禮堂開座談會，到各界人士百餘人，晚間七時半至八時在台中廣播電台廣播演講，五日上午十時到十二時在北屯區國校禮堂演講，聽眾三百餘人，下午二時半至四時半在南屯區媽祖宮演講，聽眾八百餘人，六日起到台中縣巡視，上午十時至十二時在縣府舉辦之議員選舉業務人員講習會演講，到業務人員八十餘人，下午三時半至五時半在霧峰鄉國校禮堂演講，聽眾九百餘人，七日上午十時至十二時在清水鎮光明戲院演講，聽眾七百餘人，下午二時半至三時半在清水鎮公所禮堂開座談會，到各界七十餘人，晚間七時半至十時半對台中縣黨部幹部人員訓練班演講，到學員四十八人，八日上午十時至十二時，在大甲鎮鳳舞台戲院演講，聽眾千餘人，下午二時半至四時在大甲鎮公所禮堂開座談會，到各界二百餘人，九日上午十時半至十二時在豐原鎮光華戲院演講，聽眾五百餘人，下午三時廿分至四時半在豐原鎮公所禮堂開座談會，到各界六十餘人，十日上午十時半至十二時在東勢鎮戲院演講，聽眾六百餘人，下午二時四十分至四時在東勢鎮公所禮堂開座談會，到各界四十餘人，十一日上午十時二十分至十二時在烏日鄉戲院演講，聽眾四百餘人，下午二時卅分至四時在烏日鄉農會禮堂開座談會，到各界卅餘人。至是日止，中部各縣市巡視完畢。

二、轉請核辦事項

1、穀賤物貴農村到處喚苦，各地民眾均請按照生產費調整穀價並收購米穀或准出口，尤需平抑物價，對於公營事業之煙酒及房租地租等更不能起價而領導漲風，據台中市民報告房租地租起價過多，比前增加一倍至數倍，一般平民與薪給人員負擔不起，政府應加考慮。

2、農村經濟枯竭，眾請長期寬放生產貸款，至少延長至六個月歸還，並請最近收回之貸款迅即再放以資週轉，漁村亦有同此請求。

3、各地民眾請增配肥料，也要配給山地，對於配給種蔗之肥料，請免換穀，准其改納代金以鼓勵蔗農種蔗，爭取外匯。

4、平糶米價格與市價相比，每斗只差四五角，眾請以收購價格平糶加惠貧民，而在都市較好過日之人無需配給，將其剩下之米轉配於缺糧之鄉村，以求公允。

5、生活艱難稅捐又重，眾請准許一甲以下之小地主收回土地自耕以資補救。

6、以往公地放租，民眾認為不公平，請求重新調查重新配放，向來概以地政人員之意見為主，今後須尊重地方自治團體之意見為要。

7、鄉財政全靠戶稅維持，其餘極少收入，因此無力從事建設，眾請改善稅制增強各鄉財政基礎，或撥公有地及造林地交各鄉經營，藉增收益，如東勢鎮有造林地四千餘甲，新社鄉之大南蔗苗繁殖場亦有土地一千二百甲，占該鄉內所有土地十之七八成，政府均不善於利用，請求撥歸該鄉鎮經營，將其收益補助鄉財政，而政府亦可多得財源。

8、各地山林在日治時代，深山由政府管理，淺山由地方自治團體或人民私營，今淺山亦悉歸政府管理，成績不佳或任其荒蕪，弊端百出至為可惜，眾請撥歸鄉鎮團體或人民經營，於國計民生較為有利。

9、防衛捐在戶稅上附加五成，在富有市鎮有其他收入，戶稅較輕，人民易於負擔，至貧困鄉村全靠戶稅支持，人民之負擔特重，而又附加五成防衛捐有如落井加石，鄉村民眾實難於負擔，請將防衛捐另行攤配，不在戶稅附加，以昭公允。

10、各地農會代替政府收賦穀及肥料穀時，發給民眾之收單，每單須貼三角之印花，完全歸農會損失，殊不合理，請求改善。

11、東勢鎮月產香蕉五萬簍，外銷不到一萬簍，餘在本省賤價銷售，眾請設法運銷日本以爭取外匯；又樹薯粉本省無需要，亦請准予出口。

12、大甲帽蓆以輸出稅重，難於外銷，業此者請求減輕課稅，簡化輸出手續，以獎勵出口而爭取外匯，並可保護該地一帶數十萬之家庭手工業。

13、為溝通台灣東西兩部之聯絡，眾請建築中部橫斷公路；又以電力不足，眾請建築大甲溪發電廠以增強電源，並將餘水灌溉農田增強生產。

14、台中市自來水之設備，僅足維持十四萬人，現人口激增至卅餘萬不敷供應，眾請迅速補助充實設備，以維護市民衛生。

15、大甲大安兩溪溪岸被水沖壞頗多，田園房屋損失不少，道路橋樑亦多處需修理，民眾認為大甲鎮附近之大安溪南岸有一千二百公尺，需要鐵線籠修理，水泥不夠力量；石崗鄉之土牛地方及東勢鎮之興隆里兩處需要迅速修理，如果東勢本圳被水沖陷，則東勢鎮之灌溉必成問題。

16、烏溪下游在烏日鄉之同安厝堤防被水沖去，損失房屋卅餘戶，田地七百餘甲，眾請趕在冬天修理；又烏日鄉之溪尾村烏溪南岸亦被水沖壞，請求速為修理，此時用費不多，否則大水一至，有二百餘戶及其田園有被沖壞之危險，將來修理損失更大。

17、烏日鄉之榮泉村大肚溪橋上方溪岸被水沖壞千餘公尺，田地流失廿餘甲，眾請急修堤岸，否則將影響附近之農田與紡織廠及縱貫線鐵橋之安全。

18、太平鄉一帶缺水，眾請興修水利，有五百餘甲土地可變為良田增產米穀。

19、建設廳發給營造廠商執照，眾請從嚴辦理，過去承包公家土木工程不照約完成者居多，請加緊追究。

20、台中縣境無一省立中學，而彰化縣已有省立六校，不無偏枯，眾請將台中縣現有學校擇其一二改為省立，以資調劑。

21、現在中等學校教科書太深，眾請另編適合學生程度之教科書以資補救。

22、各地民眾認為學校設店售賣文具還是可以，但兼賣糖果及麵條等項飲食物品，養成學生浪費及不良之習慣，而且學校往往巧立名目，收費太多，均使家庭難於應付，請予以糾正。

23、各校仍多駐軍，眾請速建營房、遷還學校，踐行政府諾言，並請國防部經常注意各校駐軍情形，予以監督。

24、都市終年可以演戲及放電影，農村每年一二次之迎神演戲以戒嚴中則被禁止，農民認為不公平，請求解禁並另予正當娛樂之設施。

25、大甲鎮內駐軍有飼養牲畜者，往往任意放牧，損害農作物，民眾認為我們軍隊是打擊共匪的，怎好有此行為；又駐軍隨時外出閒遊，以言語不通，往往滋事，請加以糾正。

26、各地民眾請求保障民權，有罪判罪，無罪迅速釋放，如豐原鎮之溫傳旺、丘文、陳壽連、塗啟水等，均以輕微罪嫌被拘數月，家庭生活無人維持；又石岡鄉之湯懋修與東勢鎮之許學進被拘八月不知何罪，由其父具呈擔保，均請從輕訊釋。又地方警察與其利用之人物構成一種勢力，往往威脅人民，如前大甲鎮之巡官陳雙鳳酗酒滋事，擊傷居民白福星後率警包圍白之住宅，非法搜查並擊毀其玻璃門窗，眾請加以嚴辦。

27、豐原鎮丘天欽之煙寮，被公賣局沒收三千六百公斤，但出收單時只寫二千六百公斤，丘天欽本人請求究辦。

28、政府明令需要徹底實行，但過去規定之徵屬優先撥耕概未實施，警察派出所之巡佐兼任就地鄉鎮警務股長亦概不聽鄉鎮長之指揮，遇事推諉，又省准彰化銀行彙繳全省之營業稅，而台中縣府仍又就地強收兩倍於總行之稅額，省財政廳屢次聲明退還，迄無著落，均有失政府之威信，眾請糾正。

29、本省單行法規有些與中央法令抵觸者，執行時甚為困難。如中醫師之資格，中央規定地方政府可以證明，而本省規定則需經衛生處准許合格；地下錢莊之規定，在中央無此法規，法院欠其依據，地方當局時感進退維谷，眾請改善。

30、國大代表拿錢不做事予民眾以極不好之印象，東北人王立中提請悉予工作以昭公道。

31、各地銀樓業自受限制後，有許多首飾業工人失業，查台灣原來並無銀樓業，只有金銀首飾手工業，不似外省以買賣金銀為主之銀樓可比，近雖相習成風，似應分別情形處理。茲據豐原鎮原經營金銀細工業之秦阿德報告，該商牌照稅依舊照繳，但不准復業，全省各地均有類似事實，聞最近苗栗新准許四家，因而請求恢復營業以昭公允，各地亦有同樣呼聲，擬請予以改善，藉資補救並救濟大批金銀首飾工人之失業。

32、據彰化縣民黃廷生呈以父早死母衰病，獨負家庭生計責任而無同胞兄弟，現被召入營，請准退伍。又據台中縣民陳均呈以貧病衰弱不能謀生，長子陳有謙在日治時被迫入伍戰死，次子陳有嘉獨負家庭生計責任，現無同胞兄弟又以及齡徵召，一家老幼無法維持，請求緩

召。各等情經查確屬事實，擬請准予緩召以示矜恤（附原呈兩件）

右三十二項報請　鈞長察核施行。

謹呈

院長陳

副院長張

政務委員蔡培火

報告十二月十五日於台北市

函覆新竹煤礦局視察辦法由存稿

（一九五〇、十二、十五）

俞總經理物恆兄勛鑒：

新煤（卅九）秘字第一四八三號大函敬悉，茲因視察國營事業，經決定先行集體視察然後分組視察，弟決定不參加集體視察，何日前來　貴局一俟定奪，當即奉聞，先此函覆。順頌

時綏

弟蔡培火啟

十二月十五日

函知新竹煤礦局視察該局日期由存稿（一九五〇、十二、十八）

俞總經理物恆兄勛鑒：

十五日覆書諒登記室，茲定廿一日八時半由台北乘對號快車前來　貴局視察，餘容面敘，

順頌

時綏

十二月十八日

特別報告（一九五〇、十二、十八）

一、民眾之隱痛

培火自六月迄今巡視本省中南部各縣市業經完畢，綜合各地民眾難言之隱，以為政府現時之財政經濟措施趨於與民爭利，不與民眾同休戚，祇圖佔民眾之便宜，不顧民眾之痛苦，盡量吸取民財，而經辦人員復上下其手，從中作弊。聽其舉例如左：

1、本年糧食空前豐收，政府既不收買又不准出口，供過於求，穀價自然低落，而其他物價均漲數倍，農民入不敷出，徒見穀滿如泥沙，如此統制認為全是壓制農民辦法。

2、政府收購大戶之糧價規定甚低，而縣市政府所收之賦穀及公學糧繳交糧食局時，不按市價而按收購之價計算，直接減少縣市政府之收入，間接即需增加一般民眾之負擔。

3、各處旱地不能種稻，而政府一定要農民以穀繳賦，不許繳代金，迫使農民買穀繳納，費時費力，極不合理。

4、各項稅收向來提高至預定數目之上，如需收稅一百萬元，往往攤配至一百數十萬元，良民照數交繳，而狡黠者則可以延欠不納，因此各縣市積欠甚多，而政府還可收足定額，此種怪象殊欠公允。

5、營業稅由徵收人員自由估價，弊病叢生，間有某商店房屋去年估價十萬元，今年生意虧本，同一之房屋反要被估價卅萬元而徵稅，令人費解。

6、以往外銷糖有好價時不准自由出口，有辦法之人則不在此例，糖公司壓價收購，與民爭利，兩斤糖換不到一斤米，以致許多蔗農拔蔗改種稻穀，純是政策使然。

7、本省樹薯粉生產額頗鉅，以往多銷日本，近年來禁止出口，以致日本改用代替品或購自南洋，在本省少此銷路，使民眾屯積腐壞，徒嘆奈何。

8、商人採辦日本縫紉機，在進口時百般為難，結果以購價悉售與物調會，而物調會即以高價賣出，一轉手間坐享巨利，商人勞而虧折。

9、去冬有商人自日本採辦 D.D.T.噴霧器，在進口時雖一再疏通、耗費不少，結果仍是沒收，由稅關作廉價售還商人加以夏天已過，冬天無用只好待機明年。

10、商人採辦日本電影，法官方檢查，一部業已通過，一部尚不放行，為時數月，本利兼顧不能不增加計算，但可放映之時日遙遙無期。

11、台灣銀行包辦外匯，商人匯至日本買貨之款，往往需在三個月以上始能照兑，至最近止聞仍積壓幾百起尚未照發，但是特殊人物則能迅速照兑，物價之高漲不無其他理由，但以派行獨市，供不應求，一般民眾雖因此而困苦，然特殊人物則在趾高氣揚。

12、台灣銀行本應為銀行之銀行，以現在情形對於各商業銀行不但無金融之聯繫，且欲侵出各商業銀行之營業範圍，非只一般商人喚無生意做，即各商業銀行亦喚無生意做也。

二、各界對財政經濟政策之批評

民為邦本，本固邦寧，政府對於各項財政收入，務須有一貫之政策，取之以道，不能予取予求，今政府用盡方法，以求財政數字之增加，至於民間之疾苦能否解除，民眾之負擔是否過重，稅源之培養政府有無策劃週全，倘不顧慮及此，長此以往等於殺雞求蛋，後患堪虞。

政府對於有關經濟各部門僅知責成其繳庫數額之多寡，而不知付與力量俾其能於積極增產，台灣乃得天獨厚之大島也，經濟狀勢穩定而單純，如能計劃週全，管理妥善，積極發揮其生產能力，則無通貨膨脹之可畏，增加發行生產所需資金，實為當然之措施，何不出此。

對外貿易加以管制勢所必然，但絕不可為少數人所把持，再來形成所謂新官僚資本，對一般商人不但不加以保護，且從而壓抑之、剝削之，使之望洋而生畏，使一般民眾因之而受物價高漲之痛苦。物調委員會之聲價，民間嘖有煩言，不可不知，不可不改善之，貿易管制須為低物價政策而為之，不然，則必致百鬼夜行、民不聊生。

三、急切之希望

得民者昌，失民者亡，大陸之覆轍未遠，自應力求更新。台灣物產豐富，人民愛國心強，假能令民與上一心一德，可予之死，可予之生，而民不畏危，對於人力財力之貢獻，自知責任所在，赴湯蹈火在所不惜。今政府對於人民取之不以道，收之不以時，不能顧慮民眾之滋養生息，所謂財聚則民散也。兩年以來之德政如厲行幣制改革、實施「三七五」減租及地方自治等，為人民所歌頌者，而今其情緒竟因此而互相抵消殆盡，言念及此，至足痛心。培火以為蘇俄之為害於世界，以有今日美國之姑息政策實有以致之，假使美國能洞燭機先，早予遏制，為害之烈，決不至此。今我政府對於財政經濟政策之錯誤，亦應毫不姑息，當機立斷，以大刀闊斧之辦法，盡速糾正而改善之，則「人民至上，民生第一」之口號，復可高呼於全台灣八百萬民眾之前，反攻大陸乃有丕基，不然敵人未能攻我，而我已自破矣。

右三項報請　鈞長察核施行。

謹呈

院長陳

副院長張

政務委員蔡培火

十二月十八日於台北市

函南投彰化台中縣市長致謝由存稿

（一九五〇、十二、廿六）

（南投縣）盧縣長明兄
（彰化縣）錫卿縣長我兄
（台中縣）世欣縣長我兄
（台中市）宗熙市長我兄　勛鑒：

月前
日前巡視　貴縣
縣
縣
市，蒙　兄派員加以協助並便利交通，使工作進行得以順遂完成，衷心至為感激，

專此致謝。順頌

年禧

弟蔡培火敬啟

十二月廿六日

函南投埔里糖廠廠長及八仙山林場場長致謝由存稿（一九五〇、十二、廿六）

仲韓廠長
忠耀廠場我兄勛鑒：
文球場長

前次出巡期間，寄宿　貴廠場招待所，深蒙殷勤招待，衷心至為感激，專此致謝。順頌

年禧

弟蔡培火敬啟
十二月廿六日

函台南縣薛縣長請協助北港鎮請撥修路工程費由存稿（一九五〇、十二、廿六）

人仰縣長我兄勛鑒：

茲據北港鎮長陳向陽前來面稱，北港鎮中山路修路工程費，前經台南縣政府允撥三萬元補助，迄今仍未發下，請求予以設法援助云云。經弟面洽公路局譚局長稱，本月初台南縣府土木課吳課長到局，已將該項補助費除去，以致該款不發，現為同情陳鎮長之困難，如台南縣政府不變更該項補助費，該款可以照發等語。為特函請我　兄飭課照原案呈報公路局，並請另函譚局長照數撥發歸墊，以資體恤而免該鎮發生困難，則該鎮受惠不淺矣，專此。順頌

年禧

弟蔡培火敬啟

十二月廿六日

函公路局譚局長請補發北港鎮修路工程費由存稿（一九五〇、十二、廿七）

嶽泉局長我兄勛鑒：

茲據北港鎮長陳向陽前來面稱，北港鎮中山路修路工程費，前經台南縣政府允撥三萬元補助，是項工程已經完成，該款由北港鎮先行墊付，而縣政府迄未發下，聞擬俟公路局將該款發下時再行補助。至公路局未發該款必有原因，而縣政府改組，另款歸墊更加困難，請求予以設法援助云云，為特函商　貴局長請體恤該鎮長之困難，查案補發以資歸墊，則該鎮受惠不淺矣，專此。順頌

年禧

弟蔡培火敬啟

十二月廿七日

致苗栗縣鄧縣長為函知巡視日期及辦法由存稿（一九五一、二、十六）

仲演縣長我兄勛鑒：

弟定本月廿二日（星期四）上午八時半由台北乘快車前來苗栗，並到　貴縣各地巡視，預計工作五天。到達之日起，即可開始工作，希望每天召開演講會、座談會各一次，以分開兩地為原則，如有需要在同一地點亦可，惟開演講會時，盼能召集民眾多多益善，並佈置擴音機以利工作。至工作之日期時間與地點，煩請　縣長與苗栗縣黨部聯繫，預為排定並請代定三人住宿之比較安靜地方為荷，專此。順請

年禧

弟蔡培火敬啟

二月十六日

致苗栗縣黨部為函知巡視日期請與縣政府聯繫由存稿（一九五一、二、十六）

安主任委員鳳鳴兄大鑒：

弟定本月廿二日前來　貴縣各地工作，預計工作五天，至工作之日期與地點，除函請　鄧縣長預為排定外，並請吾　兄與縣政府聯繫以利進行為荷，專此。順請

年禧

弟蔡培火敬啟

二月十六日

巡視苗栗縣報告存稿（一九五一、三、一）

一、巡視苗栗縣經過

培火於二月廿二日到達苗栗縣巡視，是日上午十一時半至十二時，對苗栗縣社政人員暨人民團體工作會報六十餘人演講，下午二時半至四時半在農業學校禮堂演講，到會民眾二百餘人，五時至六時半開座談會，到各界人士卅餘人。廿三日上午十時半至十二時在公館鄉戲院演講，到三百餘人，下午三時至五時在大湖鄉中山堂演講，到三百餘人。廿四日上午十時至十二時在苑裡鎮戲院演講，到六百餘人，下午二時至四時在通霄鎮國校禮堂演講，到四百餘人。廿五日上午九時半至十二時在後龍鄉公所禮堂演講，到四百餘人，下午三時半至五時在竹南鎮戲院演講，到五百餘人。廿六日上午九時半至十二時在頭份鎮國校禮堂演講，到三百餘人，下午三時半至六時在南庄鄉公所禮堂演講，到一百餘人。

二、就地交辦事項

1、苑裡鎮出征軍人鄭傳世一家八口，父又失業，全家生活發生困難，請求為其弟謝福生介紹工作（父為贅夫，兄從母姓弟從父姓）以資救濟，經查屬實已交縣政府設法辦理。

2、據竹南鎮屠戶葉阿通、連水成報告，伊於去年十二月卅一日向鎮公所報稅，原定本年一月一日宰豬一頭，嗣恐一月一日銷售不佳，改在二日宰殺，當於一日上午十時前往鎮公所報請改期，因新年放假辦理稅務人員未到辦公，祇有值日員一人允代次日轉達，當二日宰豬之後送往報驗，稅捐稽徵分處人員以未經報告認為私宰，雖經該鎮鎮長證明，並重繳一次稅金，結果苗栗縣稅捐稽徵處仍欲處罰千餘元云云，經該鎮長及區黨部人員證明事出冤枉，處罰失當，已交縣政府及苗栗縣稅捐稽徵處切實查明糾正。

三、轉請核辦事項

1、營利事業統一發貨票，照省政府通令自四十年一月一日起，十元以下無論數目多少均須一律開發，所到地方，民眾一致聲稱過於擾民，許多小商小販根本不認識字，零星買賣亦不勝其麻煩，如小款交易應付匆忙時，開發票必須專僱一人為之，均非小商小販力所能及。在竹南戲院開會時竟有人直言　陳院長關心民瘼，欲解除民眾痛苦，今政府如需增加稅收儘可另想辦法，為此擾民苛政恐將降低反共抗俄之情緒，眾請廢止或仍規定在十元以下者將貨品做一次總開，俾免零碎難辦。

2、腳踏車使用牌照半年換一次，由稽徵處收稅十八元，另又通行牌照二年換一次，由警察局收稅十三元，眾以為政府儘可按時收稅，牌照不必頻頻更換，以往措施除鄉間至城市換照費時費錢勞民傷財外，時予小吏以作弊之機會，眾請改善。

3、國民身份證遺失時，須登報聲明然後始得申請補發，鄉村貧民對於報費不易負擔，請求改善辦法。

4、據居住頭份鎮之國內人士賴特才稱，竹南鎮警察分局去歲秋冬之際，接收區署之地址辦公，原可不需修理，惟該局又加以粉飾鋪張，並修理接收區署之吉甫車一輛，經由警民協會向民眾募捐五萬元，今年又新買吉甫車一輛，並其他額外預算須由警民協會向民眾募捐卅八萬元，加重民眾負擔，該局職權在握，人民敢怒而不敢言云。經查訊該地方人士及區黨部人員均證明確是事實，當茲國難民困之今日，似應集中力量準備反攻，何以浪費如許多金用之於不急之務，請查明糾正。

5、民有林之砍伐，照政府規定在一甲以上者，須經縣政府之許可，據民眾報告申請手續需要八種文件，而且准許發下時間往往一延數月，耽誤工作進行，因此感覺十分麻煩。眾以為地屬民有，請求簡易手續，並授權各鄉鎮許可較為便當，否則民眾不願造林，甚至申請一次伐光。

6、後龍鄉公司寮港為一優良之漁港，眾請恢復開放沿海漁民以捕魚為生，又請再加放寬限制以利增產。

7、南庄鄉之蓬萊東河兩村，有山地同胞雜處其間，內外出入限制綦嚴，山地出產之副產物，非經許可不能自由運銷，眾請解禁或將山地界限仍移回「八卦力」，以免「八卦力」與「蘆鰻淈」之平地居民同受山地同胞一樣之拘束。

8、苗栗縣所屬鄉鎮水利不修，眾請建築卓蘭鄉水庫，可灌溉一萬餘甲之田地，建築後龍鄉新大圳，可灌溉二千餘甲之田地，建築竹南鎮大埔水圳，可灌溉一千餘甲之田地，苗栗縣糧食不能自給，希望興修水利以增加生產，尤為殷切。

9、後龍鄉之外埔村位於海濱，現僅有耕地二百餘甲，四千居民靠此為生，因風沙過大，往往淹沒田園損害作物，該村民眾請求政府補助建置防沙竹屏，並種植防風林。

10、竹南鎮龍鳳里有新竹糖廠，廠有地七十五甲，被政府收回撥與五十軍卅六師種作，以致該里民眾二百餘戶一千餘人之生活無著，眾請政府收回成命，另行撥耕，以免軍隊克難而民眾遭難。

11、大湖鄉與卓蘭鄉有日產地與公有地合計二千餘甲，眾請賣與人民，以便長久耕種，安心增產。

12、大湖鄉耕地不足，該鄉民眾請求將大安之國有林保留地一千餘甲放租人民，除能造林之地、獎勵造林外，其餘種植農作物以增加生產。

13、南庄鄉山多田少，在東河、蓬萊、南崗三村人口有六千餘，只有水田二百餘甲，現在煤炭業不景氣，其他無生產，該地居民至為艱苦，請求指定部份公有林歸人民種作，以免有力無處下，並撥部份收益以補助該鄉財源。

14、苗栗縣山地多種香茅，年產香茅油運銷國外，價值數千萬元，其他山產亦為生活所需之正業，眾請配給山地肥料，以增加生產及爭取外匯。

15、軍隊演習炮擊或遷移營址常有遺下炮彈，日前後龍鄉之大山村有一小孩拾彈爆炸而死，眾請國防部通飭所有部隊於演習或移營後清查場地，以免遺留彈藥貽害地方。

16、頭份鎮中山堂位於全鎮之中心，現存軍隊炸彈頗多，眾請遷移他處，以策安全。

17、苗栗糖廠開設二十餘年，有最新式之機器，今年缺蔗停辦，眾請恢復開辦，地方人民願意維持每年種植二千甲之蔗田，以後當不致缺蔗搾糖。

18、大湖鄉財政困難，學校經費不敷維持，眾請撥一部份公有林收益補助該鄉之財源，以為教育經費之基礎。

19、苑裡鎮人葉步青被拘數月，下落不明，據苗栗縣黨部改造委員邱斤古提請有罪判罪，無罪迅速訊釋。

20、鄉村民眾終年辛苦缺乏正當娛樂，眾請准許演戲，並派電影隊下鄉巡迴放影，以資調劑精神。

21、南庄鄉自山地合併平地後，加設國民學校三校及派出所五所，而山地無收入，經費完全由平地負擔，該鄉平地民眾請求准許山地另設一鄉（在南庄鄉之山地同胞有一千七百餘人，連同獅潭鄉之山地同胞二百餘人，合計約有二千人）。又據該鄉山地同胞現任苗栗縣女議員張富美稱，自山地合併平地後，山地特別權益均被取消，山地同胞仍願獨自劃鄉恢復權益，似此雙方均願各劃一鄉，應請轉飭加以考慮。

右廿一項報請　鈞長察核施行。

謹呈

院長陳

副院長張

政務委員蔡培火

報告三月一日於台北市

致新竹劉縣長為函知巡視日期及辦法由存稿（一九五一、三、三）

燕夫縣長我兄勛鑒：

弟定本月八日（星期四）上午八時半，由台北乘對號快車前來新竹，並到　貴縣各地巡視，預計工作五天至十二日為止，到達之日起即可開始工作，希望每天召開演講會二次，如無大會場所，地方改開座談會亦可，惟開會時盼能召集一般民眾多多益善，並在人多時佈置擴音機以利工作，至工作之日期時間與地點，煩請　縣長與新竹縣黨部聯繫預為排定，並請代定三人住宿之比較安靜地方為荷，專此。順請

政安

弟蔡培火敬啟

三月三日

致新竹縣黨部為函知巡視日期請與縣政府聯繫由存稿（一九五一、三、三）

孫主任委員午南兄大鑒：

弟定本月八日（星期四）前來貴縣各地工作，預計工作五天，至工作之日期與地點，除函請　劉縣長預為排定外，並請我　兄與縣政府聯繫，以利進行為荷。專此。順請

黨安

弟蔡培火敬啟

三月三日

函謝苗栗縣鄧縣長由存稿（一九五一、三、八）

仲演縣長我兄勛鑒：

月前巡視苗栗蒙　兄派員協助，並撥車交通，使工作進行得以順遂完成，衷心至為感激，專此致謝。並請

儷安

弟蔡培火敬啟

三月八日

函謝苗栗糖廠江課長由存稿（一九五一、三、八）

錦繡課長我兄勛鑒：

月前巡視苗栗，寄宿貴廠招待所，有勞招待，至為感激，專此致謝。並頌

春祺

弟蔡培火啟

三月八日

電陳院長請轉飭停止十元以下強開發票由存稿（一九五一、三、十）

急行政院院長陳：

統一發票到處民眾一致請求改善，本晚新竹市三〇〇〇民眾大會中，亦同樣要求，培火雖予宣告十元以下者，省主席言明不加強制，但稽徵人員未奉明令，乃繼續執行，請轉飭迅速通令在十元以下者，停止強制執行，以安民心為禱。

職蔡培火叩灰

三月十日晚於新竹

函謝新竹縣劉縣長由存稿（一九五一、三、十四）

燕夫縣長我兄勛鑒：

日前巡視貴縣蒙　兄加以協助並派車交通，使工作進行得以順遂完成，衷心至為感激，專此致謝。順頌

春祺

弟蔡培火敬啟

三月十四日

函謝新竹糖廠簡廠長由存稿（一九五一、三、十四）

建勳廠長我兄英鑒：

日前巡視新竹寄宿貴廠招待所，蒙　兄殷勤招待，復擾郇廚，衷心至為感激，專此致謝。

順請

儷安

弟蔡培火敬啟

三月十四日

巡視新竹縣報告存稿（一九五一、三、十四）

一、巡視新竹縣經過

培火於三月八日上午十時半到達新竹縣巡視，下車之後即至國民大戲院參加新竹縣三八婦女節紀念會，會對民眾一千五百餘人演講，下午二時半至四時在縣政府大禮堂開座談會，到各界人士百餘人，九日上午十時至十二時在新埔鎮戲院演講，到會民眾四百餘人，下午二時半至四時半在關西鎮公所禮堂演講，到會民眾三百餘人，十日上午十一時至一時半在湖口鄉戲院演講，到會民眾二百五六十人，晚間七時至九時在新竹市北區城隍廟前廣場演講，到會民眾三千餘人，十一日下午二時半至四時半在竹東鎮惠昌宮前廣場演講，到會民眾五百餘人，晚間七時半至九時半在新竹市南區竹蓮寺前廣場演講，到會民眾一千五百餘人，十二日上午十時半參加國父逝世廿六週年紀念會，對各機關團體首長代表等二百餘人做短講後，並參加植樹典禮，下午二時至四時在香山鄉國校禮堂演講，到會民眾六百餘人。

二、就地交辦事項

1、新竹市便所水溝清理不周，有礙衛生，眾以為在日治時代無此現象，請求設法清理以維大眾健康。

2、局勢嚴重防空日益積極，眾請對於防空壕由防空機關計劃合力進行，個人獨建無此力量。

3、據新埔鎮陳邱蓮妹呈以自耕之田七分四厘一毫，平日僱曾榮華幫助耕種，所有施肥、看水、繳費等項均親自為之，有鎮農會證明，現曾榮華強欲霸耕，逼訂租約，請求予以援助保障業權。

4、據新竹市陳宗渠呈以承租新竹市中華路二四三號日產房屋，被空軍第八大隊隊員范聰傑自行搬入居住，後雖立約租住三個月，及期背約霸住，並直接向市政府承租，又因以前向市府承租之租約以換約之故，舊約已被收回，新約迄未發下，求援無效，請求轉飭准予續租日產房屋，並將原租約發下。

5、據新竹市韋盛周呈以九日晚警官李璧圭等二人到店食麵六元，以未開發票即被檢舉，傳局交保，請求援助免罰而濟困難。

6、據湖口鄉新湖國校教員稱，新湖國校教室被海南島退來軍眷佔住二間，不但有礙學生上課，而且生活太髒不成體統，影響學生觀感，請求設法他遷歸還以重教育。

以上一至四項交縣政府查明核辦，第五項交警察局寬辦，第六項交湖口鄉公所會同警察派駐所照辦。

三、轉請核辦事項

1、統一發票在十元以下者強制開發，擾民過甚情形前經於巡視苗栗報告中詳為陳述，並在院會席上亦作口頭報告，蒙鈞長決予改善及據吳主席面述，在十元以下者可以開可以不開，由人民自由，不加強制，在巡視各地時，儘可向人民宣告在案。此次巡視新竹縣，到處民眾亦均一致請求改善，培火雖予宣告十元以下者吳主席已有言明准人民自由，但稽徵人員、經濟警察及青年服務隊等未奉明令，仍繼續執行，據報甚有檢查賬簿以外之物品，或在買貨時商量減低價格、不要發票，以後又檢舉處罰時有所聞，除於灰日電請轉飭在十元以下者停止執行外，為謀解除民眾痛苦，對於執行過分之人員，擬請嚴飭予以糾正。又工人工資與醫生治病，眾以為非營利性質，應否開給發票，似應明確規定以安民心，而免糾紛。

2、眾以時局日益緊張，戰爭爆發難料，請將重要物資預先確定，分別配給各地，以資因應，勿偏積於大都市，誠恐一到戰時，各地商人無力維持市面之供應，事預則立不無見地。

3、政府對於防空疏散積極進行，眾請政府充分準備糧食，以免空襲時凌亂周章，無處買米；又人民疏散之後，在原地點留存物件，眾請加強防止盜竊，以免敵未來家已破矣。

4、據關西鎮農業職業學校教員稱，該校共有教室十三間，被四六二七之三部隊佔住七間，駐軍四百餘名，雖經縣府轉奉教育廳，通知中等學校規定不得駐兵，然該部隊以無處可搬為辭，迄未遷出，請求設法遷還。

5、據湖口鄉新湖國校教員稱，該校共有教室卅二間，除軍眷佔住二間外，被軍隊佔住十八間，所餘十二間殊不敷用，學生上課分上下午兩班猶無法維持，請求設法遷還。

6、湖口鄉人民報告當地駐紮軍人，常常出外遊玩滋事，並時藉租屋等口實轉入民家，人民深感不安，請求糾正。

7、新竹市內軍車速度過快，眾請取締以策安全。

8、據新竹劉縣長稱，各縣民眾自衛隊為訓練集合幫助救災擔架防護肅奸等類工作，非軍隊組織可比，現國防部通令檢閱連教練及班戰鬥動作，為事實上所難能，請予考慮施行。

9、戰時準備首重兵役，眾以為現時對於徵屬優待，執行機關辦理不甚周全，影響應徵情緒，請求加以改善。

10、國校教職員待遇微薄，不能維持家庭最低生活，眾請政府加以體貼改善待遇。

11、香山鄉產穀不多，因肥料換穀往往超過生產量三分之一，以致繳穀之後，又需向外購回以維糧食，該鄉民眾請求配給之肥料，准予有穀繳穀無穀繳錢。

12、各地小地主自三七五減租後收入減少，生活困難，請准收回自耕。前經於巡視中南部各縣報告中，迭有陳述，此次巡視新竹縣有一家二甲土地之小地主，全家十二人，因不能收回自耕而無法維持生活，而其佃農全家只有五人，反而生活裕如。又有一家小地主只有甲餘土地，家有十口，從前擔任小學教員勉維生計，現因失業而又不能收回自耕，在生活煎迫刺激之下，以致發生神經病，而其佃農一家只有三人，反而生活好過，似此情形，全省各地甚為普遍。眾以為政府推行減租以保護佃農，對於生活困難之小地主，亦請兼籌並顧准予部份收回自耕以資救濟，並限制大佃耕地以昭公允。

13、台灣各地銀樓業原係金銀手工業，自受政府限制後，手飾工人失業頗多，前經報告有案而有辦法之銀樓業，往往以不正當之手段於獲准營業後，經營走私擾亂金融，殊失允當。茲據新竹縣莊欽銘呈以開設金合珍銀樓（實為金銀手工業），自其父始業此已三十餘年，光復後亦有納稅，並照政府規定辦理手續，至卅七年七月聯合同業廿四家補辦申請存案，三十八年九月建設廳核准廿四家暫准營業，但迄未接到市政府商工課通知，以後亦屬請無效，請求查核准予復業，以救失業等情。除交縣政府查明辦理外，全省各地類多手飾工業失業情形，擬請分別銀樓業與金銀手工業，加以重新審核，對後者放寬尺度，以救濟大批之失業工人。

右十三項報請　鈞長察核施行。

謹呈

院長陳

副院長張

政務委員蔡培火

報告三月十四日於台北市

致桃園縣張縣長為函知巡視日期及辦法由存稿（一九五一、三、十八）

松兄縣長勛鑒：

弟定本月廿二日（星期四）上午七時廿五分由台北乘火車前來桃園，並至貴縣各地巡視，預計工作四天至廿五日為止，到達之日起即可開始工作，希望每天召開演講會二次，如無大會場所，地方改開座談會亦可，惟開會時盼能召集一般民眾多多益善，並在人多時佈置擴音機以利工作，至工作之日期時間與地點應如何分配，煩請　縣長與桃園縣黨部聯絡預為排定，並請代定三人住宿之比較安靜地方為荷，專此。順頌

春祺

弟蔡培火敬啟

三月十八日

致桃園縣黨部為函知巡視日期請與縣府聯繫由存稿（一九五一、三、十八）

周主任委員祥兄大鑒：

弟定本月廿二日（星期四）前來貴縣各地工作，預計工作四天，至工作之日期與地點，除函請　張縣長預為排定外，並請我　兄與縣政府聯繫以利進行為荷，專此。順請

黨安

弟蔡培火敬啟

三月十八日

巡視桃園縣報告存稿（一九五一、三、廿七）

一、巡視桃園縣經過

培火於三月廿二日上午十時到達桃園縣巡視，十時半至十二時半在桃園戲院演講，聽眾七百餘人，下午二時半至四時半在大園鄉三合戲院演講，聽眾五百餘人，廿三日上午十時半至十二時半在中壢鎮戲院對八百餘人演講，下午二時半至五時在觀音鄉戲院對六百餘人演講，廿四日上午十時至十二時半在楊梅鎮戲院對七百餘人演講，下午三時至五時半在新屋鄉戲院對五百餘人演講，廿五日上午十時至十二時半在大溪鎮戲院對八百餘人演講，下午三時至五時在八德鄉戲院對三百餘人演講，每於演講完畢，聽取民眾意見並予以解答。

二、就地交辦事項

1、各地民眾以政府配給肥料先准借放至收成繳穀，現又變更須現穀交換至少交六成，因此無穀之農民不能取得肥料，眾請有穀繳穀，無穀者仍准借放並請及時放出，如逾半個月後雖放亦無用處。

2、水利委員會收取水租須農民繳穀，然後出賣賺錢，眾請改以錢繳以輕民負。

3、大園鄉埔心機場外附近之土地被空軍第五大隊徵用建築房屋，有關業主報告不但無納地租還須向政府繳賦，吃虧過甚，請求免賦並補償損失。

4、大園鄉鄉有土地現由地政科照「二五」放租，眾請准由鄉公所按「三七五」放租，以增該鄉財源。

5、八德鄉大湳村田地缺水，只能種紅米，政府須好穀徵賦，還須另買繳納，該村民眾請求予以方便，准以所種之紅米交繳。

右五項已交縣政府查核辦理。

三、轉請核辦事項

1、據報農林廳調查糧食生產費每百斤穀為四十五元，而糧食局調查者為三十六元，政府按三十六元收購，民眾吃虧過甚，眾請改善並平衡日用必須品之價格以救濟農村。

2、平糶米只在都市平糶，不分配於生產地之鄉村，各地民眾認為不公平，請求不分城鄉，只以貧富為準，節省都市對富有者之平糶米配給與生產地無米之貧人；而平糶米之價格與市價相差無幾，雖救濟亦等於不救濟，並請減價以昭實惠。

3、肥料一斤換穀有至一斤半者，糧食局借貸農民豆餅每個須還穀八十斤，而且藏倉二三年枯爛，既不合用飼豬又不宜施田，眾請減輕肥價俾農民得多用肥料以利增產。

4、據報楊梅鎮一小地主有八分土地不能收回自耕，全家十二口生活困難，而其佃農一家九口共耕五甲地，生活優裕，該業主請求限制大佃耕地並准小地主收回自耕以昭公允。

5、桃園縣靠茶謀生者有六萬七千四百八十七人，製茶工廠九十五家，茶農七千六百廿一戶，近因茶業不景氣，茶園漸次荒廢，茶廠虧累不堪，眾請政府補助茶農三二三、一五〇元，貸放茶廠五百四十萬元，並請在二星期之後起至收成期（約卅天）之期間，及時貸放以資救濟茶業爭取外匯，逾時失效（**本項已由該呈報省府核辦，附此陳明**）。

6、沿海巡邏隊由警察所與鄉公所會同選派民眾輪流負責，眾以為軍隊已多，無此需要，請求予以取消以節民力。

7、營業牌照與腳踏車牌照每期更換，眾以為勞神傷財，請求儘可收稅免換牌照。

8、大溪至角板山之公路為該地方生產路線，在八結地方隧道崩壞，眾請政府迅速修理以利該地方之生產。

9、大溪鎮至桃園之公路在谷子園地方路基時崩，該鎮無力獨自修築，桃園大圳即在該路旁通過，如再崩入，交通受阻，而大圳亦危險堪虞，眾請中央補助修理以維交通，並保護桃園觀音新屋等鄉鎮二萬餘甲良田灌溉之安全。

10、桃園縣軍車速度過快，眾請取締以策安全。

11、駐軍常在田間演習，損失農作物，眾請制止以利增產；又時常用槍打鳥，民眾鑑於龜山駐軍打靶傷人，咸感不安並請制止俾得安心種作。

12、大溪鎮駐軍練習在墓地挖掘，甚有暴露骸骨、大傷民眾孝思之心，眾請制止以維固有道德。

13、楊梅鎮駐軍在民眾蓄水池之堤下挖防空洞，以致池涸無水，影響耕種，又任意砍伐竹竿，影響防風，眾請制止以重民權而利農作。

14、楊梅新屋一帶駐軍常在公路兩旁之人行路面挖土製土磚，破壞公路，妨礙交通，眾請制止以利民行。

15、桃園鎮楊梅鎮等地民眾對於政府拘捕人犯，請求通知警察並使其家屬明瞭拘留處所，有罪迅速訊明判罪，無罪迅速釋放，以昭德政。

16、縣下佃農押租在日治時代繳交業主一百元者在三七五減租訂約時，由原屬之新竹縣府規定，須由業主退還佃農一千零三十三斤穀，報請省地政局備案，去年省府規定改為五百三十三斤，前後數目不同業佃時起糾紛，眾請設法解決。

17、據報桃園縣農會代表計卅六人，其中選為理事者十五人，選為監事者五人，選為出席省農會代表者三人，因此理監事決議案件，其餘少數代表無法變更，決議者與執行者同是理監事，往往藉公為私，違背農民利益，眾請改善。

右十七項報請　鈞長察核施行。

謹呈

院長陳
副院長張

政務委員蔡培火
報告三月廿七日於台北市

函謝桃園縣張縣長由存稿（一九五一、三、廿八）

松兄縣長勛鑒：

日前巡視　貴縣，蒙　兄派員協助撥車交通，使工作進行得以順遂完成，衷心至為感激，專此致謝。並頌

春祺

弟蔡培火敬啟

三月廿八日

致台東縣陳縣長為函知巡視日期及辦法由存稿（一九五一、三、廿九）

振宗縣長我兄勛鑒：

弟定四月二日（星期一）由高雄乘車前來台東，並到　貴縣各地巡視，預定自二日晚起開始至四日為止工作三天，五日往花蓮。希望每天召開演講會一次，如有需要及交通方便，一天於兩個地方開兩次會亦可，惟召開演講會時盼能召集一般民眾多多參加，並在人多時佈置擴音機以利工作，至工作之日程時間與地點，煩請　縣長聯絡台東縣黨部預為排定，並代定三人住宿之比較安靜地方為荷，專此。順頌

政綏

弟蔡培火敬啟

三月廿九日

致花蓮縣楊縣長為函知巡視日期及辦法由存稿（一九五一、三、廿九）

仲鯨縣長我兄勛鑒：

弟定四月二日至四日在台東縣巡視，五日（星期四）到　貴縣，自六日起至八日止（工作三天）在　貴縣各地工作，希望每天召開演講會一次，如有需要及交通方便，一天開兩次會亦可，但以分開兩地舉行為宜，惟召開演講會時盼能召集一般民眾多多參加，並在人多時佈置擴音機以利工作，至工作之日程時間與地點煩請　縣長聯繫花蓮縣黨部預為順路排定，並請派員先至台東與弟聯絡及代定三人住宿之比較安靜地方為荷，專此。順頌

政綏

弟蔡培火敬啟

三月廿九日

函知台東花蓮縣黨部為函知巡視日期請與縣府聯繫由存稿（一九五一、三、廿九）

吳若萍
羅鐵青兄勛鑒：

弟定四月二日（星期一）五日（星期四）前來貴縣各地工作，預計工作三天，至工作之日程與地點，除陳楊縣長預為排定外，並請我兄與縣政府聯繫以利進行為荷，專此。順請

黨安

弟蔡培火敬啟

三月廿九日

函張副院長報告工作行程由存稿

（一九五一、四、八）

少武副院長鈞鑒：

職於本月二日由高雄抵達台東縣，在該縣工作三天，五日到達花蓮縣下工作，昨日抵花蓮，預定十日乘機回台北，如天氣不佳，擬乘汽車至蘇澳轉乘火車返北，肅此。敬請

崇安

職蔡培火拜啟

四月八日

函謝台東花蓮縣陳楊縣長由存稿（一九五一、四、十一）

振宗仲鯨縣長我兄勛鑒：

弟於日昨下午六時半安抵台北，此次巡視　貴縣，蒙　兄多加協助並撥車交通，使工作進行得以順遂完成，衷心至為感激，專此致謝。順請

儷安

弟蔡培火敬啟

四月十一日

函謝東部防守司令官由存稿（一九五一、四、十二）

闕司令官漢騫兄勛鑒：

花蓮暢敘，無任歡欣，復蒙待以 盛筵，衷心至為感激，臨行匆促，未及走辭，專此致謝。並請

戎安

弟蔡培火敬啟

四月十二日

巡視台東縣花蓮縣報告存稿（一九五一、四、十四）

一、巡視台東縣花蓮縣經過

培火於本月一日到高雄，二日到達台東縣巡視，是日下午二時至三時在大武鄉公所禮堂開座談會，到各界人士三十餘人，四時至四時半在大麻里鄉公所禮堂開座談會，到各界人士二十餘人，晚間七時半至九時半在台東男子中學禮堂演講，到學生七百餘人。三日上午十時半至十二時半在台東戲院演講，到民眾九百餘人，下午三時半至五時半在台東女子中學禮堂演講，到民眾五百餘人。四日上午十時至十二時在東河鄉國校禮堂演講，到山地民眾二百餘人，下午二時至四時在成功鎮（即新港）基督教堂演講，到民眾四百餘人，晚間九時半至十一時，對台東基督教友演講，到教徒卅餘人。五日上午十時由台東出發，過午到里壠鎮，下午一時至三時在該鎮國校禮堂演講，到民眾三百餘人，即轉到花蓮縣玉里。六日上午九時半至十一時半在玉里鎮戲院演講，到民眾六百餘人，下午三時至五時在瑞穗鄉公所禮堂演講，到民眾二百餘人。七日上午九時半至十二時在鳳林鎮公所禮堂演講，到民眾四百餘人，下午三時半至五時半由鳳林鎮到達花蓮市。八日上午十一時至一時在花蓮中央戲院演講，到民眾約一千人，下午三時至五時在吉安鄉公所禮堂演講，到民眾百餘人。九日上午十時至十二時在秀林鄉國校禮堂演講，到山地民眾學生約二百五十人，下午二時半至四時半在新城鄉國校教室演講，到民眾二百餘人，晚間七時半至八時在花蓮廣播電台廣播，晚間八時半至十時半在花蓮阿眉族建設協會演講，到該族代表三十餘人。每次集會均於演講完畢聽取民眾意見並予以解答。

二、就地解決事項

1、據報台東建設公司係由官民合辦，官股十分之六，民股十分之四，嗣因辦理不善，經台東縣議會決議取消董監事，改設監理委員會，但民股董監事蔡維楫等認為縣議會對於民股權益不能任意取消，應按公司法辦理，召集股東大會解決，且在縣議會開會時出言不遜，致起糾紛涉訟法院，蔡維楫被判刑四月，縣長左右為難云云，經向雙方勸告、互讓息爭，並請縣黨部吳主任委員從中調解。

2、台東至高雄民營貨車常有軍人中途強搭，眾以超過重量易生損害，又成功鎮民眾以駐軍演習往往損害農作物，均請取締，經交五十四軍軍部注意取締。

3、花蓮縣玉里鎮長請求對該鎮人事問題予以方便，如財政課長需要專任，希望縣政府勿改派人員前往兼任，經交楊縣長斟酌辦理。

4、鳳林鎮警察分局以房屋破壞不堪應用，而所屬富田分駐所現用房屋為日產，需納房租，該分局長請求將省撥至縣府之警察房屋修理經費，迅速分配發下以便修理，現經交楊縣長查明核辦。

三、轉請核辦事項

1、大武鄉人口有三千三百四十餘人，十分之七係山地同胞，生活非常艱苦，眾請將該鄉保留地三千餘甲開放與民眾開墾，其中約有二百四十餘甲在平地，還可開為水田以增生產（**保留地在日治時代是為欲留給山地同胞開墾者**）。

2、距大武鄉公所十六公里之森永事業，地有三千三百零五甲，在日治時代森永會社經已種奎寧樹三百餘甲及茶三百餘甲，現已荒廢可憐，眾以為政府既不經營，何不放租與山地同胞及西部移民前往開墾，可以利國利民，另外卑南鄉與達仁鄉亦有很多奎寧樹園亦皆任其荒廢，殊為可惜。

3、大麻里鄉有原屬星製藥會社經營之奎寧樹園，在一千五百甲以上每甲約有八千株，每株直徑約有五寸，該鄉民眾請求撥五百甲歸鄉經營，以增鄉財政並可向政府納租，據稱如改種旱稻，每甲可收六千斤云。

4、東台灣之淺山地帶，在日治時代免稅開放與民眾耕種，現在政府向之收稅，為數無多，人民以地瘠產少，無利可圖，因而多放棄不願種植，眾請仍准免稅，長期放耕。唯一條件在可造林之地必須耕者，造林歸其所有，以利人民柴火之來源及助水源之涵養；而非造林之地任由人民耕種，有利於國更有利於民。又山地之高山族常以山地地力不能持久，遷徙燒山，為防斯弊亦可分配淺山土地與之耕種，使其生活固定，燒山自止。

5、台東花蓮兩縣農村均甚困苦，眾請寬放農貸以資增產，尤其山地同胞受高利貸之剝削，每二月複利一倍，低利農貸，尤感迫切需要，又以日用必須品重受課稅，價格高漲，並請加以免稅，以維生活，經查現有統一發票應可防止走私，如無發票儘可處罰，同一省內似不宜以防私為名而加重民眾負擔。

6、台東糖廠與花蓮糖廠關係兩縣經濟至鉅，眾請勿予停辦，以維蔗農及糖廠職工之生活並可爭取外匯。

7、都蘭烏糖廠辦理不善，資金不足，勢將倒閉，眾請政府設法維持或予改組，以利增產並維持員工與蔗農之生計。

8、據高端方等廿六人陳情，以卑南鄉利吉村蔗作由合作農場請准省方劃歸該場收購製糖，但該糖廠機器不全，往往未能趕製，收購之蔗常被損壞或轉交台東糖廠製糖，而蔗農需用之肥料、蔗種及下種資金均無力籌措，貽害蔗農非淺，請求將該村未劃入該場收購之蔗作准歸台東糖廠收購等語，經核理由充足，擬請轉飭照辦。

9、台東花蓮兩縣無煤出產，人民日用之柴火以山林管制嚴密無法採取，普遍感覺十分困難，眾請政府放寬限制簡化申請手續，准許人民納金採取以利民生。

10、東台灣糧食不足，眾請政府在花蓮開設肥料廠，藉增糧食生產。

11、阿眉族建設協會建議沿海居住之阿眉族人生活困難，沿海土地多為石田，請求政府多撥漁船，俾便捕魚為生。

12、大武鄉民眾請在該鄉之尚武村開闢漁港以利捕魚，並可做花蓮至高雄來往船隻中途之避難港，而且距蘭嶼最近，亦可利用此港互相交通，約須經費三百四十餘萬元，可分三期完成，第一期約須經費一百二十萬元。又成功鎮民眾以新港漁港過淺，請求加以濬深以便停泊而利捕魚。

13、大庥里鄉僅有水田二百餘甲，糧食不能自足，眾請開闢該鄉水圳，可增加灌溉水田三百五十餘甲，約須經費三百餘萬元，是項工程已由縣議會通過於四十一年完成，現由台東水利工程處開始勘察，該鄉民眾並請提前今年完成以利增產。

14、吉安鄉吉野水圳在日治時期頗為完善，嗣因存放軍火在水源頭挖洞及年來大水沖壞之故，以致水量不足流沙又多，影響生產，眾請政府加以修理，每年在一千五百餘甲之良田中，約可增加三百萬斤穀，但需修理費約五百萬元，電力公司可利用此水力發電，應可分擔一半之經費云。

15、東河鄉民眾以至泰源村之登仙橋已經損壞，該村為一山內盆地，有人口二千二百餘人，其中三分之二為山地同胞，山內有公有地開墾為田者一百八十餘甲，另有園地六百餘甲，民有地開墾者三百餘甲，未開者二千餘甲，此外還有營林用地成萬甲，該橋為內外行人必經之道，眾請改造吊橋，所需經費四十六萬元全由政府補助，山民無力負擔。

16、花蓮至南投之中部橫斷公路，人民感覺關係重要，眾請政府迅速著手修成，以利軍需民行。

17、吉安鄉民眾以慶豐材水源地有關千餘甲田地之灌溉，近有奸商盜砍木材，並在山內開闢一闊四尺長千餘間之道路以利盜運，花蓮山林管理所不加聞問，眾請取締並認真保護山林。

18、東台灣運輸公司只有公營貨運服務所一間，孤行獨市對於商人貨運辦理不親切不妥當，眾請開放民營或加一二間民營，俾得有所競賽而利改善（**附花蓮縣商會原呈一件**）。

19、里壠鎮民眾以附近無一軍隊營舍建築，軍隊仍住學校，里壠鎮示範國民學校共有教室十四間，被軍隊佔住七間，眾以為營房建築費，政府已向民間收去多時，仍未建築，不知用於何處，請速建營舍遷還學校。

20、民眾反共自衛隊之訓練，眾以為其經費不宜悉歸鄉鎮負擔，政府亦需協力，並請先行趕快訓練幹部，然後訓練隊員。

21、秀林鄉青年服務隊隊員係山地同胞，以該隊無經費請政府予以補助，並稱如一旦出征均願應召赴役。

22、秀林鄉之山地職業學校現仍停頓，該鄉民眾請求恢復並改為省立職校。

23、阿眉族建設協會建議請設立夜學以便山地成年男女進修，並編日語對譯之國語課本以便容易學習，及編發適於山地之政訓教材以便訓練山地同胞，又請免費贈送日文之軍民導報以便常識教育（**軍民導報擬請轉飭新生報贈寄該建設協會每日五百份，由該會分配各鄉村民閱讀**）。

24、阿眉族民眾建議住在山地之高山族享有政府特別待遇與保護並予免稅，本年度省府又撥一千四百萬元補助金，惟住在平地之阿眉族約七萬人，約佔全省山地同胞之半數則無此權益，認為待遇不公平，希望將補助金分撥一半或二三成與之，或請求將已納稅款之一半還原作購買漁船，以利該族發展漁業或做其他之福利事業。

25、大武、達仁、金山與大麻里四鄉在日治時代在大武鄉設有支廳，大武鄉民眾以該鄉距台東縣七十餘公里，現只有警察派駐所，向縣請示接洽俱不利便，請求在該鄉設立警察分局，以加強維持該地帶之治安與交通。

26、玉里鎮人士建議准許平地與山地自由交通，廢止入山證使來往便利，山地同胞易於同化；但卓溪鄉山地鄉長高宗榮則以山地同胞文化較低，請緩開放入山證，以免山地同胞受平地人之欺騙。雙方均不無理由，似應交辦理山地行政人員研究參考。

27、防空壕之建築需費過多，眾請在偏僻之地方不加強制，改挖防空溝以節民力。

28、花蓮民眾以東台灣多不良份子投書密告陷害他人，請政府查明懲辦，嚴予肅清以安社會。

29、據東台灣公教人員稱東部普通物價比西部貴二成以上，公教人員生活艱苦，雖有加給但仍不敷物價之差數，請求改善其待遇；又以公教人員宿舍津貼聞省級中等學校人員都有領到，其他機關人員亦請一律迅速發給，如無津貼似應明白宣示，以免懸望。

30、五十四軍葉副軍長建議，以軍隊藥品缺乏，士兵副食費不敷，軍眷生活過苦，軍人捨生報國，在其未犧牲之前，均不忍見其眷屬顛連困苦，聲請予以改善。

31、花蓮市在日治時代設有高砂寮，專為山地同胞做旅社，前為兵工學校佔用，山地同胞以生活習慣關係，不便寄宿其他旅社，感覺旅居困難，現雖歸還一部，仍請全部歸還之。

32、阿眉族建設協會建議過去政府大員視察時，該會迭經陳述種種困難，請求設法，雖蒙答應辦理，但多未見諸兌現，希望以後勿令人民感覺官員多事敷衍，培火以為政府必須實事求是，取信於民，應請通飭注意，以維政府之尊嚴。

培火此次巡視東台灣，深刻感覺人民生活多甚困苦，然尚有廣大土地未經開墾，大好山林未加善用，國家財富任其荒蕪，地不盡其利，人無用其力，想念及此，不禁咭嘆，擬請轉飭有關機關特加注意，積極開發或開放，國計民生均有極大之俾益，合將巡視各情謹報，請　鈞長察核施行。

謹呈

院長陳

副院長張

政務委員蔡培火

報告四月十四日於台北市

函新竹縣劉縣長為匯還墊付錦旗款一百元由存稿（一九五一、四、十四）

燕夫縣長我兄勛鑒：

十一日大函並附統一發票及收據各一紙均收，敬悉茲照數由台灣銀行匯上壹佰元，煩請查收歸墊為荷，有費　清神，順此致謝。即頌

春祺

弟蔡培火敬啟
四月十四日

函謝五十四軍葉副軍長由存稿（一九五一、四、十六）

葉副軍長會西兄勛鑒：

台東暢敘，無任歡欣，復蒙待以　盛筵，衷心至為感激，弟於本月十日由花蓮返抵台北，關於吾　兄建議各點，經已將情報請　院長核辦矣，順此奉聞。並頌

戎安

弟蔡培火敬啟
四月十六日

函台東花蓮縣陳楊縣長請將東台津貼情形查覆由存稿（一九五一、四、十六）

振宗仲鯨縣長我兄勛鑒：

日前巡視東台灣，據公教人員報告東台津貼，科長以上人員加二成，科長以下人員不到一成，茲聞不論科長以上及以下人員一律加二成云云，頗有出入，究竟事實如何，即請　查明迅速示覆為荷，專此。順請

政安

弟蔡培火敬啟

四月十六日

函新竹縣湖口鄉長羅仁鐘、新湖國校校長王阿元查覆軍眷曾否遷還學校教室由存稿（一九五一、四、十六）

仁鐘鄉長
阿元校長聯鑒：

三月廿三日函計達，茲接國防部四月三日函，稱已令聯勤總部迅飭佔駐該校之眷屬遷讓，勿任藉口拖延以維教育等語。該眷屬有無遷讓，希即函告為盼，專此。並頌
時綏

蔡培火啟
四月十六日

函覆台東縣吳議長請與蔡維楫互讓合作由存稿（一九五一、四、十九）

吳議長金玉兄勛鑒：

四月十四日大函敬悉，蔡維楫對議會出言不遜，實有未妥，惟台東建設公司過去經營不善，似應按公司法召集股東大會處理，民股之董監事除股東大會外，不能任意予以變更，弟以公務羈身，不能在　貴縣久留，經請縣黨部吳主任委員從中調解，深盼互讓合作，為地方建設而努力，並希將結果見示，專此敬覆。順頌

時祺

弟蔡培火啟

四月十九日

函台東縣陳縣長請將蔡維楫與議會糾紛調解情形見覆由存稿（一九五一、四、十九）

振宗縣長我兄勛鑒：

蔡維楫與議會之糾紛事，前經轉託吳主委分別進行從中調解，深望能得完滿解決，近來結果如何，請一　覆示為盼。

至於台東警察局長聞已更調後任吳姓，此事與民政廳長之努力有關，盼去函謝之，專此。

順請

政安

弟蔡培火敬啟

四月十九日

致宜蘭盧縣長為函知巡視日期及辦法由存稿（一九五一、六、九）

纘祥縣長我兄勛鑒：

弟定本月十四日（星期四）上午九時卅分，由台北乘快車前來宜蘭，並到　貴縣各地巡視，預計工作五天，到達之日即可開始工作，自十四日起至十八日止，希望每天召開演講會一次，如有需要在另一地方加開一次座談會亦可，在開演講會時盼能召集民眾，多多益善，並準備擴音機以利工作，至工作日期時間與地點應如何分配，煩請　縣長聯繫宜蘭縣黨部預為排定。在此國難時期，舉國克難，盼勿有歡迎公宴等情事，惟請代定三人住宿之比較安靜地方為荷，專此函達。並請

暑安

弟蔡培火敬啟

六月九日

函宜蘭縣黨部為函知巡視日期請與縣府聯繫由存稿（一九五一、六、九）

王主任委員鶴標兄大鑒：

弟定本月十四日前來　貴縣各地工作，預定工作五天，所有工作日程與地點，除函請　盧縣長預為排定外，並請我　兄與縣政府聯繫以利進行為荷，專此奉達。並請

黨安

弟蔡培火敬啟

六月九日

函宜蘭縣盧縣長為函知因病不能如期前來巡視由存稿（一九五一、六、十一）

纘祥縣長我兄勛鑒：

六月九日寄上一函諒登記室，茲因弟及秘書均病，遵醫囑不能如期前來工作，在一星期後再行定奪，除另電並屆時預函奉達外，為特函請　查照，並煩轉知縣黨部王主任委員為荷，專此。順頌

政祺

弟蔡培火敬啟

六月十一日

函知宜蘭盧縣長改期前往巡視由存稿

（一九五一、六、廿一）

纘祥縣長我兄勛鑒：

茲定本月廿三日（星期六）上午九時卅分，由台北乘快車前來宜蘭，當天即可工作，先行工作三天至廿五日為止，以後再約期繼續工作，以體關係，每天以舉行演講會一次為原則，餘請照前函辦理，專此奉達。順頌

政綏

弟蔡培火敬啟

六月廿一日

函知宜蘭縣黨部改期前往巡視由存稿

（一九五一、六、廿一）

王主任委員鶴標兄大鑒：

弟日前因病不能如期前來工作，經函知　盧縣長改期並請其轉達閣下，茲定本月廿三日上午前來宜蘭，先行工作三天至廿五日為止，以後再約期繼續工作，除分函外，為特函請查照為荷，此請

黨安

弟蔡培火敬啟

六月廿一日

巡視宜蘭縣報告存稿（一九五一、七、七）

一、巡視宜蘭縣經過

培火於六月廿三日到宜蘭巡視，是晚八時半至十一時半在宜蘭市天后宮演講，到會民眾一千餘人。廿四日上午十時至十一時在該市基督長老教會演講，到教友一百二、三十人，晚間八時半至十一時在羅東鎮媽祖廟前廣場演講，到會民眾約二千人。廿五日上午訪問縣黨部、縣政府、縣議會、市公所及地方士紳，下午三時至五時半在蘇澳鎮中山堂演講，到會民眾四百餘人，演講畢巡視南方澳漁港。廿六日回台北工作，廿九日再往宜蘭，是晚九時至十二時在頭城鎮中學禮堂演講，到會民眾八百餘人。卅日下午三時半至五時半在冬山鄉公所禮堂開座談會，時值農忙，到各村長及村民代表等一百餘人。七月一日下午四時至六時在五結鄉國校禮堂演講，到各村長及村民代表等一百五十餘人。二日晚九時半至十一時半在員山鄉公所禮堂演講，到會民眾三百餘人，每次演講完畢聽取民眾意見並予解答。

二、就地交辦事項

1、該縣移出之農產物如香蕉等類，眾請准予人民直接銷售，以免合作社居中收購轉售之剝削。

2、五結鄉民眾以海岸保安林地帶約四百甲土地自日治時代已經開墾，有居民一千餘戶靠此生活，另有未開墾地卅甲，為陳清旺之子特權管理，現縣議會決議在該地帶造林，將影響居民生計，眾請勿廢墾區，如有需要，應實地勘察靠近海岸地區造林。

3、五結鄉錦草村有十餘甲田地，因水圳爭執失修，以致農作物收成減少，該村居民請政府主持修圳，由關係者出錢。

4、冬山鄉東城村有佃戶林陳同榮耕種業主陳靈傑之田地，現租約滿期雙方同意退租，而縣地政科不准，當事者請予改善，羅東鎮民眾亦有類似之請求。

5、據宜蘭市游阿坤稱在小東里有日產房屋一座，係渠由市公所租借，嗣借與陳東海暫住二月，到期不還，反恃其親屬在市公所工作撤銷其租約權，蓋心殊不甘，請求予以援助。

右五項交宜蘭縣政府查核辦理。

三、報請核辦事項

1、據報宜蘭市鎮平里有十餘甲田地，被徵用為軍隊種菜，以致有關六十餘戶之幾百人生活受影響，當事者請求政府予以補償。

2、據報五結鄉有地約四甲餘，又員山鄉有四十二筆土地，共計面積十甲餘，於卅九年六月間被十九軍建築營房不給地租，地上作物全毀亦無補償，有關該地之業主與佃農生活均受嚴重影響，在礁溪、冬山、頭城等處亦有同樣情形，眾請轉飭國防部設法迅予補償。

3、據報駐軍仍多住學校，員山國校有教室廿三間，被佔十四間設立陸軍聯勤五十七病院第三組，住病兵約二百名；深溝國校有教室十間，被佔三間住病兵二、三十名；三星國校亦住有五十七病院第二組病兵，各處病兵之中有肺病、有精神病，亦常有病兵死亡，不但妨礙授課而且學童視為畏途及有傳染之危險，在頭城鎮各學校以及開成寺、媽祖宮等寺廟亦有駐兵，眾以政府久已捐募經費建築營房，請飭迅遷以重教育而崇信仰。

4、據報台灣軍士訓練初定四個月，以後延長至六個月遣回，各鄉鎮最近再召集至鳳山訓練，原謂四星期完成，迄今過期已久，仍未遣回，各父兄至為關心，眾請明白規定確實辦理，不要時做變更，並要求台籍軍士單獨編組，不與外省籍混編服役，以樹立政府威信而安台籍軍心。

5、宜蘭市民眾以失業頗多且以該地之人力電力煤炭及原料等均不缺乏，請在宜蘭設肥料工廠以救濟失業之市民，蘇澳鎮亦有在蘇澳設肥料廠之提議。

6、蘇澳鎮內之公地前由政府宣稱放租造林，眾以人民申請已久迄未批准，請求迅速批准以資獎勵。

7、據報南方澳漁港停泊有交通部所屬之輪船四隻，妨礙漁業生產，其中有二隻損壞不能開行外，仍有「大華」與「江蘇」二隻已經省政府批准疏散淡水，眾請轉飭迅予執行。

8、頭城鎮負山面海，居民多以捕魚為生，生活殊為艱苦，眾請政府補助漁船，給予長期漁業貸款，並比照農民配給必需日用物品，以改善其生活。

9、頭城鎮一帶漁民以出海時間限制過嚴，登記手續亦感麻煩，妨礙謀生，請求轉飭放寬限制並簡化登記之手續。

10、穀賤物貴，眾以每百斤穀須生產成本五十五元，政府收購價僅四十二元，請平抑物價，尤其日用必需品更應減價供應以利民生，又糧食局配給白布於農村，農民以時需洗換不甚適用，請求改配藍色、灰色等布，以適應農村。

11、各地民眾以人民繳納稅項間有貧窮不能及時照繳者，即受重罰，窮人實無法負擔，請求政府加以考慮從輕處理。

12、據報零售商存貨申報登記多受滋擾，因貨品隨買隨賣，時有出入，一經政府檢查數量，不符即須處罰，眾請免除零售商之申報，因零售商之貨物全向批發商批來，由批發商申報存貨即等於整個市場存貨之登記也。

13、蘇澳民眾以該地對於蘇澳水泥廠在各方面多有貢獻，但所有課稅均由台北總公司向台北稅收機關繳納，蘇澳毫無利益，請求分一部份為蘇澳鎮公所財源。

14、蘇澳漁民以捕魚業為生產事業，不應抽收營業稅，漁民請求免納營業稅，以昭公允。

15、鄉鎮財政基礎以戶稅為主要，自稅收起徵點由六百元改為一千二百元後，影響收入至鉅，甚有減收至三分之一者，眾請設法補救。

16、蘇澳民眾以籌設普通中學已有地址，亦有籌備之經費，為便於學生就學，請求轉飭教育廳迅予批准設立。

17、據報蘭陽女子初級中學有許多學生畢業後，無機升學高中，眾請增設一年制家事班，以便收容，事經縣婦運會及縣議會決議有案，請求教育廳准予設立。

18、宜蘭市民徐燦壽等提請重修宜蘭孔廟約需修理費一百萬元，並請退還該孔廟財產約有土地二十餘甲，以資紀念而崇禮教。

19、據報警察眷屬補貼只限一人，而公務人員可補貼至五人，認為不公；又國校代用教員無職務加給，而正式教員則有加給，亦認為不公，當事者均請同工同酬以昭公允。

20、據報鄉鎮長選舉只有候選人一名時，事實上無需要選舉，但不選舉則於法不合，如照例選舉，則人力物力均不經濟，宜蘭縣之冬山鄉、壯圍鄉均為此情形，眾請將選舉法加以修正。

21、宜蘭市民以公路局有大批汽油存放在中山國校及車站附近，該處學生及行人來往甚多，眾請遷移安全地帶以免發生危險。

22、據報光復前由海外匯款回台未兌之款，台灣銀行曾以新聞廣告限本年四月卅日以前兌取，但素不閱報不知其事，未能如期領取者不少，眾請設法補救。

23、據報羅東紙廠附近有四家民營小紙廠，其每家資金由幾十萬元以至一百萬元左右，員工約二十人至卅人，每家原料均來自羅東紙廠之廢物，據說在日治時代並無此等小紙廠，光復以後始興建者。因此在羅東、宜蘭民眾之間嘖有煩言，亦有人說所謂廢物者，不盡是廢物，而主管該羅東紙廠之人積蓄頗多，似應加以調查，以整肅公營事業之經營而釋民間之懷疑。

24、三個月以來駐紮礁溪鄉大碑村軍隊，於訓練演習時損害墳墓，人民篤於孝思，眾請整飭軍隊，以後盡可能避免在墳墓之地帶演習。

右廿四項報請　鈞長察核施行。

謹呈

院長陳

副院長張

政務委員蔡培火

報告七月七日於台北市

函謝宜蘭盧縣長由存稿（一九五一、七、九）

纘祥縣長我兄勛鑒：

日前巡視　貴縣，承蒙　盛筵招待並派員協助撥車應用，使工作進行得以順遂完成，衷心至為感激，專此致謝。順頌

政綏

傅主任祕書國棟
陳局長璞　　均此
馬局長超群

弟蔡培火敬啟
七月九日

函謝陳金波先生等由存稿（一九五一、七、九）

鏡秋志兄大鑒：

前到宜蘭重逢舊雨，促膝談心，歡欣無似，復蒙兄等盛筵招待，衷心至為感激，專此致謝。順請

暑安

進源　阿呆
添福　耀東諸兄均此
考柯　保宗

弟蔡培火敬啟
七月九日

巡視基隆市報告存稿（一九五一、七、廿五）

一、巡視基隆市經過

培火於七月十八日起巡視基隆市，是日下午訪問市政府、市黨部、市議會及地方士紳，下午六時至七時在海軍俱樂部開座談會，到市府高級人員及地方人士二十餘人，晚九時至十一時在仁愛國校禮堂演講，到會民眾約千人，十九日九時至十一時在第一肥料廠禮堂演講，到會民眾五百餘人，廿日晚九時至十一時在中正第一國校操場演講，到會民眾四百餘人，廿一日晚九時至十一時在七堵國校操場演講，到會民眾一千二百餘人，每於演講完畢聽取民眾意見並予以解答。

二、就地交辦事項

1、基隆攤販林立排於各商店門口，因免稅省費貨價較廉，影響各商店營業，眾請令其他遷，但無適當地點，並請設法解決，以免攤販生活發生問題。

2、據蔡福及王其柳等稱電力公司計算電費現分營業用與家庭用不同之價格，乃最近派員調查追前增繳營業用電費，如中正合作社之電費突增加百餘元，謂為追加三個月以來之營業用費，又七堵民眾報稱樓下營業樓上不營業，亦一律按營業用計費，均認為殊不合理，請迅予改善。

右二項交基隆市政府查明辦理。

三、報請核辦事項

1、基隆市靠海生存，眾以為港工捐全歸省政府徵收，及海產特產稅被取消後，市府財源減少一半以上，無法維持，請求設法補救。

2、據報基隆海面駐軍劃區防守，漁船不得越區捕魚，且下海時間限制過嚴，不得逾時出入，漁船不能適時適地捕魚，殊礙生產；而出海時又須由海關港務局警察所及聯合檢驗處三處檢查，延誤時間過久，漁民不勝其煩，以致向日魚脯分銷全台之基隆，今則鮮魚猶不足供應本市之需要，漁民至感困苦，眾請嚴飭迅予改善放寬，蓋近海漁業者儘靠夏季工作以維全年生活。

3、基隆為產煤之區，因煤炭價賤礦坑相繼倒閉，礦夫失業情景嚴重，眾請准許自由出口以圖疏救。

4、據肥料廠工人稱工人眷屬津貼只限一人，而公教人員可津貼至五人，認為不公平，請求津貼均一，以齊人心，如財源不敷口數，不妨同樣減少，北港糖廠工人亦有書面聯名作同樣之陳情。

5、據報基隆市公教人員普遍惡用醫藥補助費之規定，偽請醫生出證報領，因此該市議會乃決議一律以保健費名義，一律照發，聞台北頗多同樣偽證領費情事。

6、基隆省立男中教室因有一部作為教員宿舍，因此教室不敷，秋季招生僅能招收卅名，阻礙青年就學，眾請設法解決。

7、基隆全市國校共有教室二百零六間，被軍隊佔住六十八間，以致學生上學為難，眾請飭遷以重教育。

8、據報基隆市防空委員會，嚴令市民開防空壕，根據以往情形，市內防空壕毫無用處，徒然勞民傷財，基隆多山，眾請靠山開防空洞較為實際。

9、縱貫線快車除晚間九點一班外，其餘均不在基隆起點，因商人乘車之不便利，以致影響基隆商業之繁榮，眾請轉飭鐵路局將縱貫線快車一律改在基隆起點。

右九項報請　鈞長察核施行。

謹呈

院長陳

副院長張

政務委員蔡培火

報告七月廿五日於台北市

函謝基隆市謝市長由存稿（一九五一、七、廿七）

貫一市長我兄勛鑒：

七月廿四日大函敬悉，基隆漁船出口檢查及電費劃一問題，此間亦與有關機關聯絡改進，至攤販集中問題仍請　市長作適當之處理，以利民生。此次出巡　貴市，叨蒙　厚意招待，並派員協助使工作進行得以順遂完成，衷心至為感激，順此致謝。並頌

政綏

弟蔡培火敬啟

七月廿七日

巡視台北縣報告存稿（一九五一、八、廿）

一、巡視台北縣經過

培火於七月卅一日到台北縣巡視，是晚九時至十一時在板橋鎮中山堂演講，聽眾四百餘人，八月一日晚八時半至十一時在新莊鎮武廟演講，聽眾八百餘人，三日上午九時半至十一時半在新店鎮國校禮堂演講，聽眾一千四百餘人，四日晚八時半至十時半在淡水鎮戲院演講，聽眾一千餘人，六日下午二時至四時在瑞芳鎮戲院演講，聽眾約一千人，七日晚九時半至十二時在汐止鎮戲院演講，聽眾一千二百餘人，九日上午十一時至下午一時在金山鄉戲院演講，聽眾三百餘人，十一日下午四時至六時半在樹林鎮戲院演講，聽眾一千多人，十三日下午三時半至六時在三峽鎮戲院演講，聽眾八百餘人，十五日晚八時半至十一時在三重鎮農會前廣場演講，聽眾六百餘人，每於演講完畢，聽取民眾意見並予以解答。

二、就地交辦事件

1、據報三七五租約規定業佃權益，民眾均甚擁戴，但板橋鎮業主黃簡查某與其佃戶雙方均願退租而政府不許可，請求設法改善。

2、據報瑞芳鎮房屋捐徵收不正確，稅務人員仍根據廿六年日治時代之底冊為標準，雖鎮公所及地方有關人士提供意見，亦未採納，查廿六年迄今已十五年，新修與破壞變更甚多，眾請實地調查務求徵收公允。

3、樹林民眾請求對於警民協會捐款，富者可以多出，不必限二十元，貧者不必勉強捐派，希望當局妥善辦理；又三重鎮警察催收警民協會會費，滋事打人，眾請查辦。

4、據金山鄉萬里阿突沈添財報稱，伊有牛欄一間，被駐軍佔用已一年餘，迄不歸還，請求設法飭遷。

以上一至三項交台北縣政府查明辦理，第四項交當地駐軍張副團長處理。

三、報請核辦事件

1、據報穀賤物貴，每百斤穀在金山鄉值四十三元，生產費須六十元，不敷十七元，每尺普通布須換穀十餘斤，每台脫穀機五百元，須換穀一千數百斤，每瓶白露酒須換穀四斤，每包香蕉煙須換穀二斤，豆餅一斤值一元六角，糙米一斤只值六角，因此農民生活極為艱苦，間有以米餵豬者，眾請平衡物價並設法補償農民虧損，以利增產。

2、各地民眾請求政府配給日用必需品如農具、布匹、糖、油、藥品等類，公平普及於農村，並以簡單之手續通過鄉鎮機構辦理，如至都市領取配給費時費錢，利不及費，請求改善。

3、農村困苦，眾請減低換穀之肥料價格以補償穀賤之損失，所配給之肥料有時含石灰過多，不適使用，並請以後注意勿配壞肥料予農民以不利。

4、據報水利委員會對於不能得到水利之山田及看天田，每甲每期需收水費十元，人民認為不合理，請求糾正取締。

5、據報三七五減租，對於山田等則列在十一則至十四則之田地，不能受到減租之利益，眾請設法改救，如在金山鄉內可以減租之地，約有九百起，而其中以等則過高之山田有三百餘起，不能受到減租之利。

6、據報各地合作社自合併於農會後，許多非農民之會員只有納會費之義務而極少得到配給及借款之利益，眾請設法改善。

7、據金山鄉楊石振等陳請為卅九年六月間駐軍佔用民地建築營房，並損害地上物共計有十五筆，請求予以補償。

8、據報克難用地有抵觸人民種作，台北縣山多田少，農民經常靠以為生之耕地，一旦被徵用心殊不甘，此有影響軍民合作之心理及本省外省人之融和，故提請當局注意善後。

9、淡水港近年淤塞，漁船須乘潮進出，如猝遇颱風危險堪虞，眾請政府補助挖溝，以便漁船進出，對於淡水漁業有迫切之需要；又金山鄉居民以捕魚為生者，約佔三分之一，眾請政府撥款捕助，開一漁港以利生產。

10、萬里鄉、野柳村、新澳灣原被封鎖，現雖得三四二一部隊體念漁民疾苦，准自八月一日起事先開放，但未得省保安司令部之許可，人民仍不安心，該鄉人士請政府准許開放以利生產。

11、淡水鎮漁會請求寬放漁貸並援照農會例，對漁民從優配給物資。

12、煤價近雖稍為提高，因尚無利可圖，各煤業者無意生產，炭工生活艱苦且多失業，眾請對於礦工配給布匹、糖、油日用必需品，以維生活。對於煤炭外銷部份特予鼓勵，提高煤價，多予低利貸款，如是業煤者必感興趣，增產爭取外匯並可救濟失業工人。

13、據報政府於七月廿七日宣佈煤炭起價，每噸由五十四元加至七十七元，並追溯自七月一日起追收，眾以為殊不合理，請自宣佈之日起價，以免隨買隨賣之零售商受意外之虧損。

14、軍用燃燒煤炭一律要求一級煤，眾以為實太可惜，請飭改用普通煤以節物力；又軍用炭上月限八千噸，本月限二千六百噸，此外需用柴木，眾恐影響造林，請當局加以注意。

15、各地民眾以各地生產事業多在營業行為所在地，台北市繳稅各地不能徵收，以致住民負擔過重，多遷居都市，均一致請求公平劃分，一部份稅收為當地鄉鎮公所之財源，以資補救，事關稅制之合理改革，請中央迅予施行。

16、營業稅定三個月以內，有營業在九千元以上者按額徵收，不及九千元者免收，眾以為免稅點過高，因此減少稅收，眾請降低免稅點，以增收益而平負擔。

17、腳踏車牌照稅，眾請按時通知繳稅不必換牌，以節省時間與無謂之費用。

18、戶稅繳納期間，眾請遲緩一月或二月，勿在農忙無款時使人民借款或賣青苗納稅。

19、統一發票簿半月換一次，小生意人用不完即換，不但麻煩而且耗費不少，殊為可惜，眾請改為一月換一次。

20、據民眾建議為求稅收合理與順利徵收，應確定稅額確實清收，如須收稅一百萬元，不能攤配一百數十萬元，否則良民照交受損，狡黠者延欠不納反佔便宜，養成納稅壞觀念。又納稅人對稽徵處之配額有不服時，到該處申訴往往不受處理，應另設納稅人申訴之機構，俾作公平之審定，一面分派專責催徵人員認真催收，因向無專責催收之舉，一不納稅即加以封閉，案移法院，稅仍不納，雙方損失，若新設催徵專員必能糾正以往之措施。

21、稅捐已重，間有窮人遲繳，又須加重處罰，更使窮人難於負擔，眾請斟酌減輕罰款，俾能合情合理。

22、據金山鄉李阿春報稱，伊妻在六月廿七日賣出一頂蚊帳，尚未成交，由買主先攜去比量尺寸，被財政廳派往金山鄉代財務股主任林可緝及幹事李有田遇見，認為未開發票，當即至其店寫好其妻談話筆錄，林代主任私將其店印蓋上，當時謂為無關要緊，事後則通知需處罰銀元一百元，因此不甘，請求予以援助（**因有時間性已先提交財政廳**）。

23、三峽鎮每年可產煤卅六萬噸，現年產廿四萬噸，惟有關產業及國防運輸要道，由三峽至鶯歌之橋樑建築費需一百八十萬元，現只領到值美金六萬七千元之材料，餘款當地無力負擔，眾請政府補助以策增產。

24、新店之碧潭為一風景區，眾以為台北市境內公路已經鋪裝完成，惟新店至台北市境之公路壞甚，不但有礙觀瞻，且砂塵萬丈，即在台北市民疏散及國防交通上均有重大關係，請求拓大建築並改鋪柏油路面。

25、瑞芳車站月台佔在該鎮商業中心地區，中隔軌道，行旅均極不便而且危險，眾請鐵路局出材料，由該鎮負責出工開建隧道。

26、瑞芳鎮自來水原供三千人飲用之水設備，現人口激增至數萬且舊設備亦損壞失修，眾請政府補助拓展設備，該鎮願負擔三分之一經費。又汐止鎮自來水蓄水池損壞，鎮民窮苦無力修理，約須修理費十萬元，眾請政府補助一半。又淡水鎮自來水管太小，以致居民食用與船舶添水均不充足，該鎮民眾請由農復會補助拓展以利國計民生。

27、據報各地駐軍仍多佔住學校，板橋國校有教室卅二間被佔十三間，沙崙國校有教室十間被佔三間，新莊國校有教室卅一間被佔十五間，及大禮堂一間，樹林國校有教室廿五間被佔十二間，三重國校有教室廿九間被佔十間，汐止國校有教室卅間被佔十七間及大禮堂一間，尤其汐止被佔校舍，以為修理汔車及戰車之場所，不但學生上學困難而且地面及建築物損壞甚大，眾以政府早在去年向民眾捐款建築營房，何以軍隊現仍佔住學校，而且間有官佐一、二人，佔用一大間教室，學生上課，則改三部制四部制猶無處所，殊不合理，眾請政府糾正飭遷以重教育。

28、淡水鎮民眾以淡水無公立高級中學，請在淡水設立商業職業學校，淡水鎮漁會請在淡水設水產職業學校或漁業講習所作短期訓練，加強捕魚能力以利增產，並準備水產人才以應將來反攻大陸之需要。又三峽鎮多山地，眾請在該鎮設立農業職業學校發展農林作業。

29、金山鄉財政不良，中學尚無專用校舍，該校擬利用水尾村之新館，該處乃台北縣之公產，現為基隆要塞司令部金山分台佔用，該校校長請求國防部撥款另築靠近要塞之適用營房，而騰出新館給與中學作較大之利用，於國於民更多益處。

30、瑞芳鎮國校建築於卅七年間由華福營造廠承包，僅做一半即迭次違約停工，案經移台北地方法院辦理，久未審結，眾請督促法院迅速追究，以重教育而保公益。

31、三峽鎮之中山堂現被聯勤總部佔用藏放藥品，眾以為三峽鎮尚有國防部之工廠三處，空著無用，准飭遷移以利大眾在中山堂之使用。

32、板橋鎮民賴天德陳情伊之次子賴信宗於六月十九日在社後里被中型吉普車輾死，該車當係向港尾之聯勤總部第一補給站油庫領油者，雖經警方查明有關之軍車三輛層報，緝辦迄無著落，該賴天德請求政府負責賠償，不可空託緝辦而令沉冤莫伸。

33、據汐止鎮仁德里四十八號葉長壽報稱，伊弟葉文龍於卅七年九月間在汐止第四鋼鐵廠做工時僅穿內褲失蹤，而其衣服猶存，請求追究。

34、據報鐵路警察不守紀律，六月十二日在汐止站及七月十八日在五堵站均因驗票事隨便開槍而動公憤，尤其在五堵站侮辱女性，藉端為難並與當地警察起爭執，眾請嚴加糾正。

35、據新店鎮新東里一百五十二號店東鄭煉報稱，伊於卅八年六月間借一間房子與軍人苑德縉居住，原以三個月為限，及期不還，迄今仍有四個月未納房租，本年古曆元旦，伊小孩九歲無故被苑妻毆打，伊與之理論，反耀武揚威聲言打死之，請求援助飭遷，查苑德縉原任國防部技術總隊大隊長，現在國防部大陸工作處工作，前些時曾掛總統府證章，自稱在總統府機要室資料組工作云（**因有時間性已先提交國防部**）。

36、據三峽鎮蘇子城報稱伊兄蘇子圭被蘇院毆打重傷，經警局將蘇院拘送台北地檢處後隨即輕易保外，請求援助追究懲辦。

37、據警察方面報稱現時政府利用流氓做情報網，恐或反為流氓所利用，警察人員現已應付困難，如將來情況不安定時更恐發生弊端，提請上峰特加注意。

38、在此克難時期，各機關公務員坐小汽車與交通車，眾以為濫費汽油，請飭改坐公共汽車或腳踏車，同時請提倡中午帶便當，以免中午停辦時間過久，使民眾接洽公事耗費耗時太多，以配合戰時生活而振人心。

39、在公休時間依現狀公務員作室內娛樂，優閒休息之風過盛，眾請政府提倡公務員集體戶外運動，以利強身強國。

40、據報各機關缺乏聯絡辦事速率太緩，尤其林產機關對於人民申請造林案件，有在一年以上仍無著落者；又如學校向縣政府領經費，須經過教育科、人事室、財政科等，每次領薪須費兩天以上工夫；又如畢業證書須由學校申報教育科移轉教育廳，然後發下，一延二年實太遲緩，何不信任學校，直接發給，衆請改善。

41、政府設立鄉鎮隊附與里隊附，增加人民負擔，衆請廢除，如有命令可按日治時代通知人民，一定照辦、以節人力財力。

42、國民身份證遺失須登報聲明始得補領，衆以為窮人無力照辦，請改由鄰里長證明免除登報手續。

43、據報板橋鎮社後里港尾地方，每逢古曆六、七月間常有水患，現該處放有軍用汽油成千桶，衆請注意防範以免損失。

右四十三項報請　鈞長察核施行。

謹呈

院長陳

副院長張

政務委員蔡培火

報告八月廿日於台北市

函謝台北縣梅縣長由存稿（一九五一、八、廿）

達夫縣長我兄大鑒：

日前巡視　貴縣，蒙　兄派員協助並派車應用，使工作進行得以順遂完成，衷心至為感激，專此致謝。並頌

秋祺

弟蔡培火敬啟

八月二十日

巡視台北市報告存稿（一九五一、九、三）

一、巡視台北市經過

培火於八月廿六日起在台北市巡視，是晚八時半至十一時在松山國校操場演講，聽眾八百餘人，廿七日晚八時十分至十時四十五分在龍山區龍山寺演講，聽眾六百餘人，廿九日晚八時十五分至十時五十分，在古亭區十普寺前廣場演講，聽眾七百餘人，卅一日晚八時半至十一時在建成區蓬萊國校禮堂演講，聽眾五百餘人，每於演講完畢，聽取民眾意見並予以解答。

二、就地交辦事項

1、衛生所藥品不敷應用而且好藥太少，眾請加以充實。

2、據報地方警察多言語不通，往往誤事，眾請政府應派言語能通之警察到地方服務。

3、據報古亭區徵兵原定九十四名，後由市政府軍事科命令改徵一〇三名，眾請糾正。

4、據報此次徵兵因申請緩徵之限期過短，以致許多負家庭生活之獨子被徵入營，如西昌街一百二十二號洪世德家貧而且患肺病，靠其獨子洪澤恭以刻印謀生，今一旦被徵，全家生活無法維持，請求予以補救，准予緩徵而明政府德意。

5、特種營業牌照每年換一次，辦事人員為省略自己手續，不辦公文直接通知納稅人，僅登報紙廣告，以致許多無看報之小商逾期受罰，咎在政府，罰及人民，咸抱不平，眾請糾正應分別通知以便遵守。

6、據中山區公所經常打鑼人洪金桔報稱，近來人言嘖嘖，認為房捐徵收太不公平，草房與洋房同樣徵收殊不合理，請迅速改善。

右六項交台北市政府查明辦理。

三、報請核辦事項

1、據報穀賤物貴，穀每擔僅四十元，還不敷買一套衣服，如買一張犁須賣二擔穀之代價，農村艱苦，眾請平衡物價並廉價配給肥料、農具、布匹及日用必需品，以資補償，不然農村將歸於破產。

2、據報合作社從前有經營抵押業務，利息較低，人民稱便，現政府不許經營，人民需款時不得不高利借債，等於獎勵高利貸之流行，眾請政府仍准合作社經營抵押，以應金融流通上之需要。

3、物調會配給貨物原以調節物價為主，今只配與各商家居中牟利，對於物價調節毫不發生作用，眾請直接普及配給與民眾，方能發生調節作用。

4、松山大小工廠約有二十間，現時停開六、七間，其餘亦縮小經營，以致工人多失業，無工可做，生活艱苦，松山與建成等區工人均有提請政府設法救濟失業工人。

5、據報公教人員眷屬補助可至五人，工友眷屬僅得補助一人，請求同等待遇以示公允。

6、據報政府辦事往往不能配合，如合作社與農會賬簿無貼印花，經財廳查明需加處罰，經議會決議請予免罰，後案移司法，又須依法處罰，而行政院為體念社團之困難，准予免罰，法院至今尚無下文，迄未解決，致失人民信仰，眾請注意改善。

7、據報本省度量衡在日治時代猶得新舊制並用，即在英美改換新制亦不能立即徹底施行，而物調會配布仍用碼計，公教人員配米仍用市斤，今政府推行新制度量衡，嚴令人民立即更換，凡仍用舊制者，輒由警察強制拘罰，擾民過甚，殊非得民心之辦法，眾請從寬處理。

8、本省徵兵入營有人恐怕無限期服役，眾請當局依法執行以昭大信。

9、據報此次徵兵，間有負擔家庭生活之獨子，因逾期申請緩徵而被徵入營，亦有假藉獨子而運動得以緩徵者，眾請設法查明，秉公辦理。

10、據報公立醫院無值日醫生，有一次消防人員因公受重傷，前往就醫不能及時救治，眾請增設值日，以利病人。

11、眾以為庸醫害人，對於醫師證書應認真查明，慎重發給，今政府對於中醫師證書隨便發給，殊不以為然，眾請嚴飭糾正。

12、古亭區有人口六萬七千人，只一間國校有教室廿一間，被軍隊佔用九間，現分四部上課，極難應付；南門國校現設警官學校，眾請發還以便學童上學；又松山國校有教室卅三間，被軍隊佔用廿間，眾請飭遷或將濫用教室緊縮剩還，以重教育。

13、據報龍山寺內住有軍眷及閒雜人等十餘戶，又被技術總隊團佔一部作倉庫，或在內生產或污穢嘈雜，有損佛殿之清淨與莊嚴，眾請政府令飭遷移，以崇信仰。

14、芳蘭山墳地因軍隊築路被毀不少，人民篤念祖先骸骨，未得事先通知遷移而橫遭毀滅，以致怨聲載道，眾請政府嚴令制止。

15、據報近來突擊檢查，間有善良人民被拘，亦有貧苦失業者被拘，至保外時須罰廿元，無錢繳納則不能保外，人民咸抱不平，眾以為良民必有里長等可為之作保，何必一定要罰錢，而使貧窮者無法繳納，無辜受累。

16、據報有許多軍公人員利用公車買菜遊玩，濫費汽油，眾請取締以節物力而振克難風氣。

17、行人秩序須靠右側走，尤其熱鬧市區更關重要，眾請嚴加執行以維公共秩序。

右十七項報請　鈞長察核施行。

謹呈

院長陳

副院長張

政務委員蔡培火

報告九月三日於台北市

上書陳院長建議解救山地同胞痛苦辦法

由存稿（一九五一、九、五）

辭公院長鈞鑒：

培火前次出巡東部，目擊住在平地之山地同胞，生活已趨於沒落之境地，究其原因，一為智能低劣、教育程度不足，二為平地之不良份子利用其無知而加以欺騙剝削，三為政府之保護措施未周，不能將其由困苦顛連中拯救出來。

在日治時代日人對於山地同胞，住在平地者保護之，即住在山地者亦設法誘導其至平地居住而加以控制，毋使平地居民肆意損害山胞，需要借款時由公家低利貸給，不致受高利貸之剝削，所有課稅幾乎全部免繳，利用其勞力為公家而服務，保護其最低生活較其自由生活稍為安適，使之甘服守法。

光復以後山地同胞亦以做中華民國之國民榮幸，倘能生活稍安，雖赴湯蹈火在所不辭，無如近來以來經濟趨於絕望之境地，高利貸日益橫行，飲鴆止渴，事非得已。有識之士認為長此以往，勢將不能生存，一星期以前山胞各地代表集會商議救濟辦法，於台北邀培火參加，聽其淒慘報告，聲淚俱下不禁深為所感，當場亦有山胞省參議員華清吉等二人，同聲一致要求政府低利貸款以救目前之急，值此時局緊張之秋，假使山地同胞感覺無法生活下去，其後果殊堪憂慮。

培火認為解救辦法分列三點於次：

一、住在高山之山地同胞免繳課稅，而平地山胞亦應准其免繳或全部還原，以裕其生活。

二、住在高山之山胞今年由政府補助一千餘萬元，住在平地之山胞似亦應同樣補助為合情理，本年度所剩無幾，先准台東縣所請撥與低利貸款三百萬元，以救其迫切需要。

三、全體山胞生活艱苦，對於社會福利事業有積極進行之必要，紅十字會台灣省分會倘得就速成立，培火擬集中全省民間餘力及國際同情，為山胞福利事業做一部份應做之工作，以配合政府拯救之德意。

以上三點未知　鈞意以為如何，倘蒙　俯准而賜加分令指示，則不勝感禱之至，肅此奉稟。謹請

崇安

職蔡培火拜啟

九月五日

附上山地代表陳情書一件

台東縣長及議長來函一件

巡訪全省各縣市總報告存稿（一九五一、九、十七）

一、工作經過

培火奉命巡訪各縣市，自去年六月廿五日在台南市開始，至本年八月卅一日在台北市結束，經過一年又兩月餘，無間寒暑、聊盡馳驅之勞，惟為期稍長之原因，一為各地奔波體力不能支持，去年底抱病月餘，醫治牙疾拔去臼齒七根，今春出巡台東花蓮兩縣歸來，又因氣管炎病兩個半月，同行職員亦間有病者。二為盡量出席院會，是以未能早日完成，在工作間計開會工作一百二十九日，編寫報告二十九日（寫作總報告之日數除外），舉行座談會四十三次，演講會一百七十九次，參加開會之地方人士及一般民眾統計約十二萬九千四百二十餘人，在工作開始時每日開會至少二次，多至四次，自今春病後遵醫囑改為一日一次或二日一次，八月卅一日工作結束之後，又即臥病一星期，因此呈送總報告延遲至今。

二、工作情形

每次開會程序均先宣達　鈞長關懷民眾、切望增產及勤求民隱之意旨，其次為講述國內外情勢之梗概，喚起民眾堅定反共抗俄之決心，加強本省與外省同胞之團結；高調台灣全省民眾對復興中華民國與維護中華民族傳統文化之寶貴而光榮之責任；闡釋民主自由之真義以及民主陣線與極權陣線之鬥爭，終局必為民主陣線所得勝，最後聽取民眾意見有何困難、有何希望，對於政府有何批評，均予以分別解答或就地交辦或為轉請設法辦理。所有歷次開會參加民眾至為踴躍、發言誠懇、秩序井然，足徵全省同胞愛國熱忱，對於　鈞長表現充分愛戴，對於反攻大陸、復興中華民國寄以深切之期望。

三、主要民意

㈠關於軍民合作者

本省駐軍六十餘萬，初聞處處有軍民糾紛相當嚴重，嗣因政府管制有方，以及籌建營房、提倡克難等項工作，遂使軍民頗能相安，惟有幾項問題須提出，而請加以注意者：

（甲）沿海漁民之捕魚影響本省民生至鉅，各地駐軍往往封鎖沿岸，不管潮汎限制出海時間，登記與檢查手續又極麻煩，以致捕魚困難，生產減少，其中在澎湖列島已經李防衛司令官准許放寬限制，漁民稱便，惟最近至宜蘭之頭城、基隆及金山一帶，迄今仍有限制過嚴，漁民正在呼籲之中。

（乙）駐軍毀壞人民墓地、踐踏人民農作物，徵用為克難運動之民耕土地，或傷人民情感或損人民財物，均於軍民合作間增加若干之距離，關於克難徵地之舉，據台北縣梅縣長之口述，亦可知其得不償失者多矣，請迅加彌補善後。

（丙）駐軍佔用學校教室，各地普遍感覺妨礙學生上學，甚有濫用教室超出必須之數量者，亦有用校舍作傳染病院或作車輛修理廠者，均予人民以深刻之不良印象，至於佔用民房一軍車肇禍、違犯軍風紀等項，大見減少並不嚴重。

(二)關於行政措施者

（甲）政府辦事效率過於遲緩，各機關間各自為政，缺乏聯絡，如鄉鎮之公教人員至縣府領經費，必須輾轉手續，耗費二、三日之時間，尤其山林管理所對於人民之申請造林或砍伐木材一延經年，猶無著落，惟能向內幕活動者則迅速而順利，舞弊百出，人民嘖有煩言。

（乙）現時公教人員中午休息時間過於長久，不能配合人民之需要，應在中午帶便當食冷飯，縮短中午休息時間，便利人民接洽公務，於下午三時以後各自回家，有如日治時代。在此克難時期，尤應益加振作為人民而工作、為人民而休息，以配合克難之作風。

（丙）現時政府有些措施人民感覺極為麻煩，如遺失身份證必須登報聲明，腳踏車牌照迭次更換，以及特種營業換牌照不以公文通知僅登報公告，致民眾無辜受罰。又如本省度量衡在日治時代猶得新舊制並用，即在英美改換新制除科學方面外，在民間實際生活上至今亦不能徹底施行，而物調會中信局配布與商家仍用碼計，公教人員配米仍用市斤，今政府推行新制度量衡，嚴令人民立即更換否則動輒處罰，擾民過甚，而經辦人員貪圖罰金提成、損人利己等項，層出不窮，應請與民更始，減少人民無謂之麻煩。

（丁）本省徵兵極為順利，惟人民疑恐無期服役，應請如期退役以昭大信，又此次新兵入營，其設備與管理應請加強改善，勿使如前次四千五百軍士入營時感覺處處不滿，否則將降低青年從軍之熱潮。

㈢關於農村經濟者

（甲）穀賤物貴，農村瀕於破產，每擔生產費與每擔穀價比較，至少需虧損十元，即折為五元計之，農民亦實不堪，因此全省農民一致要求平衡物價，尤其日用必需品，如布匹、西藥、農具、肥料等項，予以壓低，倘政府不能及此，則應統購物資實行配給，以補償農民之損失，保護基本國力之安固。

（乙）三七五減租政策人民均甚擁戴，惟所定等則不正確，以致有許多農民不能得著實惠，似不能單獨由中央派員調查，倘由地方人士調查，當較明瞭而切實際。

（丙）小地主自三七五減租後，不能收回自耕，向日猶可經商，今則經商困難而又無田可耕，生活極感艱苦，一致認為佃農尚蒙政府保護而達為自耕農，今小地主欲退為自耕農而不可得，實有不近情理，方今放領公地頗多，對於小地主之生活亦有代其設法救濟之必要。

㈣關於工商業務

（甲）政府對於稅收由課徵人員兼行徵收易生流弊，應單獨設立專責催徵人員及專設申訴機構，使分工負責涓滴歸公，而對於人民之繳稅有不服時，亦有申訴更正之門。

（乙）現時政府貿易政策人民甚為不平，靠自力經營之小商或可維持度日，大商則多趨於虧損倒閉，蓋以一般之購買力降低，而外匯之管理僅利於少數之特殊人物，普通不善於運動內幕之商人，均不能買得外匯，間亦有買得者多過時失機，因此官僚與奸商勾結，造成之商情操縱物價，貽害民生，一般之風評謂都市在剝取農村，而奸商在專擅都市之商權，長此以往，恐將有影響國家收入。

（丙）年來煤價被壓過低，廠礦倒閉疊出，早就預言煤荒將到，而今竟不幸煤荒已到臨，高雄水泥廠聞經停工多時，似此近視管制，民間嘖有煩言，失業工人在工礦範圍為數不少，急需設法救濟。

㈤關於警衛治安者

（甲）本省人民一向守法，如地方自治之選舉，青年從軍之踴躍，其良好情形皆為國內所少見，刻下自衛武力有六十萬大軍，治安當不成問題，惟所用警察人員，多言語不通，中級以上警官率為外省之人，以致情形不熟，事多隔膜，今後應多起用本省人才，使之人地相宜事半而功倍。

（乙）刻下農村疲弊工商業不振、失業日多、偷盜時有所聞，治本之方似應對於一般失業者加以設法，毋使飢寒交迫，挺而走險，而地下工作人員利用流氓為情報網易生流弊，流氓得當局之掩護迭有越軌之事，現時下級警察已感應付困難，如將來萬一局勢緊張，則更無法辦理，應請切實注意以策安全。

四、建議事項

(一)政策須公正立信為第一

鈞長中心施政方針為地方自治、三七五減租以及增加生產等，均表示積極推行善政與徹底反共抗俄之最大決心，俱使民眾有極大信心，此為最可奉慰者，但在實施之技術上，人民感覺執行者善於取巧，如地方選舉在種種工作上有不誠懇之作風，不能使民眾心服，又如三七五減租，以物價不平衡，農產價格過低，對外貿易欠缺平等機會，工商業萎縮不振，以致人民困苦，失業眾多，由是對政府實際工作發生懷疑，名予實取，影響政府之威信至鉅，茲謹建議有公正政策，必須嚴格執行，說到做到立信第一，信立則國基安固，復興可指日而待矣。

(二)覈實分工提高效率

政府各工作部門均人浮於事，以致工作效率非常低微，茲謹建議將工作人員分為兩部，其中一部為實際工作人員，一部為儲備工作人員，所有儲備人員不負擔工作，多令其訓練與研究，但生活應予保障，不能與實際工作人員之待遇相差過多，或將兩部人員輪班工作，以提高效率，而表現有能之政府，否則每日辦公變為閱報，濫費民眾脂膏，供養大批冗員，誠非理想之作風。

(三)改學制使青年不迷於中途為將來培育實用之人才

現時教育制度仍是常時之體制，以現有之經費設備，只能維持少數青年受教育，以致多數青年失學、失業，又無需要全部從軍，徬徨歧路心殊苦悶，在此山河破碎、反共抗俄之非常時期，急需設法廣開教育之途徑，盡量縮短期間節省經費，運用既有設備，以容納大批青年入學，既可緩和青年心中之苦悶，亦可儲備將來必須之人才，茲謹建議暫停高中以上之正常教育制度，利用現有財力、物力與一般專門人才，辦理輪班短期實用專科之教育，如是可使莘莘學子咸沐春風，而現人浮於事之專門人才，亦可以有事做，一舉兩得，誠為當前之要務。

(四)運用人力新開財源

為配合國家財政之要求，對於過剩人員亟應設法分配工作，茲謹建議生產方面，儘可計劃拓展，分列其要點如次：

（甲）鼓勵全省之公教人員及全體民眾配食雜糧，將剩下之米運銷國外，同時無水之旱地應令全省糖廠發揮極度能力，種蔗增產，此二者只要用力推行急速，可以取到外匯而裕國家財政。

（乙）本省產鹽最合銷售日本，鹽田管理得宜，外匯刻日可以拿到，應請解救鹽民之困苦，增加鹽民之福利，鼓勵增產以收本省易得之財富。

（丙）台灣四面環海，海裏財源無限，急需拓展漁業，取之當不盡也。

（丁）向山地發展新事業約有二端：

(1)高山地方可以經營溫帶果樹園，亦可以經營畜牧事業，台灣遍地青草，向無大規模之牧場，如能因地制宜，盡量向中央山地作上列二項之經營，增加生產啟發財源，應有無限之前程。

(2)台灣淺山荒蕪之地甚多，對於水源之培養關係至鉅，應利用各鄉之人力大量種竹，配合台灣到處均有之石灰岩，將此種原料製造紙漿，在世界各國皆有厚利市場，培火敢言不出三年，將能與糖產之收入並駕齊驅，而鄉村燃料問題，亦可隨之解決大部困難。

(五)本院亟須建立統一經濟財政機構

中央及省財政經濟機構林立，各自為政互相抵消，農村接近破產，經濟瀕於枯竭，與其說台灣先天條件不足，不如說是計劃管理不善，不能點滴歸公，茲謹建議本院需要急速建立全盤統一的一元化之中心機構，以專責主持其事，尤需博納人才，公事公辦大公無私，甘苦相共，革除官民爭利之不良積弊。

(六)為生產之拓展不該顧忌通貨之膨脹

方今國家多事力量不充，固然需要盟邦協助，但決不能以有援助而始計劃，工作必須自力更生、自助天助，對於通貨之發行，倘為生產，貸款之寬放、農村低利貸之救濟，均應善為運用拓展圖存，稍縱即逝，不宜趨避通貨膨脹而自窒息國族之生機。培火相信天助自助，幸我政府能作為，上有能之計劃與實施，盟邦當能予我以協助，即不然，我既有豐裕之生產，何患乎通貨增額發行哉。

(七)保護山地同胞俾其樂為國家效力

山地同胞智識水準甚低，殊不能與一般民眾作生活之競爭，非政府給予妥善保護，絕無生存希望，際此國家多事之秋，實有需要善用其守規蹈矩、克苦耐勞之強壯體力，使之為國當兵，好使之為開闢山地，提供勞力更好。培火巡訪東部時目睹其生活狀態，不禁為其流淚，為國家嘆惜，茲謹建議急施良善有能之政策，先建立我政府對內外之威信，結果必能更得山地同胞心悅誠服，擁戴政府為國效命。不然依現狀空予民主自由之虛名，無法提高其生活，反要向其抽稅，拘束其行動。光復六年於今，彼等受盡社會競爭之折磨，將至無可忍耐之境地，故有其代表到台北來陳情請願，已詳培火前次之上書。伏維　鈞長公忠體國，仁政愛民，必能洞悉此中情形，不令以往之敷衍政策繼續下去，國家幸甚，山胞幸甚。

一年以來各方庶政之進步實不鮮尠，尤其人民對鈞長之信賴，地方秩序之安定，以及一般對反共抗俄之信心，均有良好之表現，賜免多贅，以上所舉各節，乃培火感激　鈞長之公忠為國與對培火之知遇善導，駑馬加鞭，思有以報效於　鈞前虛心怛懷，由全省各界廣聞歸納竊以為最適合於當前之國計民生者，區區愚忱，條舉呈獻，倘蒙　鈞長加以俯納，則不勝屏營，感幸之至。

謹呈

院長陳

副院長張

政務委員蔡培火

四十年九月十七日於台北市

在國民黨中之建言

行政院從政黨員政治小組第三次會議發言要點（一九五二、一）

一、本省各地黨部改造情形，頗使民眾失望，剛才有人說官多兵少的話，若將黨來比做軍隊，則此次改造結果，幾已形成官多兵少之現象，如此下去，恐終有一日變成有官無兵，此種情形至足令人憂心，實有再予改造之必要。

二、台灣民間財力已疲，臨時省議會開會時，吳主席任廳長報告台灣財政經濟情形均有進步，曾有議員發問，現在人民口袋均是空的，所謂進步云云，如何解釋。現在台灣財經政策施行的結果，已使民間無法積存餘資，如同三七五減租，本屬對台省農民之惠政，然整個檢討起來，唯有農產品一直便宜，其他的物價格外地高漲，受惠農民仍無法稍有積儲，生活相當困苦，對於政府的政策，似難發生充分信心。余部長報告匪最近利用我方弱點，繼續潛伏繁殖，由城市深入鄉鎮，誠堪注意。本人以為政績有關民心，最宜警惕。

三、本人以為能使七百萬台胞民眾衷心誠服，不但匪諜沒有餘地潛伏，即我國家所需要的兵源，亦自有補充之路，要在能使民眾有信心，政府與黨部對於本省人與外省人的界限劃分得太明顯，影響到彼此之間的感情，值得吾人注意，本人以為需要急速加強相互信心，為第一要著。

（民國四十一年一月）

中國國民黨「政治綱領草案」讀後報告

（一九五二、八、卅）

中央改造委員會設計委員會公鑒：

敬啟者，茲奉本黨政治綱領草案一件詳細恭讀，謹遵命報告鄙見如左，是否有當，敬請裁奪。

一、大題中之政治與（甲）項之政治，恐因字眼重複，致使涵義混同，如將大題改為「本黨政綱草案」或者比較妥善。

二、草案（四）之厲行民主政治，其下雖有依法兩字之明文，因就一般觀感而言，向來似有民主不夠法治之批評，為使觀念明確，鄙見以為加上法治兩字，改為「厲行法治民主政治」更善。

三、草案（四）之次，鄙見以為再加一條為（五），其文曰「除有統一性之國家行政須由中央統一辦理外，省縣實行地方分權自治制。」以達成 國父遺教之中央地方均權制度，以明示本黨維護中華民國政體之態度。草案（五）改為（六）。

四、草案（六）依據民生主義，制訂經濟計劃，此兩句略有空洞之感，鄙見以為在現階段，民生主義的中心問題是在分配享受之是否公平，若然，草案（六）前兩句擬改為「依據民生主義現階段的要求，經濟計劃應以分配享受之公平為首要」，如是則與其下文亦多有貫串。

五、草案（七）全條之趣旨甚善，不過其精神之所在尚未提明，鄙見以為此條對過去民生主義之適用，大有更正，過去都不顧實情過份提倡節制私人資本發達國家資本，因此發生對公國營事業殊多煩言，節制私人資本發達國家資本，乃是民生主義之終局目標，在當前國民的程度如此低，各個人的私心如此旺，是無從做到發達國家資本，草案（七）全條之趣旨甚善，鄙見以為在頭一句之前加上「在當前國家實情之需要上」，庶不影響到民生主義之將來性為宜。

六、草案（九）穩定通貨價值，培養債信，兩句之用意固善，但是如何使其穩定與如何加以培養則未言及。鄙見以為將此兩句改為「量生產調節通貨，視國力發行公債，國家之收支務期平衡」，較為充實，餘照舊。

七、草案（十四）之措詞顛倒，尤其是勞工運動令其自由發展是錯誤，蓋以勞工智識不足，一自由即入赤色圈套，而推行工業需以技術智能之領導為重，絕不可以民主作風為重，鄙見草案（十四）之條文應改為「改善勞工生活，扶植勞工組織，保障勞工權益，以謀勞工運動之合理發展，促進勞資合作。」

八、草案（十五）「普遍提高國民品質」，擬改為「普遍實施環境衛生設備」，較為恰切好辦，至於合理增加人口數量一句，鄙見刪除為佳。

九、草案（十七）重整社會道德，重建社會秩序，以健全家庭組織為改善社會之基礎，鄙見以為改為「健全家庭組織，為改善社會之基礎，重整社會道德，以建立社會之秩序」，比較合於邏輯。餘照舊。

十、草案（二〇）「……列為地方教育最主要之目標」，鄙見以為「地方教育」應改為「地方行政」。餘照舊。

十一、草案（二一）「社會教育應確立制度，擴大工作範圍，使失學成人均可獲得補習教育之機會」，此段原則絕對正確，但嫌並無指出具體方法，尚未解決問題，鄙見以為在「擴大工作範圍」之下押入「利用國音注音符號標寫地方方言」兩句，則可使（二一）全條之意義具體表現出來，功用無限，而本黨之黨基料可增強百倍。

十二、草案（二八）「僑生回國升學就業，特予便利」，僅此而已，似嫌消極，鄙見今後之反攻復國，需藉僑胞之力量正多，故擬改為「研擬整套辦法，鼓勵僑生儘量回國升學就業。」能如是，僑生既在國內，僑胞之向內心理必大增強。

十三、草案（二九）「僑資回國……」恐為「僑胞回國……」之誤字，如不然，鄙見以為資字應改為胞字。

十四、草案（三〇）僅僅提到反攻之準備工作而已，鄙見大陸淪陷將屆三年，我做準備固屬需要，但是時間過長，敵之準備恐將勝過於我，爭取時間亦屬需要，故擬在末後增加一句文日「就速開始行動」。

十五、草案（三一）之次擬加一條為（三二），其文曰「增強空軍力量，確保制空權，以配合作戰需要」，鄙見我之短處為兵員與資源之缺乏，故宜採用精兵主義，而掩護轟炸，乃反攻作戰上之絕對條件，因此增強空軍應為軍事之首要事項，故須專條記明。草案（三二）改為（三三）。

蔡培火

四十一年八月三十日

中國國民黨第九次全國代表大會第三審查會發言要點（一九六三、十一、十七）

對本黨中央黨部諮詢今後五點工作目標之意見，敬陳鄙見如左：

第一點　為了推進和擴展反共戰爭，我們認為本黨今後必須遵照　總裁七分政治，三分軍事的指示，正式承當起加強對匪政治戰的任務。……是欲就教於各位的第一點。

鄙見欲完成此一任務，本大會應訂定下陳兩種辦法：

一、在反攻滅共之大纛下，本黨宜設法協助友黨團結，俾能在大陸上發揮呼召作用，壯大聲勢吸收民心，共同建立三民主義新中國。此途若走不通，亟應設法誘導新的友黨出現，使未能納入本黨之反共人士納入行動軌道，與本黨並肩為反共復國而奮鬥，發揚本黨之三民主義民主法治之作風。本黨是建國的政黨有此職責，應具此胸懷。

二、制訂重建新中國之具體國策，呼召以平等待我諸民族，避免其疑忌，激發其興趣，誘致其合作，出資出力為我復國建國之助。根據我傳統之大同精神，本黨在此復國建國萬般艱難之大時代，應有光前啟後之雄圖，美國建國之有今日，足為吾黨之參考。

第二點　我們愈接近反攻復國勝利的目標，愈有任重而道遠的感覺。展望革命前程，實現三民主義的工作，尚非常艱巨，因此在這反攻前夕，必須殫精竭慮，貫徹　總裁革新的呼召，以激發黨的朝氣，充沛黨的活力，使黨永遠的站在時代的前面，成為青年的希望和民眾的依託……以此而鼓舞青年，策勵同志，以此而提鍊幹部。……是欲就教於各位的第二點。

鄙見本黨之核心力量，堅強偉大，只恐力之所及，似有未盡週到，地方人心對政治漸趨冷淡，如欲加強本黨革新運動，應就此方面著手改革，庶可展開新局。至於致意鼓勵青年，為十年以後之計，當屬必須，無如反攻迫在目前，時不我與，倘不急起直追，獲得地方中壯年人士之支持與協力，惟恐勞多而效少。本席自兩年多以前建議「本黨縣市以下地方黨務工作交由地方黨員主辦，外省黨員配合」雖蒙指示原則可以，並有縣市黨部副主委之新設，際此反攻前夕九全大會之時，懇請重予考慮完全採擇實行。若然，竊以為本黨之新血輪，必可大量增加，氣勢更為振作。

第三點　團結全國力量首須團結黨的力量，黨的團結為國家團結之基礎，當前吾人所面臨之共匪，為曠古未有之兇頑，企圖毀滅人性，把世界改變成為牛馬動物園，聽任其驅策與奴役，凡不願做奴隸牛馬的人們，均應團結起來，為維持人性與自由而奮鬥。……是欲就教於各位的第三點。

鄙見以為前陳三項建議，倘能付諸施行，不惟全國力量可以團結，即國外力量應可來歸合作而無疑。

第四點　擴大民生建設，近年以來，黨在台灣透過從政同志，實施三民主義模範省的建設，卓著績效，業已為世人所讚揚。……今後更應進一步，根據三民主義新中國建設的需要，針對社會變遷情形，結合民眾的願望和利益，積極向前發展。……是欲就教於各位的第四點。

鄙見只要本黨黨員不僅口頭宣傳，各個都能躬行實踐有關三民主義之教訓與決策，民生建設自可擴大。不過以本席所知，因國語與地方語言之阻隔，使本黨黨員之領導，不能徹底發生作用，實為地方民生建設未能理想擴大之最大因素。鄙見不僅本省之情形如此，將來大陸各省之情形亦必如此，因之，懇請在九全大會，議決本黨在講解宣傳上，使用國語國文而外，兼顧各省主要地方語言，黨工作人員必須習熟兼用。須先有智識理解之普及，然後始有民生建設之可言。

第五點　講求工作方法，以往的工作，從經驗中證明，欲使黨務工作進一步的開展，非切實改進工作精神和工作方法不可。……是欲就教於各位的第五點。

鄙見以黨治國，凡為政黨政治之國家，無不皆然。但此須透過執政黨之中央核心始可，斷不是由縣市黨部可以直接隨意號令縣市政府之謂。黨部不可被民眾看成衙門，此為工作之第一要義。本黨既有之民眾服務站，倘能真實做到親民便民之境地，則黨部便成為民眾之家矣。其次辦好選舉，不使民眾感覺熱心選舉，就有財盡人亡之危，黨務工作，自無再須太多的講求了。

（五二年十一月十七日）

呈總裁蔣公函（一九六七、八、廿八）

總裁　蔣公鈞鑒：

敬肅者，培火叨蒙　總裁暨本黨組織之栽培提拔，衷心至深感戴，故每於見聞所及，輒不揣鄙陋而面陳於左右，期效愚忠於萬一，際茲大陸匪共暴亂，七億同胞如熱鍋螞蟻，我自由地區同胞萬眾一心，切望國軍及早反攻，拯救大陸同胞於水火，蓋為情之所至天性使爾，雖然，諦視我現有實力，生產固足供民生之用而有餘，國軍訓練精良久已枕戈待旦，無奈重要軍需，不得不賴諸友邦，而對大陸對國際之號召，僅有本黨團結之力量，友黨則徒有其名，為今之計，迅促友黨自立，加強與本黨協調團結，以應明年夏初本省地方選舉施行，更進而號召友邦及大陸反共力量之合作，似屬本黨當前之急務，果欲促成友黨自立，加強團結而一致討敵，則由我黨　總裁以國家元首身份，邀請各友黨之在外領袖人士，如張君勱、李璜等各位，返國共商國事，實為促成一切之主要動力，如是我大同團結之局既成，本黨　總裁領導全國軍民以克敵，名正言順，復國之始基確立，國運之昌隆可期，我黨　總裁蔣公之中華民國救星榮譽，永垂千秋萬世，至於戰時之指揮大權，國民代表大會已有授權，萬眾當能一致遵奉，無可疑義，區區

愚誠具陳於左右已近半載，未蒙有何指示，時不我與，迫不得已，冒瀆謹呈，幸賜垂察，無任
感禱，恭頌
鈞安

黨員蔡培火謹呈
民國五十六年八月二十八日

致中國國民黨中央常務委員會函（一九七四、八、廿一）

中國國民黨中央常務委員會　鈞鑒：

敬肅者，本員鑒於國際厭戰姑息氣勢瀰漫，敵人共匪肆其笑面統戰外交，使我國立場益見孤立，竊料在數年以內，我若不能有具體行動，在大陸閩粵浙幾省有立足地位，則恐我國前途益陷困境，而終不獲自援。況當前國內奢靡之風日盛，各界皆以經建略具成就而自豪，今後倘再真地集中全力，急功於九大建設的話，結果敵人雖無力來襲，本省一地雖能繼續發展而繁榮，奈何反攻大陸之密鑼緊鼓，或將歸於鬆緩而乏力歟。若然我中華民國之復國豈非將更遙遠耶。

本員現近入木之年，越想越覺坐臥難安，故昨八月廿日，本黨第十屆第十六次評議委員座談會時，原擬略吐鄙懷以盡言責，因無時間不克如願，乃上此函條陳至關重要者幾點，敬請諸公鈞察，有所垂示，黨國幸甚。

甲、加強大同團結，洗刷內外對本黨專政之惡評。

1、本黨是建國黨，且現大敵當前，當然需要領政，但切不可有專政獨裁之嫌，有關此點認識與改進之遲早，對本黨復國之使命遂行上，至關重大。

總裁夙有明訓「不是敵人就是同志」，應即貫徹執行，不可令人暗評慮有其辭為要。

2、多年以前， 總裁倡導「救國會議」至今無影無踪，鑒於客觀情勢不可再遲緩招集，人選應注重在各國華僑及國內民間公正愛國人士，切莫使一般感覺只限於聽話順從而不表意見者。

3、行政院現無在野人士參加，為洗刷專政之嫌，野黨如不推人參加，本黨可在客觀公正之輿情下，禮請負有素望之人士參加。

4、在大陸上之敵後工作，依照 總裁明訓，應切實重用反共人士，雖不屬本黨黨員，只要其有反共行動之表現，特別是其有組織公開反共，我黨國祗得其聯繫而不受我指揮，我方亦竭力供給其所需。

乙、復國鬥爭，需要民眾徹底了解政令，進而使失學民眾獲得現代智能之訓練，在內官民及本外省同胞完全打成一片，向外民眾參加公務行列，以各省方言領導大陸民眾，迅速歸順政府協力建國。

1、現我黨國人、財短缺，復國建國大業，宜及早計劃能使民眾參加公務行列，向來黨國專用國語，以期政令普及思想一致，在此非常時期，誠為不切實際之舉，本員多年來建議 鈞會，在本省採用閩南語為公用之補助語，以補國語之不足，以利我黨國之使命迅速達成，於今未蒙垂示可否。

2、自日據時期台灣即有羅馬式閩南白話字之通行，台灣光復後不久，則由我政府禁止教習。本員遵奉政府旨意，亦勸台胞特別是教會人士遵從。雖然，以後民間總是多有不便，況兼覺得在此反攻復國非常時，國策上需要政令普遍徹底，一般民眾之智能迅速提高，即就國語之普及而言，只依現狀下去惟有徒喊口號之勞，而無分毫之進益。鄙見如此乃有國語注音符號式之閩南語注音符號，採用與普及之建議，而未蒙中央秘書處上呈　鈞會核示可否。

3、反攻復國必以閩粵為先，在台粵籍同胞概能操用閩語，在南洋各地特在菲律賓之僑胞，都屬閩省移民，我政府在國語不克遂行使命之時，應該重視閩南語之補助。在台省作一般政令宣傳及社會教育，同樣在各地僑胞之間，亦需有政令宣傳與社會教育，提早蓄積民間僑胞實力，以備政府之運用，至為重要。為此必須迅速普及閩南語注音符號，印刊書報推廣聯繫與教育，實屬刻不容緩。

以上為愛我黨國之愚誠，坦白直陳，伏乞

鈞察，賜予　核示，為禱

黨員蔡培火敬呈

民國六十三年八月廿一日

附陳本員於民國六十年十二月六日呈　鈞會之建議書，又於民國六十三年三月十六日呈

鈞會之陳情書，對普及閩南語注音符號之需要，皆有詳細說明，中央秘書處諒有存案可查，此處賜免細述。

呈蔣經國主席函（一九七六、二、十九）

經國主席賜鑒：

敬啟者，本人老朽之年，本該自知藏拙，乃以國難深重，不能捨卻匹夫之責，明廿日中央將舉行第十屆第二十次評議委員座談會，為黨國之當前處境與將來復國大計，感覺有數事至關重要，不得不傾吐以供參考，但又恐當場發言有欠穩重，故改呈此書，懇請見諒，並請轉報常務委員會則萬幸矣，為簡約起見，將至關重要數事，條陳如下：

一、大同團結是我黨國當前出路之總起點。

二、為大同團結計，應急速改組行政院及省政府俾在野與華僑愛國人士，有共同為國服務機會。

三、為大同團結計，應早開救國會議，廣泛邀請在野賢達與華僑學者參加，各抒其救國宏猷。

四、為大同團結計，切勿傾全力僅做內部建設，必須分全力之相當部份，用之於大陸工作，鼓勵大陸同胞起義反共，只要促成共黨政權及早崩潰，不急於本黨本國政權之擴展與統一。

五、為大同團結計，統一國語應寬籌時間，在大陸各省切莫專用國語，以求教育政令思想文化之普及，而需兼用國語與方言，以符「必須喚起民眾」之本黨諸位先進前輩，配合　鈞座在行政院所表現之親民愛民，及早促進上舉數事實現，證明本黨為真正民主共和之建國黨，亦為真正反共復國最有力量之領導政黨——非常時期之復國政黨，本人所能顧及而盡份者，唯此而已，餘不計也，敬此即候

政綏

黨員蔡培火　上

民國六十五年二月十九日

致中國國民黨中央常務委員會函

（一九七七、十二、十二）

中國國民黨中央常務委員會

蔣主席暨

各位常務委員公鑒：

敬啟者，培火以暮年之身，今夏三個月間往美國探視兒孫，本不擬與外界接觸，做一次輕鬆旅行，無如事與願違，不少舊交新知，或以個人來訪、或以團體要求會談，乃有多次公開及私下之接觸，此間獨立派之人士最多，而在偶然機會亦有美國人士之私下交談，結果使培火痛感為我國家民族的前途難安。本黨為反共復國的大業，需要一番徹底檢討以往的作風，迅速表現應有的革新，以改內外人心對本黨不良之印象，增強大同團結力量戰勝匪共暴力。簡單言之，獨立派的印象，是以本黨為專政獨裁之頑固政黨至死不變，大陸之撤退以此，三十年來在台之表現亦然，故其提倡獨立蓋為保存台灣不赤化也。本人對其強硬派，則告以你們之所為，只能削弱反共力量助長匪共之氣勢而已，如欲保存台灣，你們則在走向自殺之路已耳。有些溫和者問，國民黨如此頑固不靈，獨羈台灣政權則將如何，本人告以中國國民黨是反共復國之基本力量，他必須與內外之反共力量大同團結，方能達成任務，你們若誠意尊重其立場，齊來協商反共辦法，應是他所求之不得者，君等倘真愛國反共，何不組團返國試看，我敢保你無事，他們都以為本人太天真了。還有一次與數位美國朋友閒談，詢問台灣多少人口，答有一千六百餘萬，又問其中由大陸來者多少，答約兩、三成，渠即謂人口如此懸殊，聽說政權都把持在這些大陸人手裡，我們美國人真不能了解。本人答台灣是中華民國領土，台灣人是中華民國人民，大陸來的是同一國民，而中央政權本為他們所掌握，台灣另有地方自治權，中華民國政府被共產暴力所迫，播遷在台灣，政權需要安固，台灣需要安定，自然需要特別措施，是非常時期之應有辦法，沒有獨佔把持之可言，因有非常之措施，始有邇來台灣之安定與進步，請勿以常時之觀念，來論非常時期之特別作為，但渠似以我在做過份之辯護者然。

本人子女欲我多留些時休息，無奈本人深有所感，決意速回有所獻言，乃於九月底返國，十月初驚閱民社黨之機關雜誌「宇宙」十月號社論㈠謂：「本刊不敢妄自菲薄，本盡其在我之義，迭曾垂涕而道，蓋凜於國家遭此空前浩劫，認為理應出於至公至誠之態度，殷望朝野上下，通力合作在民主法治方面，謀求改進發展，追求更高品質的民主法治……發揮政黨政治的正常功能，充實民主政治的建設力量……乃廿年來執政黨責任心太重，對於維國大計輒獨負艱鉅，無視在野黨之存在，空喊團結之口號而更忽視舉國一致精神團結之力量，以致造成今日的艱危之局」。其字句雖極委婉，然其涵意卻極痛切，更使本人在美所下決心增強，本想於上週二之評議委員座談會發言建議，又怕在匆促間詞不達意，乃改作此書上呈中央常務委員會，敬請 諸公鑒核，事關國家及本黨前途至鉅，培火歸國已兩個多月，此間經向本黨先進約十來位開陳鄙懷，未見有何反響，鄙見如左。

總綱：

為補救當前國黨難局，宜以天下為公，公開政權，在本黨領導下真誠以反共復國之愛國心，團結海內外同胞，本於公平公正公開選賢舉能之原則，共同處理國政，本黨則明確為非常時期聯繫各黨派退居為最具力量之公黨地位，不使國內外再有鄙視本黨為專政獨裁之惡勢力，若然則我國我黨之前程，必有輝煌表現，總結一句，本黨須以國為重為先，不能再有黨國之觀念而自得焉。

實施要目：

一、迅行改組行政院及省政府，廣邀在野國內外之賢能參加執政。

二、迅速邀請國內外愛國賢能，舉行救國會議。

三、在台不急之設施應盡量節省，而多撥力量，促進大陸同胞起義，只要其反共有表現，不可附有條件，任其成立反共政權。

四、台灣光復後一直專用國語施政，致令多數不諳國語成人國民，在政教方面甚多脱節，使其仍有在殖民地政策下生活之感，蔣院長最近屢到農村親民愛民，示範基層公務員多為民眾做事，社會一般大受感奮，雖然此為濟急則可，根本辦法還是斷行本人多年所建議，兼用閩南語施行政教，廣開社會教育之門，以期增強民力集中民心為要圖也。

五、急需派出幹員在外，說服本黨之反對者，特別是台獨方面，回來共同合作，最初使其參加救國會議，發表愛國意見疏通情感，民青兩黨人士多數居留國外，尤應設法請其回國為國服務，切勿以為此乃他人家事管不著，須知此等人士久年不回，似有意味本黨缺少包容之歉，而致本黨在國際間蒙受深甚惡評，損失本黨所有光輝功跡。

以上鄙見為多年來，培火曾向黨中先進所坦陳者，因此次旅美，蒙受深刻刺激，本黨在外聲譽不佳，美與共匪關係正常化勢在必行，而國內表面雖甚安定進步，不急之設施做得過份，對外應有之用力不多，憂國愚誠使培火不顧暮年將死之軀，出此坦率冒昧建言，懇求諸公鑒察，是所切禱，即頌

政綏

黨員蔡培火敬上

中華民國六十六年十二月十二日

為突破當前國家危局遂行本黨使命的鄙見

（一九七八、十二、卅）

本人的鄙見，在黨內早就有所建議，對本省公眾亦早就有部份建議與行動。不幸在黨內未蒙重視，在本省公眾間更有部份以惡語相加。而今美國對我表現其真面目，本人益發確信鄙見之不謬，茲作有系統之陳述。

一、鄙見之立腳點：中華民國至上，須先有中華民國然後才有一切。換言之，必須先有愛國心——以中華民國為至上的心，全國成員才能團結一致，才能發出突破危局的力量遂行使命。

二、本人向本省同胞的主張：本省同胞都是由中國大陸移來的，血統文化都是大陸的，不能與大陸分開而獨立，不幸共匪作亂，中華民國政府播遷在此，因台灣是自己的國土。少數人在主張台灣獨立，這是叛國忘祖的思想，為中華民國國民所共棄，絕無實現的可能！本人公然表明反對！！又有部份同胞主張組織新黨，本人為期中華民國國基穩固力量集中，遂行反共復國，所以亦公然反對組織新黨。我們中華民國是民主自由的國家，若是在太平的時候，組織新黨是應該是自由的，不過我們要認識，中華民國現在不是太平，是非常時，是國已破了，必須反攻復國，是戰時，需要力量集中，組織新黨是會使力量分散，會危及國家，不是愛國行為，所以我公然反對。因此在暗中有人罵我「臭培火」，本人並不感覺慚愧。

三、本人向本黨中央的建議：本人對中國國民黨中央，在隱密裡早就提出書面建議，為增強黨的基礎力量，必須吸收人心，提供下陳各種具體辦法。很痛心地不但不被採納，反受部份懷疑輕視，所謂良藥苦口，忠言逆耳乎？本人為愛國與反共，深知我中華民國現在，若無現成的中國國民黨力量，不但不能反攻復國，就連台灣現存的安寧進步，也是絕對不能肇致。所以至今不想別圖而還在努力勸告革新，加強獲得人心。而今國族的大難加深加重，本人又年已九十，殘命無幾，不能再客氣在隱密裡勸告，決心在黨內公開表白鄙見的所在，以求我黨急速革新進步，符合危難國族的需要!!為簡約明瞭起見，以下條陳鄙見如左：

1、國家至上，有中華民國才能團結，才有政黨，才有個人，才有一切。

2、國家需要力量，現局需要全民大團結，團結需要有鞏固的中心，這中心除中國國民黨外，別無可求。

3、國民黨需為全民團結的中心，應受全民的愛戴，必須率先表明以國家為至上而愛國為國服務，絕不可以黨譽黨格排在國的前面。向來慣用「黨國」的用語不可再用。又以國歌當做黨歌唱，不能使人感覺是尊國至上。國歌就是國歌，不能以國歌同時做為黨歌，若是需唱黨歌，理應另作。現在已不是軍政時期，亦不是訓政時期，現在已經是還政於民的「憲政時期」了，若再不革新改變，則恐無可受黨外民心信服而團結焉!!

4、我國的政局一直被看為是一黨專政的，需要急速改革，事實上，無論是行政院、省政府，除高玉樹先生一人以外，中央閣員、省府委員，清一色是國民黨員充任，又如立法院、監察院、國民大會的成員，其絕大多數是國民黨員。國民黨不可被視在專政，不過因國家現處危局，需要團結需要有核心，需要國民黨來領政，為此，應如何來革新，愛國者大家應該急速來關心檢討實施。

5、為現要全國內外同胞大團結，不是為爭名位，是為愛國救國要增強國力，不受外人欺侮而能反攻大陸，應即急速召開救國會議，這個會議沒有法律的拘束力，只是提議供政府參考，主要是在造成團結的聲勢，議題不出救國事項範圍，每年舉行兩次為宜。

6、內部建設積聚實力是緊要的，不過不急之務可免太過認真，應該多顧及大陸的工作，助長大陸反共的力量勃興，是切要不可忽略的。何況過份建設內部，民心會趨向偏安「樂不思蜀」，建設內部是手段，反攻復國才是目的，撥相當的力量來做大陸的工作，是第一急要的建設!

7、本人最早就建議不可專用國語單軌來施行政令領導人心，因為不懂國語的人民太多了。只是單用國語政令不能徹底，社會溝通會受阻隔，何況基層公務員服務民眾的作風就差勁了!!兼用方言來補救缺失的建議，一直未受採納。日人帝國主義者，尚且知道方言的效用，其基層公務員必須學習方言，才能登庸，我們是同族同胞，是民主自由政制，竟然至今使我徒喊奈何，嗚呼！

8、還有為失學民眾的教育，原來台灣有一種羅馬式白話字，我政府將其禁止使用，本人以為我們有國語注音符號，比較羅馬字更為簡便，乃略加改造使能完全標寫台灣方言，用此本人先著《國語閩南語對照常用辭典》及《國語閩南語對照會話》，又翻譯了「三民主義育樂兩篇」，擬想使用此資料到地方去教育失學同胞，俾能明白立國精神、學習國語，請求中央黨部安排日程讓我出去工作，至今未能實現，我真痛心極了!!

以上建言，幸而被認為出於愛黨至誠，敢請設法急速革新實施，不可再遲緩呀!!

（民國六七年十二月卅日）

函件類

致陳行政院長函件（一九五〇、四、十一）

辭公院長鈞鑒：

敬啟者，我　公此次為國為民，不避艱鉅，出長政院，培火辱承　提拔，忝隨左右，感奮奚似受命於茲，轉瞬朞月，夙夜撫思，每有臨淵履薄之感，竊以大敵當前，時不我予，爰貢芻蕘，幸　垂察焉。

當今急務約三大端，軍事一也，經濟二也，民心三也，軍事乃我公特長，培火對經濟純為外行，均不敢多贅，惟關於民心，培火數十年來與台胞同艱苦，民情民隱比較明瞭，是培火所可盡其綿薄以報效　鈞前者亦僅此方面。

憶自光復以後，省民對政府施政失望頗多，因此人心離散，上下脱節，自我　公長台以人民至上，民生第一為號召，實幹快幹苦幹未及一年，民心大為歸向，即以我　公主揆中樞而論，雖由　總統信賴，亦由台民之熱誠擁戴，眾望所歸，有以致之，台灣民心不死，有是非有黑白，能散亦能聚，唯視領導者如何而定。

近者以局勢日趨迫切，而我內部省政之措施，更使人深思莫解，如轟動全省之人事問題，訂立媚外喪權之貿易合約問題，又如外幣公開買賣及以寶貴外匯輸入煙酒凍豬肉，並為銷售此項豬肉禁屠二十日等等，其於民心影響之大，非言語所能形容，台灣不怕颱風只怕海風，如此海派作風，本省經濟基礎將因之而動搖，民心受影響，經濟受動搖，軍事豈能獨無虞哉，嗚呼！台灣本僅中華民國之一小行省，現行政院所轄之完整地區亦只此一省耳，台灣之事亦即中央之事也，豈可以地方之事，中央未便干涉，以致危及全局哉，此層望　鈞座為國為民早日有所糾正。

前聞有不肖之徒，假藉本省民意於日本東京等地散發反對政府在台抗共之宣言，期陷政府之國際立場於不利，台胞中有識之士集議商組台灣民主協會，一則表示協助政府抗共，一則可作側面之國民外交，擁護政府之信譽。不幸吳兼保安司令國楨初則表示贊成，有省黨部主任委員鄧文儀氏在座可做證明，後則以公文阻止其進行籌備，朝秦暮楚，玩忽民意，率使數十志士之熱烈鬥志化成死灰。此民間組織曾經報告於　鈞前，有百益而絕無一害，況反共之精神建樹，務在民主自由之政制中，集結民心民力為首要，今以最忠貞之人士，採最審慎之行動，做最強力之團結，期有所貢獻於國族而竟遭此意外挫折，培火不敏深為憂焉。

再者培火本擬先在中央集結同志，然後推及地方爭取民心，今既受阻無成，敢請　鈞座准予培火每月以半月以上之時間出巡各地探悉民隱，啟發民心共防匪諜加強秩序，培火雖年老力衰，願以殘命報效知遇於萬一，倘蒙加派一二我　公親信之同志與培火共同奮鬥，使七百萬台胞能一心一德做政府之後盾，則延平未竟之功，必為　鈞座所建立。以上謹披愚誠，尚祈

察核示遵，肅此，敬頌

鈞安

職蔡培火謹上

民國三十九年四月十一日

上蔣總統書（一九五〇、九、廿）

總統蔣鈞鑒：

際此匪亂猖狂，舉國塗炭，政府雖得偏安台灣，但我國際地位任人投票，以一具有世界最悠久歷史之四萬萬五千萬大中華民族，其處境之慘，乃至於是，能不傷哉。

總統為我行憲中華民國之首任大總統，秉法統之正朔，行憲政之大權，宵旰勤勞，自無比匹，培火本屬村野庸夫，株守孤島六十有餘年，謬承　寵任，參與閣席，當茲國步艱難，內外多事之秋，培火深感興亡之責，思有以報效，爰謹獻芻蕘，條陳于後，敬呈　鈞核，幸蒙採納，有所驅策，則願鞠躬盡瘁，竭力以赴焉。

一、內外形勢

民主極權兩陣線之對立，已絕不可融和，第三次大戰之爆發時期，似由史魔抉擇之成份居多，其時越早於我越為有利。我之保台復國，固應自力更生，倘獲美國之切實協助，當可加速完成。

我國之命脈，維繫在我既成之人法關係上，我　總統乃我人事之重心，我憲法為我法矩之大本，絕需尊重與執行。舉世譏我貪污不民主，似宜加以警惕。過去任用多面人事，以致力量與效率，互相抵消，蓋為眾所共認，亦為當前急需處理之癥結。在台七百五十萬同胞，確為保台復國之基幹，不可有彼此客主之差別，亟宜集中意志，適材適所通力合作，務使人人以保台復國反共抗俄為己任。進而與國內反共抗俄民主自由諸集團，互相響應，拓展在台之治績於各省，建立篤實踐履三民主義之新中華民國。

二、立信第一

台灣光復已經五年，有立信之可言者，僅屬兩年以來之事耳。風行草偃，理所當然，上好下效，亦事之常情，培火鑒於兩年來中央對台胞之表示，忠心耿耿實有不得已於言者，台胞固亦我黃帝之子孫，與我內地人士，同其骨肉，同其心思志好，不過因日治五十年之隔離，文言規章稍有差異，辦事技術略有不同，斷無如日人所自負之天孫與土人之不同也，要在中央之信不信與用不用之間耳。中央此次准許台胞施行縣市自治，現正在推行選舉，一般咸評為少有僅見之成就，此外如經濟、軍事、治安等，從來悉置台胞於附隨之地位，似有深切檢討之需要，中央能信用台灣同胞如同各省同胞者，則台胞亦必能向中央表現不減各省同胞之熱情，抑或台灣一省之貢獻，可能表現內地數省之力量。

三、健全黨務

信既立，再進而健全黨務，復國需要精兵，需要人材，要精兵與人材，乃需建黨於民眾之上，本黨正在改造中，其屬全國性者，培火不敢輕率發言，若台灣省黨部，則培火敢言曰，離開本省民眾遠矣。政治經濟上之信用，屬事業性之行為，政黨組織上之信用，為思想主義之結合，屬最高度之表示。五年來之本省黨部，多以國內人士做領導，不諳實際情形，易受蒙蔽，談不到高度之信用。夫高度信用之形成，固與領導之人材有關，尤需於長久時間與自然環境，負有德望之人士出為領導，方能期有切實之建樹。今後本省黨務工作，非得本省籍之忠貞人士，而於台胞間具有歷史信望者，不能勝其任，極言之，非得既往在台抗日之人士，進入黨部做領導，恐難期其全功。

黨之健全，另一面需與政府密切配合，但不可如向來僅充為政府之尾巴，代政府做掩護宣傳為能事。政黨必須有政策有主張，而此政策主張，又須代表民意方得民眾之支持，政黨始能鞏固其地位。因此黨部與政府必須表裏為用，政府宜發揮其聰明預知民眾之需要，切實與黨部先定其政策，乃由黨部發動輿論之要求，政府隨之而採行，如是配合，黨之聲勢必大，政府之政策必行。

四、建新軍

反共抗俄志在復國，必須雄厚之兵員，國軍現有兵員六十萬，無雄厚之可言，須由台胞中徵取以補其不足。但我資力有限，未便隨意廣徵，只能採用精兵制，著重訓練中下級幹部，配合國內之游擊部隊與人民，逐漸拓展強化軍力。培火竊以為立信與健黨獲致相當成效之時，才可進行建立台灣新軍，而建軍尤須現代化，更須起用本省籍之負重望者，擔任將官訓練士兵生活，如是業務必可順利，士氣定能振作。

五、加強社會教育

我國陷於今日之處境，國民之最大多數，文盲失學為其主要因素，台灣要負起復興重責，非提高男女大眾之精神能力，恐終難勝其任。但以普通之教育法，則又感一切都來不及，茲有一策可以克服一切，即閩南語注音符號之普及是也，此事前經奉　聞，賜不重複，不過此事與健全黨務關係至鉅，特請予以重視。

六、財經措施

台省財源有限，需要多方開拓，除盡力設法爭取美援外，務需致力於增產，多得外匯，節省不急之費，充裕財源，實施生活必需品之配給制度，以抑濫費，以平人心。稅捐須以民力為依據，收募必以時，財聚民散，古之箴言。增產方面，運用剩餘人力，即各機關之冗員，或在營士兵，亦可墾荒種植。整理生產機構，俾令發揮效率，譬如製糖公司三十一廠中，撥出十廠專任本省人材經營，使本外省人材，相互激勵有所比較，成績必有可觀。至於保護森林，蓄養水源，為增產之根本措施，禁用木炭薪柴，獎用煤之加工燃料，所關重大，不可漠視。

新造財源，本省山多海闊，宜就此著想進行開發，本省到處有多量石灰岩，竹尤容易繁殖，發動地方自治機構，用此二物，製造紙漿，所得外匯，諒不減於砂糖。又到處山地，雨水充足，綠草常茂，牧養牛羊，種植果蔬，收益必巨。本省四圍大海，日據時期，專設水產行政機構，計劃遠大，設備充實，鼓吹漁業，十分用力，海裏寶藏，待我開發，何不及早計謀，切實振興。

七、打開外交

我代表團，在聯合國之努力，至為欽佩，當此局面，全台上下一德一心，以不損美國友誼為要策。一面就急多派幾個適當幹員到美，向美國民眾申訴帝俄對我之兇暴侵略，說明共黨世界革命之可怕，共匪不能變狄托，提醒彼國民之警覺，並了解我國實為彼國之屏障。另一面同樣派員到日本，深入其民間，表達我對彼國之善意，務引其決意做我善鄰，與我協力成為兄弟之邦。

以上敬陳七項，培火以為係當前要務，惟恐辭不達意，表白過於坦率，伏望

俯察，並予
鈞核為禱，肅此，謹請
鈞安

職蔡培火　謹上
民國三十九年九月二十日

呈陳行政院長函件（由實施耕者有其田條例所獲土地資金將其轉用於台灣工業投資辦法要綱草案）

（一九五二、十一、廿三）

辭公院長鈞鑒：

敬肅者，限田政策之實施方案，在　鈞座賢明領導之下，經有較妥善之修改，職已勉強贊同。惟在此時，台灣人民實不大歡迎多有此舉，蓋有「三七五」減租推行後，農民已經處於有利地位，再過數年土地自然歸屬農民所有，殊不希望現在重加負擔，而十年後始獲得土地也。如在昇平時期，似此急激之土地改革，亦未嘗不可，方今大敵當前，絕對需要經濟與社會之穩定，況所謂工業化之前途，國難重重不能樂觀，稍有差池將何以善其後，職之所以勉為贊同，即本此觀感，而又知大勢之不可已也。自共匪渡江後，職即抱定捨此殘生與之一拚之決心，乃蒙　鈞座殊遇參與中樞行政，敢不竭盡駑鈍而效力國家，事至而今，需做補救之策，旬日以來，遵　命研草「由實施耕者有其田條例所獲土地資金將其轉用於台灣工業投資辦法要綱」一案，是否有當，謹呈　鈞裁，竊為此案在　鈞座直接領導之下，切實加以執行，或者可以獲收

全功，則國家幸甚。區區管見，伏維鑒察，肅此奉陳，敬請
崇安

職蔡培火敬啟
民國四十一年十一月二十五日
（四十一年十一月廿三日稿）

由實施耕者有其田條例所獲土地資金將其轉用於台灣工業投資辦法要綱草案

一、前言

查實施耕者有其田之目的，一面俾予耕農獲有土地增加生產，充實本省經濟能力，一面轉移地主之部份土地資金，投資於省公營事業，以期台灣工業之發展而裕反攻大業之財源。耕者有其田，乃國父之遺教，亦為國家民生政策之要目，際此反攻在望、庶政更新之時，我政府前有整軍、改幣、自治、減租等之適時措施，而今更加土地之改革，以訂新政之規模，自屬應有之要舉，奈以大敵當前，國費鉅大，本省又為唯一反攻之基地，故其社會安定以及生產基礎，萬不可因此而發生動搖，可知實施耕者有其田條例之功用，與其土地資金之工業化，兩者如車之兩輪，缺一不但無以為功，而反能相剋為害，政府深明個中利弊所在，爰於實施耕者有其田條例草案告成之後，即行擬就本辦法要綱，以收土地改革之全功。

二、辦法要綱

甲、政府與被徵收土地之地主，必須同甘共苦，站在同一陣線，通力合作，至經營安定時，方可分別自由經營。

註：有曰人民不願與政府合作，不可官民合辦，合辦即不民主矣。說者不無一面之詞，人民不願與政府合作，是在從前官僚作風之下為然，試想政府只將所有股券發配，以後任其受配者自由，結果豈不是徒有民主自由之名，其實是讓烏合之眾多摒寡，有辦法吃無辦法，弄得烏煙瘴氣，毫無中心毫無秩序，所謂企業絕非如是可以成功，必須政府秉其改革初心，大公無私負起責任，絕對與人民同甘共苦，作中流之砥柱，方能安定人心，保持股信，事乃有成。

乙、各省公營事業股值，宜從低估價，俾予所投之資金能獲接近以前由土地所得之利益為要訣。政府自以為絕無把握之事業，切勿使人民參加。

註：業經發表開放民營之工礦、紙業、農林、肥料、水泥五公司以外，如糖業、電力等似亦應加開放為宜。

丙、農林、工礦二公司，似過龐大，水產歸屬農林公司，亦似過於勉強，加以劃分為宜。

註：一企業一公司，在原則上或者比較合理，但以處此風雨飄搖同舟共濟時期，互相扶助，有無相通亦為適時之需要，因此，經營比較相接近之企業，併為一個公司組織，或者較為妥善。

丁、股券採取志望分配法，志望過多時，對小中地主優先分配，再不足分配時，以抽籤定配。

註：志望分配，大地主之份額，在與小中地主同額以內者，無分彼此，平等分配之。

戊、凡人民參加之股份公司，必須依照公司法，守法公開辦理，不得有恃力包庇情事。

註：勿論官股民股，同為股東，在公司法及事業利害關係上，宜一律平等，斷不可有官尊民卑之惡作風。

己、人事必須切實配合，特別要考慮本省外省關係，需要合理合情，不可有所偏袒假藉，務以人和為第一。

註：本省現在黨政軍各界，悉為外省人士所領導，此番之土地資金工業化，乃出自國家需要，地主完全損己從公，而此批地主皆屬本省有識人士，其甘從損己為公之命，已是難能可貴，故今後在工業化之活動上，全屬個人私經濟之利害得失範圍，殊不能再使其處於委曲地位，應合情合理切順實際情形，俾本省人士能充分發揮其意志與能力，如是在事業上，即或少損利益，亦可安定人心。

庚、凡是企業組織，無不以收益為目標，既往省公營事業之用人過濫，雖有其不得已之理由，而今既為純然企業性質，過去之駢技機構，以及多餘之人員，需要合理裁減，以符經營原則。

註：政府為將來貯備人才，在各省公營事業，不無多用超額員工，但今後斷不可再有犧牲私人資本，而為公家服務，剩餘人員，國家必須另謀安插之策。

辛、現行稅率匯率，於工商業之經營大有問題，而貿易政策尤須及早加以檢討，故地主資金工業化之是否順利發展，特有待於經濟環境之改善。

註：目前工商業之處境甚苦，需要政府及早改變政策，以疏其困，政府如欲負責保障地主之工業投資，能於順利發展，非先改善經濟環境，給與合理條件，前途殆無希望，是乃本居工程師節工程師一致之呼籲，此事關係整個財政政策，固不能輕易改變，但如將現行之殺雞取蛋作法繼續下去，對工業化之前途，誰亦不敢樂觀。

壬、政府為予工業投資以協助，應代為考慮流通資金之出路，依照以往為電力建設等，設法特別發行新台幣，如有不良後果之患，或者新設官民合辦之工業銀行為得策。

註：政府既然命令地主放棄其土地投資，而轉移為工業投資，政府當然有保障其投資安全發展之責任，現前工商界之處境困難，其原因固有多端，但以金融阻滯及金利過高為最大理由，倘不設法解救，現有之各種事業，已經氣息奄奄，將來之改組企業，更不能安心無慮。

癸、政府宜特設工業化輔導機構，負責擔任輔導工作，直屬行政院院長指揮，省生管會自應撤消。

註：政府實施耕者有其田條例，乃為準備反攻，需要發展本省經濟力量，故將地主之土地資金，強迫轉移為工業資本，誠為萬不得已之決策，且為只許成功而絕不可失敗之決策，倘有失敗，則其影響將屬慘重，因此政府應鄭重其事，宜特設專管機構，隸於院長直轄，俾予權責完成任務。

三、專管機構

1、名稱：台灣工業建設輔導委員會

2、幹部人員：主任委員一人（不管部政務委員兼任）

副主任委員一人（由民股大股東推舉政府聘任）

委員十五人（政府任命官員五人，聘任民意代表五人，民股大股東所推舉五人）

顧問：中美專家若干人

3、權限：在確切實施前列要綱範圍有關事項，研擬方案辦法，呈准行政院院長後，與有關方面連絡配合執行，並統籌產銷事宜。

致靜波院長函（一九六六、三、十九）

靜波院長鈞鑒：

敬啟者，我中央政府遷台於斯，業經一十六載，在　總統蔣公英明領導之下，政府孜孜努力建設，生聚教訓，雖日未臻完善地步，就在鞏固基地，充實反攻復國之力量成就而言，實已具有驚人表現，乃為中外人士所樂道者。此間，培火以達庸老劣，而蒙　總統暨諸先進之愛護提拔，得忝列本院政務委員，特於前年朒月，我　公膺任院長組閣，培火本該讓賢，竟承　面喻續任以至於今，衷心感銘萬分而乏力圖報。際茲　蔣公續任第四任總統之大時代，定有一番嶄新佈局，以推行空前中興之使命。培火擬請在本院總辭之前在四月中，准假出國考察全球重要地區，以六個月為期，本年秋末返國，一以完培火多年來考察世界之宿望，一以褌示政府愛護培火之至意。倘若培火在考察旅途，公家有需要培火順便與僑胞台胞或友邦人士做觀感上之聯繫，是亦培火所願服務者。所請是否有當，敬請　裁示，並請轉報

總統為懇，謹頌

鈞祺

職蔡培火敬啟　民國五十五年三月十九日

呈總統蔣公函（一九六八、十一、十六）

謹呈者，竊培火於本年五月堅辭行政院政務委員，其原意係期以在野之身，對於反攻復國大業更能有所貢獻，繼在培火出國旅行中，荷蒙　鈞座聘為國策顧問，不勝感激，惟培火之始志悉如上陳，區區愚衷，伏懇　鈞察，准免國策顧問名義，是所切禱。

謹呈

總統蔣

蔡培火謹上

五十五年十一月十六日

致岳公秘書長函（一九六八、十一、廿七）

岳公秘書長賜鑒：

敬啟者，今朝於陽明山晉見孫院長哲生，陳述培火對當前本黨及我政府為促進舉國團結一致向敵起見。民社黨十二月十五日舉行其代表大會以前，本黨或我政府發一具有代表性之函件，表示歡迎張君勱先生返國共策全民團結，於黨國立場，殊屬必要，孫院長對張勱老之風度，雖亦有批評，最後指示培火可以孫院長之提議，是否再請我　公發一歡迎之函促勱老返國，表示非　公個人之私誼，而係代表黨中多人之意見，培火下午亦曾經將此事奉告少谷副院長，蒙其同意函　公，培火冒昧之處懇請我　公賜諒為禱，謹此，即頌

鈞安

晚蔡培火敬啟

致哲公院長函（一九六八、十二、三）

哲公院長賜鑒：

敬啟者，上月廿七日晉謁後，即遵　指示，呈書張岳公（如同封抄件），日昨請教於黃副院長少谷，承其指教，略謂彼以此事與岳公談及，岳公表示與勱老常有書信往還，今突再函覺不自然，且培火函內有「代表黨中多人意見」一語，更不方便，因與友黨人士接觸，另有專人在，如要代表發函，應由該人士發出，方為順序云。經過如是，爰謹報告，有擾　清神，至感惶惑，敬頌

鈞安

晚蔡培火　謹啟

五十七年十二月三日

致經國院長函（一九七三、五、九）

經國院長賜鑒：

敬啟者，培火數年來自覺年邁德薄，兼以內外情勢紛紜，實非老耄如我者可以戀棧，早就退避賢路，豈料爾後國際姑息氣氛彌濃，省籍在外部份智識份子，提倡台灣獨立，最近繼台獨之餘燄，又有台灣自決之聲喊出，竊為對此倘或處理不善，將比台獨更難應付，培火以欲我國族團結之心加強，愈覺不可坐視，幸而去夏初，貴座受命秉政，逐即革新人事，整肅政風，促建農村推行小康計劃等，又令公務員須以服務民眾為本，尤其　貴座不辭勞瘁，親自下鄉探訪民隱，政風丕變，補救既往之缺失至巨，民心普遍振奮，培火更受激動，乃有前次晉見，面陳加強敵後工作及收攬民心之必要，嗣後每感未盡愚誠，如鯁在喉，茲特敬煩　立夫先生轉陳此書，聊盡鄙懷已耳，為期簡明坦白條陳如左。

甲、反共之軍事的死結不可解，只有求勝之一途。

一、對共黨只有軍事鬥爭與策略，不可有政治的接觸之表現，反攻復國之最高國策，由是而定。

二、反共之政治行動

A、在外交應以美國為中心，儘量避免與其衝突破裂，但以不失反共反攻復國之立場為限度。

B、在東亞友邦間，應迅成立共謀合作之組織，除出兵外，就技術、經濟、文化等方面協助，盡力防止赤化。

C、反共之敵後工作，為切實執行「不是敵人就是同志」之明訓，應集中力量，促成閩粵兩省之起義，而向來之作風，似應重加檢討。

乙、國內之政治的死結，似無法全解，總須放鬆而求諒解合作。

一、內政上之政治死結，在大陸即已存在，民國建立伊始，領導國政須有堅強之中心力量，況為抗日反共之需要，政權更須安定，不能盡循民主共和制度，本黨責無旁貸首當其衝，遂成死結，在野政治人物多數離心，更因政績不洽民意，而外力偏袒共黨，大陸便淪陷矣。

二、中央黨政遷台後，政治死結仍存，野黨徒嘆有名無實，其領袖人士不肯來台，新黨又未能出現，雖因國勢使然，而本黨不能不受專政之嫌，台灣獨立台灣自決不幸也就出現了，林獻堂願死異國東京而不返台，宜做為參考，大敵當前，本黨似應加強朝野團結本外省一致之措施，設法放鬆死結，而求諒解合作。

A、台灣獨立運動，相信台胞絕對多數，因對祖國之民族精神至強，必定反對無疑，況由政府歷年疏導得宜，在日本之組織業已瓦解，將可不成問題。

B、台灣自決之聲，似含有三種意義，第一是反共，第二是警告外國不可出賣台灣，第三是敬告本國政府要尊重民意，前二者於我政府亦屬有利，只是第三大有問題存在，鄙見若以貴座以政績表現而善導之，相信可無妨礙而反有益。

C、本黨普遍受專政之嫌，雖有不得已之理由存在，但倘能避嫌，為澄清人心計，總以設法避嫌為上。

1、反共救國會議已提倡多年，應即召開，儘可能廣集海內外反共愛國有力人士參加，表現本黨只是領政而已，不是專政。

2、行政院為表現舉國一致之聯合內閣起見，似可加任野黨或華僑人士參與，證實本黨只是領政而不是專政。

3、徹底推行　貴座既定政策，旨在真實做到「一切為國家利益，一切為民眾服務」，基層公務員必須經常深入民間，一面服務民眾，一面防備敵人浸透，切勿重襲向來作風，只講國語高坐在辦公室。

4、必須採用閩南語為國語之補助，基層公務員應儘可能在民間使用閩南語，方能迅速而有效地執行任務，現下之文化復興運動，應及早進到鄉鎮。

5、最近　貴座已有宣示，採用閩南語為政令宣傳及新智識普及之補助，此舉亦可迅速打通本外省廿餘年來情感之隔閡，進而使本外省增加交往和睦，促進通婚更屬重要。

6、國語之普及應繼續執行，但向來只用口傳，學習遲緩亦不能遍及鄉村家庭，培火已建議本黨中央常會，採用國語注音符號式之閩南語注音符號，則不但國語普及能加倍其速度，而且政令才能貫徹於民間各角落。

7、反共反攻之人力物力都需先由本省及閩省華僑，出其大部份，應及早使他們有此自覺與準備，若然則非採用培火之建議，以書報等之文書，教育失學者不為功，培火深信在現階段，我國族必須加用此工具，才能加速救國復興，故不惜十數年之努力，已印成了「國語閩南語對照常用辭典」及寫成了「國父孫中山先生傳記淺講」「國語閩南語對照會話」等稿件以待採用，但至今年餘未蒙中常會示復是否採用。

8、為基督教傳教之用，在本省原有羅馬字式之閩南語注音符號，約在十餘年前，我政府禁止其使用，因而失學信徒殊難讀懂聖經，多數外來傳教士亦大感困難，倘能採用培火建議，在此方面亦可解除困難與諒解。

以上所陳，無不出自培火愛國族愛救國之愚誠，又因受　貴座就任以來之賢勞表現所鼓勵，故敢坦率開陳鄙見用作芻蕘之獻，是否有當，幸賜

指示　為禱

敬頌

政綏

弟蔡培火拜上

民國六十二年五月九日

附件：呈本黨中央常務委員會建議書

覆陳行政院長函

謹簽呈者，查本省各地人民對政府國策向均竭誠擁護，惟際此台灣保衛工作緊張之時，為維繫人心聯絡各地人民，殊有前赴各縣市鄉鎮視導及宣揚政令之必要，茲擬偕同同志二人秘書一人親往各地敦請　准予撥發旅費及招待費等新台幣貳萬圓，以便成行，是否有當，敬乞鈞裁，謹呈

院長陳

職蔡培火謹上

致真光先生函

真光先生道鑒：

惠函敬悉矣，謝謝！但是那天本人說話，原意不在於辯論「黨」字之含義如何，對黨字的了解，本人是與　貴見相同，本人那天講話是說現在的國歌，先前雖是國民黨的黨歌，那是在軍政訓政的時代，而今已是憲政時代，國民黨已經還政於民，退居在與一般政黨同等的地位，一般在開會時，唱歌是說唱「國歌」，但國民黨在開會時，司儀的人是說唱「黨歌」，不說唱「國歌」——歌是同一的，鄙見說這是不可以的，唱國歌是表示愛國，難道本黨就不愛國嗎？或者說本黨為標榜其特殊的地位，可以照訓政時代仍以「黨歌」唱？勿論如何處今日的國勢，需以愛國統一民心，大同團結，我國才有光明的前途，切望急速改變作風。鄙見如是而已，即頌

道安

晚蔡培火敬啟

政論

三民主義的考驗場台灣（一九四九、七）

一、台灣一直在呻吟著

台灣在呻吟，台灣的呻吟，不是今天才開始的，算來歲月已久，但是今天還在呻吟著，依她自己的感覺，現今的呻吟，比既往任何時代的呻吟，都更深刻更厲害。在鄭氏開台的時候，雖有孤臣遺民流離失所之感，可是上下官民都能一心一德，同甘共苦，以興明滅滿為志向，奮鬥到底，奈因勢孤力竭而失敗，遺憾則遺憾矣，然於人心的感覺迄今無間然也。

台灣在清朝時代，以其君臣苟且無能，視台灣為邊遠化外之地，除派員收稅剝削以外少有設施，治安教育乃至生產建設多任民眾自作自為。因此文化落後產業不興，強凌弱眾暴寡，亂竊時起，沒有國家法律的保障，以致民眾對於國家的觀念疏薄。但是台胞多屬閩粵的移民，對於故鄉祖家的觀念很深很強，所謂「咱唐」「唐山」「咱唐人」「唐山人」這些話語，直到日人佔據時代，在台胞的心意中，極有甜蜜的含味，而從內地新到台灣的人，亦皆和平相處，都以客體自足，彼此客氣相安。在滿清時代，台胞雖少得到國家的保護，好像離家遠出的孤兒，在民族文化的回憶觀感上，還算抱有相當甜蜜的情感。

再來在日人佔據的時代，台胞呻吟的程度，直是空前所未有，日本是帝國主義國家，其人民又自居為天孫民族為皇民皇軍，是絕對侵略排外的傢伙，何況台胞是他們征服的小羊群呀！宰割烹飪自然是由他們出主意了。日本是警察國，尤其在台灣是特別發達，他們把台灣的民眾編組得很嚴密，所謂保甲制度是也。將這保甲的編制配合警察，警察有絕對權力可以管束民眾，保甲以連坐關係對警察負責，民眾有一個犯法，都逃不出這天羅地網，民眾的旅行外泊，有不通過保甲做報告者，保甲民需要連帶受處罰。言論思想絕不許自由，集會出版結社都要警察許可，台胞主辦的日刊報紙，直到民國十九年才得准許開辦了一家，這一家報館在太平洋戰爭開始後即被關閉。教育信仰也都不能自由，私立學校除外國人創辦的基督教學校以外，是概不准許的，筆者起初決意獻身私立學校的經營，因為碰著日政府死硬的阻礙，乃轉向從事同胞的社會教育與開始對日的政治鬥爭。至於信仰雖是基督徒，他們也要你對他們的神社頂禮，而我們的寺廟或祖宗位牌都給他們毀掉不留。不但如此，台灣連做生意的自由都沒有，日政開始的時候，台胞不得日人的參加不能組織股份公司，銀行事業全歸日人包辦，因此大規模的企業與貿易，都是台胞望塵莫及的職業呀。台灣現在所有的製糖廠，需要知道這些都是台灣同胞多年淚汗的結晶，日人為要完成他們的糖業政策，便不顧到台胞的所有權，擅自將台胞所有的土地劃界分區，要你種蔗種稻由他們分派，你的甘蔗要賣給誰也要由他們指定，連賣甘蔗的價格也是他們給你決定，因此台胞虧本不願意種蔗，發生糾葛者不少，日人就進一步開始強制收買土地，經營廠有自作農場，保有糖廠需要的甘蔗收量，因此我台胞中的自作小農，就不能不逐漸化成糖廠的農奴了。

如上所述，日人的帝國主義，在台胞的頭上儘量發揮其殘酷的暴力，使台胞毫無自由幾要窒息，苦是苦極了，但是台胞都抱有黃帝的苗裔與堂堂四萬萬漢族的弟兄的自覺，看日人是我們所敵對的異族，非我同類，眼前受其欺凌，終有報復之一日，都能忍耐保守固有的生活方式以待時機，因此在非常痛苦之中，還透得出一點希望的氣息，在精神上還能自解自慰。並且日人守法的訓練足夠，台胞在政治、教育、經濟各方面，所受的壓制，悉有一定的界限，超出界限以外，日人就絕對嚴格不准，在其界限以內，台胞都能發奮前進，隨日人的活動而活動，在可能的範圍內，積五十年不斷的努力，台胞所得的成就也算相當可觀。在政治上可以亨受法治的保障，雖是有名無實，半民選的下級地方自治制度，早就實行了。教育上日人多用過苦心，限制台胞的發達進步，可是台胞都能努力求進，初等教育達到百分之六七十，日治末期也曾實現了強迫教育，在台灣島內中等職業教育相當旺盛，高等教育除醫科以外，日人用盡心機採取壓制方針，但是跑到日本各地去留學的，在日本投降數年前，約有兩萬人（其中半數以上是中等的學生），專門以上畢業者統計約五萬名以上，其中醫師有三千兩百名左右，工程師約三百名，日本國家高等考試及格者有兩百餘名，律師司法方面一百名以上，往歐美留學的亦有一百名左右。台灣人口僅六百數十萬，比國內任何地方的努力，亦可以比得上吧。經濟上台胞受過了日人更嚴酷的壓制與榨取，因台胞多數都能死守祖先遺下來的土地，又都能勤儉苦幹，日人的勞動者絕不能與之競爭，而日人又積極投資開展各種事業，因此台胞也都有其工作，可以維持其最低限度的生活，可以說是養之不肥餓之不死也。這是在敵人支配下的結果，台胞雖然感覺憤恨痛苦，但亦都能心會心照，希望於將來。

民國卅四年八月十五日，日皇服從波次坦宣言無條件投降後，我們台灣就光復到祖國中華民國的懷抱了。當時全省台胞，確確實實是歡天喜地，歡迎國軍國內人士，其情感的表現，其熱烈的程度真是沸點以上，凡在台目擊當時狀況的祖國官民，都異口同聲地證實此事。推測其所以然的理由，第一就是感奮我們的國家興盛能於打倒兇暴的敵國日本，第二就是感謝祖國能得解脫台胞五十一年來的桎梏，光復做了中華民國不折不扣的大國民，第三就是歡想生活可以向上，意志可以發揮。但是，台胞對於光復的感奮好像一場的甜夢，翻身醒來，覺得實際的境遇，比日據時代相差不多，不同的就是敵寇日人退出，祖國的弟兄姊妹進來代替日人的崗位而已，日人所寵愛的御用人物，依然大模大樣地在全省的政治社會舞台上活躍，失業者仍然沒有辦法，物價一直飛漲，老百姓的生活一直低下，中央特派的大員陳儀長官，堂堂以不撒謊，不揩油，不懶惰的三事，宣告為其治台的大方針，而忙於接管貿易與應付地方巨室以外，顧不到民眾的死活，貪污舞弊的巨案，專賣局有好多的黑色阿片膏，說是給白螞蟻吃掉不見蹤跡，即中央的大員亦無法究辦，陳儀在位一年有餘之後，不幸的二二八事件便發生了!!嗣後，台灣改省，文官的魏道明主席蒞台，宣告在安定中求繁榮，諸事以避風浪不生磨擦為本旨，所有從前的積弊與民間的疾苦，亦均未加以解除。

今年一月五日，陳誠將軍接主台政，至今還不到七個月，陳主席的施政方針，開口就是「人民至上，民生第一」，中華民國治台應有的方針，到此方才給他說出來了。看他七個月來的政績，一上台即解決了前任主席所不能解決的基隆碼頭、關於軍需民需的糾紛，其次就是裁併通運公司，剔出幾件貪污舞弊案，再來就是三七五減租、改革幣制、創設生產管理委員會以及地方自治研究委員會等，其施政方針的正確與其實行的魄力，實為前兩任主政者所不及，對於全省民心的影響，實在好的多，但是，請讓筆者不隱瞞說說，台胞還是在呻吟著呀！

二、癥結在那裡

台灣一直在呻吟嘆氣著，一樣地在呻吟，然其呻吟的意味卻是不一樣，前面已經說過了，鄭氏三世的時代，台胞是亡國亡命天涯落魄的流浪人。後來受了清朝的招安，總是得不到國家法律的保護。在日治時期，很明白的，就是被人勞役的孤兒。現在呢？唉呀難說呀，大家都心照不宣咧。當此嚴重的時局，真真愛國愛民的人呀，豈可再畏首畏尾，不說真話自欺欺人，以為可以安然無事推得過去麼?!簡單一句話，台灣是光復了，但是台胞的心理是復而不光呀。

陳儀的三大口號倡出不多日，即被台胞不信用，陳儀即批評台胞氣小而性急，其部下竟多以為台胞是受了日人的奴化，慣於日本的方式，輕視官長與國內的人士。台灣籍的新貴之中，亦有人公言，過去台胞都在日人奴役之中長大出來的，沒有政治訓練，沒有政治人材，所以要多受國內的人士領導是應該的，政府及各機關的主要地位由國內的人士充任，是當然的措施，台胞是不能抱不平。問題的癥結在這裡。

台胞的心理是以為大家都是弟兄姊妹，不要彼此有歧視，若說台胞中沒有政治人材，一切領導的地位須以國內人士來充任，只要幹得好就好，但是事實在教台胞懷疑、不信，終而發生反感，事事越來越要糟，結局使台胞失望而生自信，我們可以自己幹，我們不幹不得了，中華民國不得了，地方自治的聲浪充滿了全省，就是因此而起的。中華民國是大家的，台胞同是黃帝的子孫，台灣不是戰利品，台灣是光復，是祖國同胞血戰勝利而光復的，亦是台胞五十一年勞苦奮鬥，不屈於敵人的壓制，一直繼續愛我文化愛我國家，保持其固有的民族心理、民族生活、民族態度，使敵人無法行其皇民化的政策，祖國同胞八年血戰的困苦確實苦極了，台胞五十一年的苦節奮鬥豈不同樣的苦嗎？若謂政治技術需要訓練是對的，那是事務方面的事情，整個政治的問題，特別屬於政務方面，就用不到訓練的話，整個的民意即政治自覺政治良心一發動，政治便被推行而前進，政治家便自產生出來呀。台省的民度比任何省份都不低，台省的政治自覺比任何省份都不淺，因此不好再說或再想，台胞中沒有政治的人材，一定需要國內的人士充任，台灣的政治方才辦得來。台胞是絕對愛國絕不排斥外省人士的合作與指導，但是要知道，二二八事件的根本遠因，就是發生在這歧視優越感的裡頭，因此從前甜蜜的稱呼「唐山」便化成輕蔑的「阿山」了，在馬路上碰到的汽車被燒毀了不少，都是表示毀滅外省的特權，來發洩他們的積憤，亂暴固然是非常的亂暴，但是事理卻也是非常的明白。事件發生後陳儀長官立即聲明實行地方自治制，白部長蒞台撫慰的時候，也曾表明過中央承認地方自治制的實行。

到了魏道明主席，起用了幾個不說話的省府委員，伴食的副廳長，至於地方自治的施行，就說無法規可以做依據，而全省警備司令部當局，在第一屆省籍立法委員招待茶會的席上，也發表了反對台灣地方自治實施的意見。而今陳誠主席就任後半年，正式公佈台灣地方自治研究委員會的創設，聲明地方自治的實行為下半年度主要的施政目標，但是尚未放棄研究的字樣。以筆者的觀察，除關於省主席的任免暫時仍屬中央的權限外，其餘對地方自治即施的意見，本省全體民意是非常堅決的，這裡問題尚多，距離尚遠。

閻內閣成立以來，高倡擴充地方自衛武力，本省現在已經成為戡亂的重要基地，尚不見有什麼所謂地方自衛武力的存在，這也是個萬人共知，而沒有人肯開口的嚴重癥結的所在。

說起共產黨的理論與其行動的方式，在日據時代，台胞就已經領略過它的滋味了，筆者以為台胞對共產主義者的認識，比國內的大眾還要深切些。當台胞一致提倡全民運動，跟日本帝國主義者做政治、經濟、教育鬥爭的時候，出而破壞台胞的統一陣線，有意無意地給日人利用的，就是共產黨色彩一派的人物。為要達到目的而不擇手段的共黨作風，特別是對其不講誠實專事毀謗造謠的惡劣行動，台胞是最討厭。共黨最好工作的園地，就是政治腐敗民不聊生、官民脫節人心離散的地方，共黨今日在國內的成就，絕不是共黨單獨的力量贏得來的呀。

台省是得天獨厚的農業生產區，台胞又是純樸勤儉守己安分的良民，目下的生活雖然已經接近困苦的境地，若在政治經濟的設施上，能斷然採取一視同仁，完全擺脫歧視欺騙的老作風，台胞一定本其向來的特性，以及得天獨厚的生產，安居樂業，不留間隙給共黨份子侵入活動，進而協助政府維持秩序治安，一定是沒有問題，這是絕對客觀的情形，識者自可認定而無疑的，中央確定本省為重要戡亂的根基地，關鍵亦在這裡吧。

台省至今還沒有組織民眾自衛的武力，是有什麼道理呢？是否以為政府有軍隊有憲警就夠了嗎？然則閣閣所決定的擴充地方自衛武力，對本省的需要說，就是多餘的政策囉。本省現在根本就沒有所謂自衛武力的存在，那有擴充不擴充的話說，現在就是有無需要組織民眾自衛力量的問題。這個問題經由一部份識者提醒當局不少日子了，但是好似石沉大海還無聲息。民間看這局勢的緊張，都在感覺焦急萬分，但又知道問題的嚴重性，所以又都心照而不宣也。這個恐怕就是台省目前最大最嚴重的問題，必須趕快解除的癥結吧！坦白一句話，就是官與民、本省與外省，相信不相信、歧視不歧視的問題。筆者敢斷言，台胞的命運只有一條沒有別的，就是全省的秩序治安需要保持，不保持則台胞萬事便休矣，比誰都要吃虧，而且吃虧也最大最兇吧，這個無論男婦老幼，台胞比誰都懂得透徹。秩序安要保持得周到而切實，除了每個台胞都擔當諜報防衛的工作以外，想不出有再完善的辦法。這個台胞要先有信用，但是信用不是台胞自己拿得出來的！所以台胞在呻吟，癥結也就是在這裡。

於此筆者大膽說，請政府馬上信用台胞的忠誠、信用台胞的立場吧。台胞的忠誠有其歷史與生活可做證明，二二八事件的發生，那是非常不幸的，那與台胞的忠誠是另外一個問題，論到台胞的立場，這是絕對顯而易見呀。秩序治安一不保持，過去已經有了二二八事件的教訓，何況最嚴重的戰場，要臨到他們個個的家園，甚至寸草恐怕都不能留。反之秩序治安能於保持得好，那台灣比什麼地方都要好得多，便是世外的桃源，中華民國興盛了，台灣也就興盛了。無論怎麼樣，台胞最先要的就是秩序治安的保持，有了秩序治安，台胞的立場比誰都穩固而有前途，台胞拚命也須先爭取這個，請政府信用台胞，馬上透過地方自治的機構，組織民眾自衛力量，共同負責秩序治安的保持。

三、三民主義的考驗

台灣是國民黨政府戡亂復興的基地，絕對需要確保台灣的安定與生產。台灣有其天然特殊的地利，其內部的政治辦得好，人民得以安居樂業、擁護政府、增加生產，那麼不管內地的情勢起伏怎麼樣，台灣終局是國民黨的地區。這個是必然的形勢，所以國民黨人的家眷到台的非常多。筆者於長江還沒有失守以前，在南京就受不少朋友詢問，遷移家屬到台灣居住如何，筆者所答的，總是一句話，要看三民主義的實際化如何做標準。事到如今，共匪已經渡江侵犯華南，筆者亦是要說須看三民主義的實際化如何。國民黨是個有歷史有成就的政黨，除了他的黨員自己折服離散，沒有精神沒有工作而撤開民眾以外，無論他怎麼樣萎靡不振，只要一部份有生命的黨員存在，那國民黨是絕對不會消滅的。有生命的黨員，必是有信仰有行動、即是有主義的黨員呀！這黨員必將其主義實現在民眾的中間，與民眾結成一體，民眾不消滅，政黨也就不消滅囉。國民黨員到台灣的很多，其所以然的原因，大家都明白，是黨的主義沒有足夠的實現，不能與各地民眾結成一體，就是有生命的黨員太少，沒有將三民主義通過黨員的行動在大陸普遍地實際化，痛心的很。而今省外遍地烽火，只有台灣還屬乾淨，還是完全國民黨自由管制的地區，國民黨是要實行三民主義的，現在只有台灣可以讓他自由來實行，國民黨必須抓住這機會來做其復興的出發點，這個復興的出發點能否做得穩固，有關國民黨的成敗存亡，而三民主義之有無將來性，就得在台灣被考驗。

筆者已經陳述了，台灣一直在呻吟著，而且現在的呻吟，比既往任何時代，都更深刻更厲害。我們可以就三民主義來說明，第一就是民族，台灣以往都是在異民族壓制之下做呻吟。而今不是同族的弟兄姊妹嗎？那裡有什麼壓制不壓制的事呢？但是本省外省的界線，事實分明劃在大家的面前，關於這點前面已經說了相當多而且相當地坦白，不用再多說，筆者本身是本省人，向來為這界線的消除，不顧棉薄極盡所有的能力，現在國內的人士，事實多在主動領導的地位，請於這界線取消的工作上，多加以努力實屬需要的。

其次是民權，地方自治的即施，是目下中心的題目。在國民黨實施憲法的立場上，民權主義一定要實施的話，除了台灣省以外，恐怕沒有更具條件的地方。陳誠主席接任以前，台灣大部份的當局者，即台灣省黨部，對地方自治的實施問題，可以說亦是沒有多少的熱意，甚至有人積極表示反對，陳主席最近公然宣告施行地方自治是今年下期主要的施政項目，可以看出他忠於主義的踐行，但是他尚且需要保留「研究」的餘地，而不乾脆地下令開始實行籌備，這就在表明陳主席用意之苦，同時也在表明民權主義的實踐，正在台灣受考驗，關係民權再讓筆者提出一點，就是人民生命權的尊重。現在還留在台胞的腦袋裡，就是二二八發生經過了幾天以後，行踪不明的著名省籍人士為數不少，其中有的屍橫野外，有人叫其遺族去收埋，最慘的是花蓮縣的張國大代表，他父子三個被人槍斃在同一個地點，張代表夫人到處哭訴，最後到南京，也是不明不白咧。這批行踪不明人士的太太們，提交他們聯署的申訴書，給丘監察委員兼省黨部主任委員會念台先生，亦終是沒有下文。三民主義所主張的民權，特別是對人民的生命權，國民黨政府所表現的不應該是這樣吧，當時的責任者陳儀是國民黨的中央委員，國民黨若是需要把忠於主義的情形表示給台胞認識，這個案子豈不是需要找陳儀問個明白嗎？關於民權的問題，目前在省內各地使民心緊張的，還有駐軍與民眾的關係。因國內局勢變遷，軍隊來台頗多，政府一時無法應付得周到，沒有一定的營舍，沒有妥善的供應，筆者所目睹的，士兵的困難足夠同情者甚多，但是另一面從各地住民的立場想，糾紛很多很麻煩，軍民間時常有磨擦，為保護人民的權益，有賴於黨政軍當局及早設法補救。

台省過去民生主義表現的成績，筆者不想在這裡做介紹或批評，筆者很草率地，想來建議今後民生主義如何在台省予以實際化幾點要綱，請各界人士指教。

第一點，台省已經成了中華民國的重要基地，從經濟軍事方面說，或者是最重要的基地，因此中央的機關遷台的很多。台省地理上自成一區，而中央政府不在此地，經濟來源要部份取給於台省，自是顯而易見的情勢。所以中央與台省在經濟財政上的界線需要劃分清楚，盡台省能力之所及，貢獻中央當然是好的，但是必須光明而坦白地俾台胞知其所以然，更要有機會裨能表白其見解，不好在地位上看台胞做小孩，而在責任上要他來挑重擔。因此需要創設中央與台省的經濟財政聯繫的機構。而代表台省的委員，需要能夠代表民意的人來充任。

第二點，實行計劃統制經濟制度，統籌生產與銷售的配合，陳主席的生產管理委員會，大約是要擔負這個工作，只是機構人事似乎有問題。

第三點，專賣制度可以仍舊繼續推行，但除特種需要的公營事業以外，要盡量讓售做民營。依民生主義的指示，國營公營事業愈多愈好，但是看過去的成績，無論國內與本省，國公營的事業成績，都非常地壞，就是黨營事業亦不例外。筆者直接關係的黨營電影公司，全省十七個戲院，去年一年的盈餘只僅一億元台幣，筆者是監察人，感覺責任大，乃與一位朋友商量，他提議在台北租給他一所二流的戲院，他可以預先交納三億台幣的租金，結局沒有准許。因此可以明瞭公營的作弊大，把持的人是利私不利公。

第四點，本省合作事業經營頗有成就，倘能積極擴充其組織與工作，則其收效必更大。筆者建議合作組織擴充到工廠裡，凡要售讓民營的工廠，都使工人職員皆可參加為股東，而政府盡力援助它。筆者還要建議，省內各地的糖廠，乃過去台胞淚汗的結晶，這些應該讓台胞參加合營，就是國公營合辦，改做台省與台胞農民的合作。若然，農民可以踴躍種甘蔗，省府的歲入一定會增多。

第五點，重要物資嚴格施行配給制，從來米、鹽、煤、糖、油、布、肥料都有配給，但是不夠嚴格有責任，有時有，有時沒有，有時只有一點點。配給的品目不要多，只限於必須重要的，在這些品目的範圍，必須很徹底地負責，加以嚴格的管理，所要的分量一定要依時配給到。因此，在省要設專管的機構，各地只來運用自治及合作的機構就夠了。至於對外貿易，陳儀時代設貿易局：因為舞弊太多太大，受了全省台胞的反對，現在要施行嚴格的配給，有確保物資的需要，以及鑒於時局的開展，本省重要物資對外的交易，筆者是主張不要因噎廢食，還是認真地設置公營的貿易機關好。

第六點，社會救濟的工作需要加強與擴大，省府有社會處在專管此事，地方縣市亦有救濟院等在服務。此種事業是要動員民間人士與民間的淨財為主力，政府不要站在前鋒，最好當做民間團體的靠背，運用社會各界的力量來推行整個救濟的計劃，才可收到偉大的效果。向來大抵是政府自己要幹，不但不做新的開展工作，連舊的有歷史的都要給它破壞，都要把持在政府手裡，譬如對紅十字會的接管經過，就是一個顯著的例子。

以上是筆者很冒昧的幾點建議，這些明顯而重要的事項，若能切實給它表現出來，筆者以為在台民生主義的實際化在當前的階段，必有相當成果可以收到。

四、最後一句話「是人在被考驗」

台灣是國民黨最好的園地，三民主義在此園地開花不開花，國民黨員已經播種快到四年了，其成績悲觀的部份比較多，但是忠貞的黨員是不失望，還要繼續努力種下去，因為別處再好的園地是沒有的。筆者大膽地給它斷定了，台灣是三民主義最好的園地，過去的成績不大好，那不是三民主義的種子壞，三民主義是　國父孫中山先生以中國四千年來的正統思想，參酌歐美各國的近代思潮，集大成而作就了圓滿不缺的思想大體系，用做救中國救世界弱小民族的好主義，過去　國父以下無數的先烈義士，為此主義的實現，甘心願意犧牲貢獻了一切，表現了許多不朽的事業，是舉國全民所尊崇的呀！就是共產黨亦不敢說三民主義是不好的。想來想去就要想到，結局是人的問題，是國民黨員有問題，不是三民主義有問題，被考驗的是國民黨黨員，是有權位的國民黨黨員，而不是三民主義呀。

筆者是國民黨黨員，又是曾經當過台灣省黨部執行委員的，筆者自知是被考驗過，並且自知不中用，對主義對本省深感虧負了重大的責任，萬分對不起，所以自己引責退下了。三民主義誠然是好的，而台灣亦真地是本黨最好的園地，本黨上下黨員臨到目前的境地，亟須痛自檢討，一本往昔倒清北伐的精神，為主義的實現而奮鬥到底，則今日的頹勢自然可以扭轉，中華民國必可復興，以安四萬萬同胞之熱望，以慰在天　國父先烈之冥憂。或者說「朽木不可雕也」、再說「舊袋不能裝新酒」，大好江山弄成今日的樣子，悉為那批大人君子的無能作弊所招致的，除非重新來了一套，是絕對沒有救藥。筆者以為不然，木與袋都是死物，朽舊就更死更壞了，這是絕對客觀而正確的，國家壞到現在的程度，大人君子固然要負重大的責任，亦是絕對客觀而正確，必須有所檢討而警惕，但是大人君子是人，是活活的人而不是物，「君子之過，如日月之蝕」，君子大人的過失天下周知，那裡他自己會不自知，既是大人君子自然會比別人知恥而自責，一知過而自責，就能更新復活起來，如病人之再起一樣。況且大人君子之所以能為大人君子也者，便是他有其以往的歷史關係，不是一朝一夕湊弄得來，事情愈大，愈是需要廣的聯繫與深的關係，才能發揮力量，肩負艱鉅，今日共匪的猖獗，實非新來的一套，所能擔任得起的呀。所謂新的一套，即是新人間起，舊法更新的意思吧，重起爐灶來不及時，新人抬頭新法被用，力量方才得以增加，確是重要亦為必須，然若不是由舊組織來吸取，大有發生內部崩潰的危險，可不慎哉！總而言之，國民黨黨員今日在台灣被考驗，尤其是國民黨的領導地位的人物，今天在台灣被考驗，考驗他們是不是真的三民主義信徒。真的三民主義信徒，必定會將台灣實際化成為三民主義的模範區，解決台省所未解決的民族、民權、民生的諸問題，使台胞不再呻吟，使台胞全體成為三民主義的尖兵，共同努力消滅共匪的暴亂，建設三民主義的大中華民國，國民黨萬歲!!!

民國三十八年七月稿

讀國民革命的本質與目的所感（一九五一、五、廿五）

前言

1、總題革命兩字的原意是易朝將國家主權由甲姓移屬於乙姓，打倒軍閥以前本黨的奮鬥可以說是革命，但是對日抗戰與這次的反共抗俄似乎未便使用革命兩字，用國民鬥爭似較適宜。

2、第二頁第五行「革命的本質是社會鬥爭」這一句從共匪的立場說是對的，從本黨的立場說是不對的。本黨的立場是民族鬥爭、全民鬥爭，說出社會鬥爭來本黨的立場就危險了。

3、第二頁第八行「第三時期為社會鬥爭」，此處對社會鬥爭的解釋與一般的通說不同，一般的通說社會鬥爭是貧富的鬥爭，即是階級鬥爭。

4、第三頁第九行「在社會鬥爭之中打擊匪黨」，此處所用社會鬥爭與社會改造的涵義略有混同，因此第三期革命本質的說話也就發生了立場不穩妥的危險。

5、第五頁第七行「我們對匪的鬥爭乃是生活方式和意識形態的鬥爭」，生活方式和意識形態乃是關係對內全民團結的問題，間接對匪的鬥爭亦有關係，但不能做直接與匪鬥爭的力量。直接的力量須從全民的利害與感情發出來的。

一、民生哲學

1、第八頁第九行「文化鬥爭」，世界的反抗共產國際是文化鬥爭說得很對，說到本黨的反抗共產國際就不能僅說是文化鬥爭，所以不可以說我們對匪的鬥爭乃是生活方式和意識形態的鬥爭，是要說我們與共產國際的鬥爭間接是與文化鬥爭有關係，直接是關係我國族全體的利害與存亡，就是國族存亡的鬥爭。

2、第十五頁第二行至第七行這段話說得很透切。

3、第十九頁第七行「人類理性纔是三民主義哲學的根本」，把理性做為三民主義哲學的根本，可說是一種深切的理解。

二、中國社會的根本問題

1、第三十六頁以下，鄙見以為像我中國人富於民族自信心者不多，鄙見以為今日還有反共抗俄之可言可為者，大半還基於此自信心，今日中國之第一根本問題是在缺欠能於表現良好政績的政府賢能之士固不少，只因步趨不一致、良莠混淆，不能表現力量出來，人心遂不集中，儼然喪失了民族自信心，其實不然。

2、第三十八頁第七行「只有工業化的一條路」，中國今日嚴重的第二根本問題是社會生產力的落後，很對很正確，而在久安長治的國策上只有工業化的一條路，亦是很對，不過在這反共抗俄的大鬥爭中，要來工業化想是太理想了，當面切實而可能的還是一面博得友邦協力，一面做到配給公平為先著，今後的中國必須友邦善意的協助。

3、第卅九頁以下反共抗俄的世界陣線是民主自由，捨此無立場可言，中國今日第三根本問題是在確立民權政治，這是絕對正確。可是今後的中心工作是作戰，在這個時期應該如何配合，如何建立民權，需要更加具體的考慮。

三、三民主義的本質

第五十七頁第四行以下，原文工業化的主張，事實恐難做得到，除台灣以外，共匪被掃清的大陸各省一定是人亡財盡，荒廢不堪，恐怕連恢復農業生產都要有大問題，數年之間一定是要以恢復農業生產為中心工作，此舉亦需友邦的協助，獨力殊恐難期速效，倘一著手就以工業化為主要工作，不但事實不可能，為害必大。

四、國民革命的總目標

第六十四頁以下，我們當前的國民鬥爭真地是有個崇高的理想，是為亞洲十一億人口的自由，亦就是為全世界人類的自由安定而犧牲奮鬥，以進於大同世界的境界，但是為要喚起全國民眾的警覺與捨命鬥爭，不如著重在救亡圖存的方面來說為切實，我們的救亡圖存絕不是自私，其影響是與世界的禍福有大關係，這樣翻過來說以為比較切實。

一元獻機運動的意義（一九五一、九、十二）

一元獻機運動，自開始以來，深得各方贊助及各界同胞踴躍捐獻，已經有很好的成績，本人感覺非常興奮。

一元獻機運動的意義，就是要大家自動地各盡所能各盡本份來參加反共抗俄的艱巨工作。一般的反共抗俄工作，是根據國家的法律和各人對國家民族的義務來參加的，一元獻機運動，是出於個人的自覺及出於個人的自由來參加，不論出力的多少，只要大家有自動自發的精神與決心，來跟共匪俄魔作殊死鬥。這是反共抗俄及爭取民主自由之生活，也就是民主政治與極權政治的鬥爭，而且是傳統文化與自由生存要受毀滅及不受毀滅的大關鍵，這是超出國家法律範圍以上的精神生活確保的奮鬥，換句話說，有這民主自由，我們就可以繼續傳統的生活，如果沒有民主自由，現在一切的文化制度要被共產極權推翻，那末，大家的生活就沒有希望，這是人類生活最後的毀滅。因此，無論在法律的義務上及自由的精神上，大家都要有自覺自決的精神，來參加這生死存亡的鬥爭，才能成為堅強不拔的力量，以制服共產極權的兇狠跋扈。

一元獻機運動的主要目的，不是在金錢而是在精神的奮起與集中，無論集中財力多少，祇要全民的男婦老少一個個都能認清敵人，集在一起而行動，其價值是無可限量。特別是中華民國的復興，全部靠在台灣一省的存在，本人以台灣人的身份，希望本省同胞都能徹底了解，無論男婦老少都能普遍的踴躍參加，來做反共抗俄一份子之尖兵。我們內部能充份徹底振作起來，台灣不但是完成復興中華民國的基地，也是世界民主陣線最堅強的一個前鋒，所以我們能夠這樣的一致奮鬥，對於國家民族以及對於世界民主自由都是最大貢獻，其光榮與意義實在是無可估價。本人以為此時此地生為台灣人是絕對地光榮，感受特別地快樂。

至於民主陣線與共產極權鬥爭，民主陣線一定勝利，共產極權一定與第二次世界大戰時的日本與德國一樣，暴力終歸被制服，共產極權一定被消滅，民主自由各國必定獲得勝利，我相信大家都有此信心，大家一致來奮起來鬥爭，敬祝同胞的康樂。

（四十年九月十二日在廣播電台廣播詞）

為肅清匪諜告我台灣民眾（一九五一、九、卅）

各位同胞：

共匪俄帝的惡毒已為世界各國民眾所洞悉，如果共匪不除俄帝不滅，則世界各國歷史，便要重新從頭寫起，不但是中國五千年來的傳統文化，即世界各國各民族的固有生活方式，都要受其破壞與毀棄。向來世界人類無不珍重家庭的生活，而今共匪侵擾的地方，家庭必先為其破壞，父子夫婦的倫常盡被毀棄，兒子可以鬥爭父親，夫婦可以隨時分隨時合，生男育女可任性遺棄，所謂「血統」「世系」「孝養」「貞節」，都認為陳腐頑固落後的名詞。

其次共匪是無神無佛，認為宗教是鴉片。無論宗教是有高低真偽的分別，世界任何國家，都是依各人之智識習慣，任其自由選擇信仰其宗教，我國的憲法，也是規定宗教自由，惟有共匪否認一切的宗教，而以俄帝史魔來代替神佛，尊奉為絕對的權威。孔子云「獲罪於天無所禱也」，對此萬惡之共匪，現已天怒人怨，全世界的民主自由國家一天比一天自覺起來、團結起來，將來必定打倒帝俄共匪，是毫無疑義的。

共匪在中國大陸禍國殃民屠殺同胞，並不是有三頭六臂的能力，他們所以能夠橫行一時的原因，第一是過去政府措施失當，多數官員不長進，結果，人民困苦，民心離散；第二是人民智識太低，幾千年來受帝王政治之愚民政策所束縛，容易受欺騙；第三是共匪毒素乘隙滲入，擴大宣傳政府之不是，鼓勵人民反抗政府，而帝俄又在背後抽線，供給力量。有此三種原因，以致人民與政府漸漸脱節，而變為全國大亂不可收拾的局面。台灣現時所以能夠這樣的安定，就是沒有以上三種的因素。現時政府力求進步，為國家人民而服務；台灣義務教育普及，人民的智識稍高，不易受欺騙，而共匪的毒素，經過二年來的積極消毒，也已大致肅清。其中共產匪諜在台首領如蔡孝乾、洪國式等，迷途知返，自首者已有多人，現正提供線索，戴罪圖功，散佈在各地的匪諜份子，亦已按圖索驥逐漸就捕。

政府此次公佈匪諜自首辦法，特別寬大，限期至十月底止，凡參加匪黨組織或匪黨外圍以及附匪黨派的份子，應明「過勿憚改」之義，勇於自首，再做新人。如仍執迷不悟，則台灣四面環海，無法逃避，在戶籍嚴密與偵查之下，縱使能僥倖藏匿於一時，終必為政府所拘獲，自蹈法網，後悔莫及。此外凡有知悉匪諜之人，應即勸告其自新，否則應予檢舉。須知共匪無法無天，對於人類良心最高理想之神佛，猶欲作對而加以毀滅，更有何事而不敢為。大家如對匪諜姑息不做檢舉，即是等於自殺，人類之自由生活，將因共匪之糜亂而永遠被其斬絕。今日台灣之安全及中華民國之復興，均與肅清匪諜是有絕對重大之關係，願我全台民眾同心合力協助政府以竟全功，而維護我國家民族之命脈。

（四十、九、三十）

台灣光復六週年紀念節感言（一九五一、十、十五）

十月廿五日是台灣光復六週年紀念日，回想台灣過去被日本統治五十年，受其種種壓制榨取不平等的待遇，歷歷如在眼前。比如在教育方面，台灣人的子弟即不能與日本人的子弟獲得同等的機會，小學及中學教育，台人與日人須分校就讀，其目的在不欲我與彼達到同一智能水準，因此，高級教育則不願意台人問津，加上千思百慮重重防止的阻撓，即讓台人受高級教育，亦以醫學及法律為多，這是只許台人有服務謀生的粗淺智識，而不許有政治管理的高度能力。在經濟方面，純粹以榨取台灣人的血汗為其方針，所有廉價粗製原料出在台灣，而精製加工的高價物品，則來自日本，又如其糖業政策，不管是私有土地，強迫分區種蔗，既無耕種買賣的自由，那肯同你來講價錢，蔗價勿論是他們給你定的，辛苦的是台灣人，獲厚利而享受的是日本人，事之不平，莫逾如此。在行政方面更大有差別，高級主管人員不必說是日本人，即小學校長亦幾乎全是日本人，當時警察分為巡查、巡查部長、警部捕、警部、警視等級，台人任為警部的，僅有一人而已，這高貴的一名是當翻譯工作的，不過在教育界簡任級的有二人，在行政界的五十年之間僅有一人，這亦是在辭職之前始昇任的，僅給一空銜便是了。雖然，對於台灣人的最低生活，還是認真加以考慮，但絕不給你優裕，亦不使你死亡，舉凡交通水電衛生的設施，日語的普及，以及社會秩序，這些都是為利用台灣人的勞力謀其利益，他們事事都做得周到。總而言之，在日本帝國主義統治時的台灣人，只有義務沒有權利，只受管制沒有自由。

距今六週年以前，我們中國勝利了，日本投降了，台灣人五十年的奴隸生活一旦解除，重歸祖國懷抱，脫離專制的淫威，立享民主的幸福，光復以來本省同胞參與政治的地位，與各省同胞平等。在中央政府本省人士參加的，有監察委員五人、立法委員八人、考試委員一人、政務委員一人、常務次長一人，還有被選任立法院副院長一人。在省政府委員廿三人當中，有十七人為本省人士，現在民政廳長、建設廳長、農林廳長、衛生處長，皆以本省人士充任，其餘司法方面、教育方面及各級機構主管或職員，祇須本省同胞有工作能力，均有同等的機會。在各縣市政府以今年實施地方自治，各縣市長全由人民直接選舉，充分予人民以自由，貫徹民主的新作風，比較各省的同胞，還後來居上。現在正籌備省議員的選舉，以成立臨時省議會，將來情勢許可，比國內任何省分或者會先來選舉省長的。這樣的民主參政機會，與日治時代的專制情形比較，不啻有霄壤的分別，撫今追昔，是有無限的感慨，無限的興奮。勿論需要往前進步的地方還多，斷不可以就目前的程度做為滿足。

現在中央政府全部在台灣，台灣已為復興中華民國的基地，我政府整軍經武，勵精圖治，對三民主義的民生主義，特別注意推行，準備反攻大陸，收復舊有河山。台灣同胞大多數是隨鄭成功自福建而遷來的，熱愛祖國，目擊大陸淪陷的淒慘，深知前途責任的重大，尤以過去受日本壓制剝削，痛定思痛，愛國心情益加強旺，現在雖負擔甚重，但為了驅逐俄寇打倒共匪，當然亦願意甘心咬住牙根來苦幹。際此旋乾轉坤的大好時機，正是我們台灣同胞效忠報國、建功立業的千載難逢的大時代，將來復興祖國，台灣在歷史上必有輝煌燦爛的一頁，願我全台同胞一致奮起把握時機，為確保民主自由復興中華民國而徹底效力。

台灣地方安定，過去的工業亦有相當基礎，祇因受日本榨取以後，資金缺乏，較大企業難以展開，亟盼華僑來台參加經營，以自力更生的決心，加強反攻的力量。「華僑為革命之母」，現在革命尚未完成，責任未了，願同心協力攜手並進，充實國家實力，以完成反共抗俄的大業。

中央改造委員會第四組索稿寄送海外
並登於《中華日報》台北版　四十、十、十五擬

總統六五華誕獻詞（一九五一、十、十六）

中華民國四十年之建國歷史，創業開基的是　國父孫中山先生，而發揚光大開展規模的，則為今　總統蔣公。自民國十四年以後，剷除軍閥，統一全國，八年抗戰的勝利，及不平等條約的取消，這些大責重任，偉績豐功，都是我們英明的領袖　蔣公，秉承　國父遺志，堅苦卓絕領導奮鬥的革命成果。在這一段的建國過程中，所遭遇的困難，是史無前例的，而所有敵人之中，最險惡陰毒殘暴兇狠的，莫如共匪與蘇俄。往事班班，於今為烈。蓋共匪倚靠蘇俄為主子，蘇俄利用共匪為工具，內外呼應，詭詐百出，其聲勢，其手段，均非軍閥及日寇所可比擬，每當我們革命事業開展的時候，他們即藉端搗亂，每當我們國家民族危難的時候，他們即乘火打劫，真是防不勝防，忍無可忍，而其欺騙虛偽之宣傳技巧，又足以迷惑國內人心，淆亂國際視聽，幸我領袖　蔣公，天縱英明，始終以大無畏的精神，二十餘年來領導國人與共匪蘇俄作殊死的決鬥，堅決果斷，不稍遲疑。今者赤焰滔天，威脅世界，而我國家民族，仍能保留基地，繼續圖存，傳統文化，仍能維繫不墜，賡續發揚者，斯乃　蔣公苦心孤撐之功。不但往者如此，即今後維護世界和平，消滅共匪暴政，反攻大陸，復興民國，國內外異地同心，亦惟

寄熱望於我　蔣公之英明領導。　蔣公矍鑠精神，鋼鐵意志，亦正在臥薪嘗膽，生聚教訓，以負起此歷史絕續存亡之重任。

掃除革命障礙，是　蔣公之革命手段，而實行三民主義，才是　蔣公革命之真正目的。在民權主義方面，　蔣公所致力的是如何完成一個近代的民主政體，經過數十年的奮鬥，於民國三十七年五月五日，召開國民代表大會，始創制了一部輝煌完善的現行憲法，所有民主自由的確保，人民權利義務的規定，均有詳細列明，這憲法是以三民主義為最高指導原則，經過全國代表大會慎重通過的，它不僅是人民權益的惟一保障，也是反極權反專制，打擊共匪的有力武器，今後在我　總統蔣公領導之下，與國人共守弗渝，有治人又有治法，我國家千百年長治久安之基，實當惟此是賴。

對於台灣，　蔣公之深仁厚澤，尤是我們不能片刻忘記的，台灣受日本統治五十年，只有義務沒有權利，只受管制毫無自由，迨一聲光復，立即歸回祖國懷抱，出水火而登衽席，去枷鎖而復自由，今年復實施地方自治，官吏由人民選舉，法律由人民創制，所有政務，均以民意為依歸，凡此皆近數年之內，為　蔣公一手領導而造成。台胞飲水思源，戴天知重，今後崇德報功之道，惟有仰體　蔣公意志，一面本憲法以完成地方自治，一面忠職守以參加反共抗俄，台胞重道義，尚氣節，必不辜負　蔣公殷切之期望。

不過，際此艱難之會，一國之事，不能讓　蔣公獨任其勞，忠心而健全之幹部，實在是不可少的。　蔣公總持大綱，幹部分層負責，上下同心，事方有濟。二十年來，　蔣公本天下為公之心，所培植羅致之幹部不少，而惜乎未能盡得幹部之力，且有不少重要幹部，損德敗行，誤國殃民，反貽　蔣公之憂者，言念及此，能不令人感慨？茲逢　蔣公六五華誕良辰，培火以為全國文武上下幹部，均應以痛切反省之心，檢討自己之功過得失，然後本其赤忱純潔之身，貢獻一切，效忠弗貳，為領袖分勞分憂，以盡幹部當前之本分，培火不敏，深願以此自策，並追隨諸君子之後，以此為
總統蔣公萬壽無疆之祝。

刊於《軍中文摘》四十年十月十六日擬

一元獻機祝壽（一九五一、十、廿六）

中華民國四十年之建國歷史，創業開基的是　國父孫中山先生，而發揚光大開展規模的，則為今　總統蔣公。自民國十四年以後，剷除軍閥統一全國，八年抗戰的勝利，及不平等條約的取消，這些大責重任，偉績豐功，都是我們英明的領袖　蔣公，秉承國父遺志，堅苦卓絕領導奮鬥的革命成果。在這一段的建國過程中，所遭遇的困難，是史無前例的，而所有敵人之中，最險惡陰毒殘暴兇狠的，莫如共匪與蘇俄。往事班班，於今為烈。蓋共匪倚靠蘇俄為主子，蘇俄利用共匪為工具，內外呼應，詭詐百出，其聲勢，其手段，均非軍閥及日寇所可比擬，每當我們革命事業開展的時候，他們即藉端搗亂，每當我們國家民族危難的時候，他們即乘火打劫，真是防不勝防，忍無可忍，而其欺騙虛偽之宣傳技巧，又足以迷惑國內人心，淆亂國際視聽，幸我領袖　蔣公，天縱英明，始終以大無畏的精神，二十餘年來領導國人與共匪蘇俄作殊死的決鬥，堅決果斷，不稍遲疑。今者赤焰滔天，威脅世界，而我國家民族，仍能保留基地，繼續圖存，傳統文化，仍能維繫不墜，賡續發揚者，斯乃　蔣公苦心孤撐之功。不但往者如此，即今後維護世界和平，消滅共匪暴政，反攻大陸，復興民國，國內外異地同心，亦惟

寄熱望於我　蔣公之英明領導。　蔣公矍鑠精神，鋼鐵意志，亦正在臥薪嘗膽，生聚教訓，以負起此歷史絕續存亡之重任。

對於台灣，　蔣公之深仁厚澤，尤是我們不能片刻忘記的，台灣受日本統治五十年，只有義務沒有權利，只受管制毫無自由，迨一聲光復，立即歸回祖國懷抱，出水火而登衽席，去枷鎖而復自由，今年復實施地方自治，官吏由人民選舉，法律由人民創制，所有政務，均以民意為依歸，凡此皆近數年之內，為　蔣公一手領導而造成。台胞飲水思源，戴天知重，今後崇德報功之道，惟有仰體　蔣公意志，一面本憲法以完成地方自治，一面忠職守以參加反共抗俄，台胞重道義、尚氣節，必不辜負　蔣公殷切之期望。

不過，際此艱難之會，天下興亡，匹夫有責，全體民眾必須同心協力效忠領袖，報效國家，現在的一元獻機運動，就是要大家自動地各盡所能，各盡本份來參加反共抗俄的艱巨工作。一般的反共抗俄工作，是根據國家的法律和各人對國家民族的義務來參加的，一元獻機運動，是出於個人的自覺及出於個人的自由來參加，不論出力的多少，只要大家有自動自發的精神與決心，來跟共匪俄魔作殊死鬥。這是超出國家法律範圍以上的自由精神的奮鬥，有這自由精神的全民奮鬥，我們就可以繼續傳統的生活，如果沒有自由自決的全民一致的奮鬥，現在一切的文化制度都要被共產極權推翻，那末，大家的生活就沒有希望，也就是人類生活最後的毀滅。因此，無論在法律的義務上及自由的精神上，大家都要有自覺自決的精神，來參加這生死存亡的鬥爭，才能成為堅強不拔的力量，以制服共產極權的兇狠跋扈。

一元獻機運動的主要目的，不是在金錢而是在精神的奮起與集中，無論集中財力多少，祇要全民的男婦老少一個個都能認清敵人，集在一起而行動，其價值是無可限量。特別是中華民國的復興，全部靠在台灣一省的存在，本人以台灣人的身份，希望本省同胞都能徹底了解，無論男婦老少都能普遍的踴躍參加，來做反共抗俄一份子之尖兵。我們內部能充份徹底振作起來，台灣不但是完成復興中華民國的基地，也是世界民主陣線最堅強的一個前鋒，所以我們能夠這樣的一致奮鬥，對於國家民族以及對於世界民主自由都是最大貢獻，全世界的民主自由國家，是與我們站在一起的，最後勝利終是屬於我們。茲逢　蔣公六五華誕良辰，培火以為最實際而最敬意的祝壽，莫如動員全體民眾參加獻機，參加奮鬥，矢忠領袖，效力國家，將來鐵翼蔽空，重歸大陸，預祝明年以後之祝壽，萬眾歡騰地在大陸之首都並普遍於全中國，大家更隆重地再來慶祝。

刊於《民力月刊》

四十、十、廿六日擬

再告迷途青年（一九五一、十二、十二）

自由中國之精神，在維護國家民族之傳統，祈求國際平等之合作，以及世界永久之和平。政府對於迷途青年，寬大為懷，一再勸告並予以優待自首之機會，廣開自新生路，不比共匪蘇俄，滅絕人性，以暴力專事殺伐。在寬大仁慈與暴力殺伐之兩種作風中，迷途而未自首之青年，應即有所抉擇。須知台灣四面環海，無處可逃，政府有六十萬大軍，保衛力量，極為鞏固，全島民眾，均一致痛恨共匪，摘發檢舉，線索靈通，縱能躲藏於短時，決難潛伏於永久，不過時間問題而已。現雖自首運動截止，自十二月一日起至二十日止，為加強檢舉時期，然而對於迷途份子之自首，仍是隨時歡迎，從寬處理。本人過去四十年間，為台胞之幸福服務，斷不撒謊欺騙你們迷途之羊，希信吾言，早日勇敢自新，必得生命之保障，倘仍執迷不悟，一經拘究，決予嚴辦，自蹈法網悔之晚矣。

自由民主為人類天性所期求，共產極權滅絕人性，文明各國已急起對付。本人對於共匪與附匪份子，本甚痛恨，惟念各人同為父母所生，均為國家之一份子，迷途知返，貢獻國族為時正多，深盼及時醒悟，勿再誤信邪說，害己害人，攜手共赴國難，為真正自由民主人生而奮鬥，善莫大焉，真大丈夫正該如此，盼即抉擇。

農民節感言（一九五二、一、十六）

國內外人都說，「中國是農業國家」，台灣的情形與本國大陸的情形，雖有些差別，但根本講起來，農業是主，如離開農業，台灣恐怕就無以生存，這觀念希望舉國全省人士都要明瞭，而對農村農民需要加以愛護與尊重。這個根本觀念，關係很重大，現在政府為公平分配起見，對於三七五減租，已經徹底推行，公地放領亦正積極實施，扶助自耕農的政策，已經次第實現，終須達到耕者有其田的　國父遺教，這是政府對基本觀念的認識與努力，現在在台灣做起，將來反攻大陸後，相信這些根本政策亦必推行於全國。

扶助農村的途逕，不祇一端，為期力量的拓大，需要各界社會人士共同的合作與努力，為之設計，為之指引，為之救濟，為之保護，使農村發展而趨於繁榮。但是農民本身，更需要自己覺醒，不荒蕪土地，不空閒時間，不濫費金錢，不磨折人力，把握時間空間努力增產，物阜民康，向康樂的大道而邁進。如果民間自覺沒有建立，政府雖有好政策也不能發生效果，譬如台灣已經完全實施地方自治，其成果如何，就要看地方人民有無自覺而發揮地方自治的能力以為斷。

我現在要特別提起最重要的問題，就是農村的教養問題，亦即是農民的智識水準與精神修養的問題，這個正是活力源泉的問題。年輕的人可以在學校學習，已經有相當規模而且次第在拓充進步，但一般成年人特別是農工婦女，仍與國內差不多，直到於今都還是聽其自然，農民自己不自覺，地方人士都更不關心，我本人深深感覺遺憾，所以在農民節特別強調這一點。智識水準高而精神夠飽滿，生活才能向上，無論地方領袖與大眾農民，希望多加注意研究，有沒有可以輕易來提高成人的智識水準與精神修養的寶貴之路，依照現在的狀況，對於農村成人教育，真是百年待河清絕對無辦法。教養本來是要從內振作自己，先有自覺為前提，不是單靠政府在外來補助可以做得到的，何況現在正要反共抗俄，政府是沒有餘力來做此事，所以要來推行農村以及一般的成人教育，必須發揮農村地方的自治能力，是最重要的根本要著。

四十多年前，我即感覺通過地方方言來施行成人教育，是非常適宜而輕易的辦法，至今還不放棄這個主張，還是努力在提倡，可惜大家不關心不用力，於今仍未能推動，因我力量薄弱，喚不起大家來共同實行。最近我參加政府工作，得有機會發言，利用國語注音符號，來標寫地方方言，以做農工婦女成人教育的橋樑，已經對黨政有關部門提上建議，均蒙表示贊同可行，不過在這反共抗俄時期，經緯萬端，尚未計劃怎樣來推進。我本人以為這是建國的基本要圖，所以我始終不放鬆努力，不論任何事情做得到或做不到，都在其次，惟關於這項事情，有生之日，我必努力而望其實行。前月二十日行政院設計委員會開大會時，我又強調過這點，不但在宣傳主張上努力，在實際準備著作方面也在孜孜地進行，希望大家同來協力，以促其成。

我以前用台灣方言曾作過歌，內有幾句寫在下面：「……進步由教育，幸福大家造，大樹根底在，風雨掃不倒」。另有：「……所收歸厝間，所吃有幾碗，世間看咱輕，度量放開闊，大樹透天青，灌沃才會活，耕作是神聖，正是活水泉」。茲特錄此以慶祝本屆農民節，並做本文的結語。

中華民國四十一年一月十六日稿

基隆碼頭工人大廈落成紀念（一九五二、三、十八）

基隆市碼頭運送業職業工會以碼頭工人大廈落成，欲發紀念特刊，要我寫文以資紀念，因此略寫幾句以為祝賀。

國父首倡三民主義特別是民生主義受人尊重以來，政府對此方面政策，特別用心，就是要使一般人民的生活分配享受得到公平，使大家的生活能得平均康樂。因此社會一直進步向上，不但是一般民眾如此，而工人自己也能努力向上，加強團結，表示力量，這是真好的趨向。此次碼頭工人大廈落成，就是表示碼頭工會能於自己努力向上，能於自己團結工作的具體成就，真可值得慶祝。

現在世界各國各民族多少都有沾受馬列主義的毒素，到處擾亂破壞，不但我國大陸淪陷於共匪之手，就是整個世界已到了毀滅與不毀滅之前夕，不但一般的人民如此，就是工人方面也朝不保夕流離失所陷入了淒慘的境地。我們應該明瞭工人在國家社會的重要性，工人本身要來主張其立場與力量，是不可非議的，但是倘若發揮力量不得其當，專藉破壞擾亂以求進步向上，那是極大的錯誤，害毒人群無過於此。現在世界各國對此行動都在防止，我們自由中國的台灣，不但政府密切注意，就是一般民眾也在關心提防。我們台灣的工人能識大體，不受馬列主義毒素之影響，依照三民主義修養自己，來加強團結表現力量，這在今天大廈落成之日，真是有很大的重要性，感覺非常的歡喜。但是工人諸君，需要時刻警醒，不受意外的威脅，而確保國家的立場，與維護民族的生機，在這原則上大家一道來努力貢獻，這是本人深深的盼望。

馬列主義的最大毒素有三點，第一點，就是勸人否認自己國家民族的存在，忽視自己的文化歷史，來崇奉共產極權主義的蘇俄為主子。第二點毒素，就是鼓勵用武力暴亂來改革國家社會，用無人道無天良的強盜行為來爭奪政權。第三點毒素，就是假冒人民民主的美名，實行極權專制的政治，使人民毫無自由，工人過著牛馬不如的生活，這是全世界任何人都已經明瞭的事實。這幾點不但一般人民需要明瞭，尤其是工人諸君更要特別提高警覺。本人寫這幾句，希望大家朝著光明的方向而前進，共走民主自由復國勝利之大道而努力，並做為工人大廈落成紀念之祝詞。

暴者必滅（一九五一、四、十八）

各位聽眾同胞，共匪現在在我們祖國大陸，施行暴行，慘殺同胞，以遂其極權專政之野心，為舉世所周知之事實。在共匪未奪得政權之前，假裝寬大和平，欺騙大眾，容納各黨各派份子靠攏，煽動軍政動搖人員投降。一到了大陸沉淪奪得政權之後，立即揭開猙獰面目，佈下天羅地網，不但居住、言論、集會、結社、信仰、宗教等項人民權利無一自由，即人民之生命、財產，完全受其暴力控制，生殺予奪，任其為所欲為。

在我國歷來流寇作亂，橫遭慘禍的，祗有在流寇駐在的地方，流寇過後，地方秩序即可恢復。所殺的對象，亦在與其抵抗時候加以屠殺，打了勝仗之後，還知出榜安民。即在日本侵略中國時代，暴行殺戮，大致還是加於反抗日本的人，凡是善良人民及服從他的人，猶有求饒免死的地步。可是現在共匪的暴行，其殘酷毒辣之手段，較之流寇日敵，更加至幾千百倍。

各位同胞！現在大陸的淒慘情形，根據各方面的確實消息，正在封鎖四境，逐家清查，凡是以前充任過公教人員、保甲長人員及不與其作夥的黨團員，固然一律拘捕無一倖免，即地方士紳中農以上之善良人民，亦利用「土改」「惡霸」「善霸」「不霸」「反動」「國特」等等莫須有罪名，驅使爪牙加以清算鬥爭。以致鎮壓令下，雞犬不寧，無數同胞，恐怖於鐵蹄之下，上天無路，入地無門，男女老幼，都有隨時隨地慘被共匪拘捕屠殺之危險。在祖國境內，每一縣份，横受拘捕殺戮的，至少數百人，多的以萬計。試問古今中外受禍地域之廣，屠殺人民之多，有甚於今日共匪之屠殺我們祖國兄弟姊妹乎？且其殺人方法，殘暴不堪，或用剝皮，或用火燙，或用活埋，或用細割，強迫子殺其父，弟殺其兄。試問古今中外，其野蠻滅裂，慘絕人寰有甚於今日共匪之殘暴乎？

各位同胞！自古以來流寇必被消滅，侵略者必被打倒，共匪在大陸如此瘋狂殘暴，已激起大陸同胞普遍堅持反抗之決心，我們現在台灣，應即一致奮起，提高警覺，各守崗位，效力國家，準備反攻號角一響，立即以全部精神氣力，迎接此大時代之來臨，我信暴者必滅，黷武必敗，最後勝利，必屬於我們愛好自由平等之國民，敬祝各位健康與奮鬥。

四十年四月十八日在廣播電台廣播

最近所得觀感（一九五七、三、廿八）

各位先生：培火自去年十二月中旬起，奉行政院　俞院長准許，擬在一百天的期間，往各縣市舉行公開演講或座談會，說明國際情勢，加強反攻復國信心，增進內部團結，尤其是期望在第三次縣市長及省議員選舉的時候，能於澄清選舉的不良作風，有利地方自治的進步，至本年二月廿一日經過本省東南部八個縣市，在嘉義縣大林鎮，感到體力不支，乃中止計劃回返台北休養。現在身體雖然略見康復，但因在各地所得的觀感，使培火減低勇氣，正向院長請求准許截止計劃，不再繼續出去工作。

今晚承蒙　黃副院長少谷先生、陳秘書長瑾功先生，邀約本黨同志有關首長、各位先進先生，聽取培火最近所得的觀感，實在感激萬分，培火所要報告的觀感，如有不實不對的地方，懇請　諸位先生指正，培火深為感謝。但是有一點培火想先請求　諸位先生諒解，培火今晚要報告出來的話，或者在一般來看，要過於坦白，過份刺激，所謂危言聳聽，要受這樣批評。或者要被認為培火是代替本省人說話，是感情的說話，培火斷不敢這樣，培火到現在的年齡，一向是吃苦的日子多，光復後黨國的先進、各位先生，對待培火特別好，才有今日的生活，那裡還有什麼感情的話可說？培火雖然是愚蠢，亦斷不會忘記身為國家的政務委員，怎敢只代替地方代替部份的人說話，反轉是因為培火深深牢記國家付託之重。 總裁以及 各位先進先生愛護之殷，在此非常時期不能苟且卸責有虧本份，專為黨國興盛著想，知無不言言無不盡，以備各方有關的參考。況培火是本地出身，比較在見聞上略有方便，故自以為特別負有責任，倘若知之不言，言之含糊，培火將何以上對國家領袖，下對人民同胞，這點培火的存心與愚誠，是要敬請諸位先生先予原諒的。

第一點要報告的，是黨內提名投票的情形，培火所聽到的若是沒有不實的話，則選賢與能的理想，依照現狀實在無法實現，本黨的信譽在地方民眾的心目中，可謂蕩然無存，培火感覺拿不出勇氣，再來鼓勵民眾選賢與能，熟識朋友之中嗤笑培火的演講，好像「空谷的雷聲」，沒有人在聽呀。此次黨內的票選提名，有人說是銀票提名，多用錢的就可以提名，而用錢的方法應有盡有，有聯繫有組織的地方用錢要愈多，雇車送車票接人，定館子請客，甚至亦有集團議價的，送煙包或是代納黨費的算是文雅的部份，因此競爭激烈的地方，亦有用了三、四十萬元，平均要拉一張票，有的地方總要一百元之譜，沒有錢的好人，是絕對沒有機會可以被提名。在本黨黨內的選舉風氣已經是這個樣子，還有什麼力氣，再來鼓勵一般選舉的風氣好起來呢。

第二點要報告的，是地方公務員服務工作的情形。 總統所昭示的新速實簡的辦事服務四大準則，大家亦都口口聲聲說必定遵行，到處的辦公廳都也大書而特書在牆上，但是實際情形依民間的批評恰恰相反，一點也不新，依舊是那一套官僚的作風，民眾依舊畏懼到衙門，以不近衙門為上算，要上衙門便要做送人情的準備，不然就不要想走得通。低級公務員的生活，實在也是夠苦了，所謂窮則變，大概是逃不出這個原則，各個人都在動腦筋想辦法，想有機會利用他手裡的權柄，得一點好處，受害的是政府的威信，行政工作的效能低落，老百姓的腰包吃虧就是了。在耕者有其田政策實施的時候，這樣情形特多。在稅務方面，民間的指責尤甚，培火此次出差到台南，就有培火的出生地北港居民蘇建智，向我提出這樣的陳情書，……宣讀蘇的陳情書（附註在後）……蘇是本黨黨員，他向縣黨部、縣政府亦有同樣的陳情。培火乃即與縣黨部林主委金生、吳縣長景徽商量，特請他們各派親信的人調查事實，其結果黨部的完全與陳情人的陳訴相符，縣長的雖然稍有出入比較接近，由稽征處所查的結果，就大大不同了。同一案件，調查的人不同，結果就如此不同，實在不無可疑，培火返北後寫信催問吳縣長辦理情形，其復函在此，培火正不知要如何來處理此案。

第三點要報告的是民心的趨向，比較地說，這次培火感覺智識份子都不大願意談政治，不說老實話，一般有錢的都不太想積蓄，吃穿都比以前大方得多，不僅市鎮是這樣，農村的人亦都不像從前那樣的儉樸。除非公事或在業務上的需要，內地人與本地人之間，以自發地努力互相交往接近的事很少很少，特別感覺到一般對本黨愈來愈不關心，這些話恐怕過於坦白，培火是出自至誠奉告的，培火自己以為不照實情奉告，對國家民族的良心，實在是過不去，時常有好朋友勸培火，不要這樣地忠誠說話，這樣於個人是很有危險，培火不以為然亦顧不得，懇請各位先生原諒。

培火深切知道本地人的心思，簡單給他説出來，就是「台灣已經完全光復了，而本地人的地位尚未完全光復」。林獻堂先生在政治上社會上的苦悶，可以説亦是在這一點，培火知道他老人家，對我中華民國以及我政府，他是非常愛護而忠誠的，他對反共抗俄的決心與用意，又是絕對堅定而不落人後，這些都有他的言動在證明。前年培火往日本東京，勸他回來共同做事，他問我有什麼具體的辦法，培火就將在四十三年九月末呈本黨中央黨部建議書的要點，陳述給他聽，他就親切地告訴我，叫我先回台灣按照我的計劃試試看，本黨以及政府倘能真正地有此決心實行改革，他老人家説他還可以活三、五年，明年（即四十五年）再來日本告訴他，真地有了結果，他一定跟培火回來一起幹。談後大概是他感覺到心情有點興緻吧，就在他的會客室叫人拍了這張相片做紀念。他老人家沒有再活三、五年，培火的建議而今亦還沒有著落，實在不無渺茫之感也。

在此附帶報告，培火這次親自體驗的一段小事實，培火經過台東、屏東、高雄、台南各縣市，在台南市由楊市長主持，培火當主講，一月廿八日在市政府開了一次座談會，參加者各界人士約一百五、六十名，培火發表約近三十分鐘的講話，發生了在各地未曾發生的問題。茲僅將發生問題的部份概約報告，敬請各位先生指教。培火說「本人在某些地方聽到有人說，甚至有人在公開場所説，國民黨員、亦有警察人員干涉選舉，勸告國民黨以外的人不要參加競選，勸告黨外的人要投國民黨候選人的票，不然則將有不良的後果，這樣豈是民主自由的作風。培火說各位在貴市有沒有聽到看到這樣的話與事實，本人以為在我們需要馬上反攻的這時候，若是真地有這樣的事情，這不只有關國民黨的聲譽，亦會使民心散亂而使民眾漠視政府，使政府失了威信，這是必須檢討，而加以防止的事情。」後來有一位姓連的年輕記者發問說，蔡先生這些話若是在黨內發表是可以的，但是今天的場合是公開的，本人以為不可以在此發表，蔡先生貴見如何。培火問他，先生是那個報社的記者，他答是《中華日報》的記者，培火又問，那麼你是不是國民黨黨員，他很有自信地答覆說，當然我是國民黨黨員，我們《中華日報》是黨報，當然必是黨員才能當記者。培火說，本人是《中華日報》的董事，《中華日報》雖然是黨報，不一定必須黨員才能當記者，你不能這樣隨便說，你這些話真正不可以在這場合發表，至於本人的話還是要在這場合發表，嗣後又有一位姓何的青年發問，說他亦以為培火的話不宜在那場合發表，培火答覆說，先生既然亦一樣主張，本人可以讓一步想，假如我們不準備馬上反攻，反攻還在一段長期時間之後，我們可以從長計議，這樣本人則可以同意貴見，但是在我們獨自的立場，我們是需要馬上明天就要反攻的，從長計議唯恐來不及時，何況本人是很不容易出來開這樣會，本人仍是不得不在此場合發表，請大家有則改之無則加勉，以應國家的需要。自有此事以後，聽說在一部份人之間，說培火有叛黨行為，《中華日報》就決定不刊印培火行動的消息。地方的情形也有如此嚴重的一面，附帶報告做參考，請　各位先生不要以為是培火小氣，連這樣的小事也要提起，實在地方的空氣是相當地沉重，需要大家清楚。

各位先生，我國近年來在軍事、治安、教育、交通、生產、貿易等各方面皆有相當的成就，但是在上面報告的幾點，可謂純政治情形的方面，培火感覺還沒有顯著的進步，而在智識份子中間，對此各點相當有指責，我們是不是在還沒開始反攻的空隙之間，需要趕快來做好這些方面的工作。下面謹陳幾點鄙見，是否適當，請教於各位先生。

1、集中意志的方面，我中華民國立國的大本是三民主義，而三民主義的根源就是反共抗俄的世界武器民主自由，我們必須有此知覺與表現，才能團結國內的意志，才能獲得盟邦的合作。但是我國又是行憲法治的國家，在反攻復國的現階段，為須展開革命軍事的行動，實在不能完全採取通常的自由競爭方式，來施行民主政治，這是做為執政黨的本黨不得不堅持的立場，亦是本黨苦衷之所在，本黨在實際表現的時候，稍有過份不得宜之處，則殊難為一般所諒解。統觀內外的現狀，培火以為開始反攻的時機，不在於盟邦協助的程度如何，而是在於我們內部意志集中的程度如何，假使盟邦願意協助我即行反攻，培火斷不敢草率而表贊同，反之，假使我們內部的意志已經集中，就是本黨獲得我全民的愛戴，而盟邦雖然沒有如何的表示，培火則敢主張馬上開火進攻匪區，培火以為盟邦必視我為他們的前鋒部隊，不能坐視我孤立無援而被共匪消滅，我們必能在死裡獲生，肇建世界太平的宏基，盡在於我而已耳。

集中意志之道如何，本黨有其建國之歷史與復國的使命，本黨又有其中外所敬重的領袖，本黨又為舉國反共抗俄最大的力量，可惜，本黨未能集中全國的意志，這是萬人皆知的事實。其故何在，不是本黨努力不夠，而是信心與作風大有其問題。只待本黨去實踐而已。信心者信歷史信道義，不信唯我獨尊、不信方便主義，信歷史道義，則人心有所歸向，不唯我獨尊、不方便主義，則人人踴躍而追隨我們。別的且不說，僅就台灣的實情而言，光復之初，台灣的中國民族道義的五十年抗日歷史，不幸被陳儀等以唯我獨尊與方便主義的作風，摧毀殆盡，其影響所及顯出今日台灣人心之離散，林獻堂先生遠避異國，不甘目睹此慘狀，而讓本黨儘量行其心之所欲。培火奉告　各位先生，今日的台灣同胞，一般看來，幾幾乎成了一盤散沙、金錢至上無所不為的群眾，本黨倘不再想補救辦法而即開始反攻，則培火情願先死在　各位先生出陣反攻之馬前。幸蒙　諸位先生垂鑒愚誠，俯問補救之法，培火請將四十三年九月廿七日，呈奉中央常務委員會轉呈　總裁之建議書，在此重陳其要點。

第一，本黨省黨部以下應迅予改革，俾成為真正地方的黨部，務求儘量吸收領導地方的人士於黨內。

第二，及早施行真正的地方自治制，使地方人士有實權治理地方，發揮個人的才能。

第三，台籍部隊需要以特別任用的台籍將官領導其起居生活，如是則互信之心建立，意志自然集中。

2、增強力量的方面，力量的來源在人與物，我們人少地狹，本黨在集中意志的工作上有成就，部份力量即可增強，但只僅本黨的力量增強，是不足以適應反攻復國大業之需要。因此，不得不擴充範圍廣為聯繫，在中央及地方政府，需要多容納友黨人材，特別在選舉時候，本黨僅求能得過半數的席位，殊不可以要求過份的獨佔，使各方都能相安合作，則反攻復國的力量必定大為增強。更進一步，早派適當人員，到日本到美國等盟邦廣為說明，務使日本抱定信心，我中華民國復國成功，即為日本安全與繁榮的保障，促成日本願意貢獻人力技術助我反攻。又美國等盟邦，若真地了解中華是忠誠於民主自由之建樹，能使中國大陸的共匪極權消滅，有利自由世界的勝利，培火敢斷盟邦的物力必可大量為我之用而不竭。最後懇切盼望，以本黨的聰明決斷，及早召開反共救國會議，以昭大信於天下，反共抗俄的力量必大增強，若然則本黨在冷戰中，亦可先得一大勝利。謝謝　各位先生俯聽蕪言，敬請指教。

附註：蘇建智之陳情書，座談會後被陳漢平財政廳長要去做參考，茲誌其內容要點如下。

蘇建智之子蘇德芳寄居西螺鎮，以收買羊皮為業，有雲林縣稽征處人員，聯同保安司令部巡迴查緝隊人員，突到蘇德芳居所搜查，見有羊皮幾十張，斷為私宰漏稅，不理德芳提示從某某買來之收據作證，即行扣押德芳與現物之羊皮，連德芳家中所有幾兩金子，一併帶往虎尾鎮稽征分處，強迫德芳變賣金子補繳漏稅，該查緝人員到蘇家搜查時，並無會同警察及里長前往，因此請求急予補救。

黃副院長及陳秘書長邀約之座談會出席者

（四十六年三月二十八日下午八時半至十一時半）

總統府第二局長　黃伯度

教育部部長　張其昀

財政部部長　徐柏園

司法部部長	谷鳳翔
國防部副部長	馬紀壯
內政部政務次長	鄧文儀
台灣省主席	嚴家淦
財政廳廳長	陳漢平
立法院副院長	黃國書
國民黨中央黨部第一組組長	唐　縱
國民黨台灣省黨部主任委員	郭　澄
行政院副院長	黃少谷
行政院秘書長	陳慶瑜
	蔡培火

四十六年三月廿八日

世局趨勢與吾人應有之覺悟（一九六四、一、二）

現在世界分成自由民主與共產極權的兩個陣營，壁壘對立相持不下，自第二次世界大戰結束以來，將二十年了，在這時間之前半段，民主自由陣營，特別是美英兩國之認識不足，致令共產極權陣營盡量加強發展，其氣焰之盛殆有燎原之勢，因之民主自由各國始形慌張戒備。又因共產極權之先天缺陷，其理論乖張見解膚淺，其組織殘暴行動魯莽，不合真理之自然與人性之需求，近年共產陣營之弱點漸露，再不自加檢討有所修正，殊恐不能自持而分崩滅裂，乃有黑魯雪夫之徒清算共魔史太林之舉，由是而莫斯科與北平之裂痕露現於全世界，國際共產之威勢遂趨下坡，世界局勢略有改觀，而我中華民國之反共抗俄復國建國，亦漸獲友邦各國瞭解與支持。當此中華民國五十三年開國紀念之時，我舉國患難同胞不無感覺前程曙光，而歡心踴躍枕戈以待旦也。

現在民主陣營之實力比較雄厚，此際若能看破共產極權征服世界之野心，終不可變革，乾脆加予當頭一棒，對人類永久和平之建立，自有莫大之裨益，無如民主陣線之領袖美英等國，懼戰心理太強，兼有黑魯雪夫之狡猾策略，目下正在施展其和平共存之手段，美英等國受其影響，乃有姑息避戰之言論，甚至幻想北平匪共之狂暴作風設能有所修改，美國對中國大陸之政策亦可轉變，尚有法國政府亦將承認北平之謠傳，國際情形益陷於撲朔迷離，使忠誠為反共奮鬥者，深為和平之將來而痛心。俄共努力施展其和平攻勢，蓋非其征服世界、制服民主自由國家之野心有所改變，而僅是因其戰備未周戰力不足，特別是農業生產失敗糧食缺乏，乃為拖延時間以施行其狡黠取勝之策略，故作柔和姿態而已耳，不幸美英等國，竟受其欺罔而圖謀妥協，一面供給敵人食糧物品，另一面限制自由中國進攻大陸，再拖數年暴共陣營危機過去，而在中國大陸清除一切反共勢力，致使我自由中國失去復國機會，斯時也，共黨在歐亞兩大陸上之立足穩固，美國再欲領導世界抗共希求世界和平其可得乎？屆時美國即不欲戰，世界共黨必藉端而宣戰矣。吾人敢於斷言，民主自由與共產極權必有決戰之一日，早一日決戰減少莫大犧牲，而此決戰必在中國大陸展開，永久和平之根基庶可先行建設於此，換言之，中國大陸上沒有民主和平之保障，則世界民主和平之建立終不可得也。所望於民主陣營之領袖美國，及早洞察此點，能不出賣爾之忠誠盟邦中華民國，使將來斷不能避免之世界戰爭，縮小為中國內戰之方式，以中國人之熱血洗去中國大陸之共毒，美國僅站在同情盟邦之立場，予以可能之援助，現為我反攻復國最佳時機，美國以最小又最安全之限度，同情我之正規軍事行動，俾中國大陸上六億大眾恢復其自由，建設三民主義之新中國，有此先決條件，美國再來與蘇俄談判，欲和欲戰，儘可由蘇俄領導者做最後之選擇，美國可以悠容應付，領導世界建立永久和平，絕無疑義，美國之賢明領袖們胡為而不斷然出此，時也時也，一九六四年以後之短漸時間，正是人類禍福之分歧點，世界各國治亂之指標，時不可失，願和平仁愛之神，啟導民主陣營領袖之美國。倘不幸竟若往時以英國為首之國際聯盟李頓調查團，姑息日本軍閥侵略我中國東北，不在彼時斷然阻止日本，致令日本軍閥先在其國內得勢，遂致太平洋戰發生，犧牲無算之生命與財物，險些使日本軍閥得手。前事不忘後事之師，請三思之，切不可再蹈故轍。

轉觀我國內部情勢，自由中國之台灣省，官民一致勵精圖治，加以盟邦美國之協助防守，國計民生日見興隆，反攻戰力蓬勃待發，兼有世界各地之華僑同心歸向，支援反攻，而中國大陸匪共之暴政惡貫滿盈，六萬萬之饑寒大眾思漢心切處處揭竿，如此種種悉證明反攻之時機已熟，不能再予耽誤。無奈因中美共同防衛條約之關係，我政府未便片面採正規之反攻行動，此誠當下困擾我舉國人心之最大癥結所在。雖然，盟邦美國亦有其世界政策之苦衷，況中美之邦交一貫親善，乃兩國之共同幸福，亦為世界和平之基礎，殊不可因目前之齟齬，而害及兩國兩大民族之提攜，是為彼此官民應有之共同理解。現適國際共黨表露分裂，莫斯科與北平之間發生隔閡，我中華民國與朱毛匪幫，為兩個敵對政權，我儘可以肅靖叛逆之名義，積極展開便衣轉戰之軍事行動，是乃中華民國國土上之內戰，美國既無需干涉，而蘇俄亦未必即行參戰，要在我國官民有無斷然為我欲為之決心已耳。嗚呼，我之出此行動其犧牲必大，然此犧牲誠最神聖之犧牲也，我真能捨此犧牲而不顧一切，則全世界愛好自由之人類，當為之奮起而扼腕。

思慮至此，乃不能不敬告我國人兩三事，吾人需要團結、需要大大的團結，吾人不能諱言，現在台灣有部分本省外省之不純思想，亦有部分優越歧視取巧之不忠行為，似此等等皆為大同團結之罪人，皆為反攻勝利之障礙，此時此地，不容此種思想行為之存在，吾人需要捫心自問，我是否真正忠貞之大中華民族、大中華民國之國民，吾人真誠有此自覺，則本省之錯誤思想何自來耶？優越歧視取巧之錯誤行為何能有耶？最近　蔣總統發出組織「反共建國聯盟」之呼召，此誠適時拯弊偉大明智之措舉，深望各界愛國反共之人士，捐除以往一切，欣然共赴，造成舉國一致之反共熱潮，以為軍事行動之先聲與後盾，國族幸甚。還有一事必須一提，我們國力有限時間短促，吾人必須實事求是，絕不可再有舖張拖延之行為，我們在慶祝之時無論公私，是否過份舖張粉飾？我們在處理公事，是否多有拖委而多事開會之舉措？是否缺乏為民前鋒為民服務之精神？紅包案件之消息時見報端，致令政府威信在民間受了隱約之指摘，似此種種皆為反攻復國之內在大敵，吾人應即切實檢討與改革。　蔣總統「革新・動員・戰鬥」之呼籲，吾人再不忠實奉行，台灣絕不是可以偏安之地，亦無一人可以超然獨存，害群之馬其三思焉。

民國五三年一月二日《徵信新聞報》

慶祝台灣光復二十年（一九六六、十、廿五）

自從中日甲午戰爭，清廷政治腐敗，與日訂下馬關條約割讓台灣，此後台灣同胞在日本帝國主義的欺凌壓榨下，忍氣吞聲，過著五十年的奴役生活。農民們終日辛勤，耕作農產品如蓬萊米、香蕉、鳳梨等，大都運往供給日本人民享用。可憐台灣農民卻吃蕃薯乾等雜糧充饑。一切受統制支配，自己不能經營公司。在公務上、教育上，均不能與日本人享受同等待遇，更談不上什麼言論、出版、結社的自由。台胞要受特種法令的拘束，可不經過審判，只憑行政命令，就可以限制我們的行動。

但是，我台灣同胞身在強權之下無可奈何的時候，經祖國同胞八年抗戰的奮鬥犧牲，而依照祖國領導者在開羅提議的結果，台灣才順利地歸復了祖國，成為中華民國的一行省，這就是二十年前台灣光復的來由！台灣光復一方面是主權歸復了祖國中華民國，另一方面是台灣同胞多年來受盡了無限的辛酸，猶能不忘祖國而固守其祖先的文化，光復的機會一到，台胞能以現成的中華兒女面目，光榮地歸復了老家祖國的懷抱，此一歸復是永遠地歸復，而且是登上了祖國之主人地位的一份子呀！真是奴才的身份，一變而成了主人的身份，這變化之大真是光榮極了!!!本人每逢光復節，第一就是感覺這個光榮，台胞必定同有此感，有光復當初，全省同胞普遍地歡呼鼓舞、張燈結彩、大事慶祝的事實在作證。

其次，台灣光復未久，不幸祖國大陸各地毛匪作亂就淪陷在赤禍之中，於今已十六年。際此台灣光復二十年紀念之時，本人又感覺到一種極大的驚喜，而帶有極大光榮的感慨！為什麼呢？請想想，假如沒有台灣的光復，反攻大陸光復大陸又將從何做起呢？再深一點想，假如沒有台灣的同胞這樣久年以來充滿了固有民族精神的話，反攻復國的基本條件，恐怕亦就差了!!幸得我們祖先有靈，留下這批好子孫在此台灣，俾我們的國策有可實現的潛力，大家想想看豈不是大可驚喜的嗎!?台胞大家有了愛祖先愛傳統愛祖國的豐富民族精神，政府當局好的領導才著著在結實生果，台灣將成為全國的模範省。更進，不久將以大家的民族正氣大團結，在統帥指揮之下，步伐一致掃滅赤焰，光復大陸，復興中華，若然，台灣的光復豈不是更加光榮，而更可驚喜感謝我祖先的靈祐嗎?!

全省的同胞弟兄姊妹，我們今日的存在意義，是因二十年前祖國同胞八年抗戰的犧牲有以致之，是祖國的力量使我們台灣得到了今日。而今是要以台灣為主力來光復祖國，是要以台灣光復來光復祖國的呀！我們慶祝光復節的中心意義在此，大家能發揚此一意義，則台灣在我中國的歷史上，必與太陽同光，那是何等地榮耀呀！同胞們大家不要計較目前的小節，只要大家向將來的大局認真地來計劃努力，就是一切為反攻為復國，這點達成了，那麼我們什麼都會有的，那時候有什麼才有意義。現在設使就是什麼都給你，而不能反攻復國，反而破壞反攻復國的團結，扼制了反共建國的力量，若然，那就是中華民族的萬代罪人！數個月前，廖君文毅棄暗投明，回歸反共建國的陣營，實屬明智之舉，什麼前非不但大家都不計較，反要以厚禮熱情相接應咧。所謂「艱難兄弟自相親」乃是人性至情，願我反共同胞，當此熱烈慶祝二十週年台灣光復節，認清敵人而向復國建國的大目標團結邁進，則國家民族幸甚，中華民國萬歲。

慶祝開國六十年應有「莊敬自強」之行動表現（一九七一、十）

中國時報社為慶祝我們中華民國建國六十週年，增出特刊擴大慶祝。而我全國各界亦都自早計劃準備各種活動與設施。可以說舉國官民一致以極其快樂的心情，在此開國六十年的佳期，要來熱烈地歡祝一番。同時又是極端不幸的，適在此時遭遇到我國家民族的艱危處境，就是美日兩大友邦受了國際姑息主義所迫，公然採取承認中共政權而將在聯合國內造成兩個中國的淒慘局面。這真是使我們處於悲喜交集而又尷尬透頂的境地了。我們總統　蔣公先見及此，故在本年六月十五日國家安全會議席上宣示「我們國家的立場和國民的精神」，其中有兩句訓言：「莊敬自強，處變不驚」，現為我全國官民朝夕在念的南箴。本人竊為根源是在「莊敬自強」，蓋若不能「莊敬自強」，自無「處變不驚」之可言也。因此我們要慶祝建國六十年，除在裝牌樓、燃爆竹之外，必須加上「莊敬自強」之行事。聯合國內的大勢既然如此危急，國際氣運充滿畏戰、姑息之時，我們的最大目標「反攻復國」雖然我們不願擱置，世界之氣勢不能漠視，只好暫做「莊敬自強」，以待來日之轉機，莫說此乃過於消極，你不這樣將被氣死而已，是即要鬥志不要鬥氣之謂。然則如何來「莊敬自強」呢?以下請舉兩大端，聊陳鄙見與我同胞共勉而勵行之。

第一：需要大同團結，加強領導中心力量。我自由中國台澎金馬復國基地，幾年來社會安定經濟繁榮，為中外所共覩。但是政治上之人事安排不能說已臻理想，行憲法治之體制似尚缺乏完整，亦屬眾所共知不可諱言。行政未有像樣的在野黨之監視，以致當前之政風難革；自治則官治的成分尚多，在官派之省主席存在一天，則有礙乎模範省之呼召；總統　蔣公提倡已久之反共救國聯盟，至今未見其組織活動等等，都是應予急起直追之「莊敬自強」要項。不過目下是大敵當前，國難非常之際，領導中心之中國國民黨，應受全自由中國同胞之支持與合作，不支持不與中國國民黨合作者，即是動搖自由中國之國基，可以視為反共救國之內叛者，是與主倡台灣獨立者同類。切言之，對反共救國之軍事外交事項，我國民同胞在此時此地，自應與中國國民黨合作。張君勱先生六年前還在世時，本人赴美請教，渠亦表示同意此點。但是在內政民生之設施，應就行憲法治之軌範，尊重自由平等民主之體制，中國國民黨自應尊重在野黨之活動，此點中國國民黨應有所檢討。在此特別聲明，鄙見凡屬政黨本以實行政策而攫取政權為首義，但是目前自由中國正在反共鬥爭途中，反共不成即無有自由中國——中華民國之復國，那有什麼政權之可爭?因此，本人前面所提之政黨，是屬國家非常時期之監視內政性質之政黨，並非以爭政權為首義之政黨也。

第二：需要喚起民眾增強民為邦本之國力。我們國父遺教「必須喚起民眾」，每於紀念週時都必恭誦紀念，現在正是革命尚未成功必須喚起民眾的時候，我們的實際行動則如何呢？因在大陸未曾做到遺教的「必須喚起民眾」，致有政府遷台之事，我們若真要「莊敬自強」的話，必須承認今日仍未充分做到喚起民眾的工作。我們今日學校教育的設施，已是開國以來所未有的進步與發達，政令宣傳的標語亦都是滿街滿巷，而報章雜誌之類亦不能說是落後太多。只因國語統一過份硬性執行，於今將家庭婦女、鄉村之成人大眾，幾乎全部遺棄在一邊而不顧，彼等與政府機關之間似有「天高皇帝遠」之感。況兼絕大多數之外省同胞，皆為忠實的國語使用者，除用手勢便無法與本省同胞交通，台灣光復廿多年，一直是如此下來的，如何能達成「喚起民眾」之遺訓？本人自始覺得這是反攻復國的大弊病，多年以來呼籲補救，建議採用國語注音符號式之閩南語符號，一面增加國語普及的機會，一面加強政令的宣傳，最重要的更是可以提高失學民眾之智識技能的水準，使家庭化成學校，無師而得學習，全省失學大眾將來在反攻復國行動上，俱有自覺自動的能力，一千四百萬省民可出十四億大陸民眾之力量，不但不受敵共之煽惑，反而自發參加行列為建國而效勞服務。如是可使無知無能之台胞，在短暫期間速成為能動的愛國份子，豈不美哉？是乃「必須喚起民眾」之至義也。最近行政院　蔣副院長，招集地方民意代表二百九十餘人齊集於台北，舉行國家建設研究會，說明中央政策，聽取地方民意，溝通朝野之見解，實為行政上適時之要舉，本人竊為是乃「莊敬自強」之正確表現，至感欽佩。深望各界各方面都有似此之新創舉，特望執政黨之地方工作人員，深入國語不能通行之民間，多多使用台語，多多與基層民眾接觸，防止地方黨部之衙門化。外省同胞主動的請多做機會與本省同胞相往還，如此則情感之隔閡自可減少。倘能再進而使年輕一代之間，男女婚嫁增加配合，則彼此之界線儘可迅速消除於無形了。

我們自由中國同胞，無論朝野人士或內外省人民，當此慶祝建國六十週年，不僅是裝牌樓燃爆竹，又能真正發揮「莊敬自強」之決心，就上舉兩大端迅採行動，本人深信必可日見成果，壯大我自由中國。然則任其國際形勢如何變換，終歸是中華民國三民主義文化之光輝，顯耀於全世界而無疑，反共必勝，復國必成！鄙見如是，願就教於愛國同胞諸兄姊!!

台灣第二十七回光復節感言（一九七二、十、廿五）

駒光似箭，台灣以祖國同胞八年之血戰犧牲，由日本帝國暴政統治下，光復於中華民國懷抱，於茲已二十七載。此間中華民國，經訓政而進入憲政時期不兩三年，乘國力空虛未復之際，中國共產叛黨，施騙術藉外力作亂竊國，我中央政府遂不得不播遷，台灣竟成為中華民國反攻復國之基地！爾來二十餘年間，政府與人民通力合作，在治安、教育、衛生、建設、以及產業通商各方面，無不年年進步，為近代中國全國所未有，其安定與發達亦為國際所公認!!但是，中華民國官民全體，與全世界華僑所高呼不停之反攻大陸，拯救七億大陸同胞之最高國策，則尚未開展實行。不僅如此，去年九月二十五日我又竟然退出聯合國，前月底日本和大陸共匪建交，同時宣告與我斷絕外交關係，國勢如是險惡，亦為舉世周知之事實!!!自由中國台灣的內外情勢，兩相比較有如上的顯著對照，擺在全人類的眼前。從外面的形勢來說，我中華民國在國際間漸形孤立，短視者未免要為我而驚慌著急。然而事實表現，中華民國政府所在地台灣的內部，居然仍舊安定而進步，特別是今年之雙十國慶，世界各地的華僑歸國慶祝的人數增多，這真是令人驚奇的現象，本人以為台灣光復的重大意義在此。

台灣在歷史上，雖自隋朝時代起即為中國人所開拓，但是歷朝政府未有關懷積極經營。迨明末孤臣鄭成功，帶領反清復明的炎黃子孫由福建渡台，做為反清復明的基地，才有大規模又有計劃的經營開拓。嗣後鄭氏父子孫三代的復明宏志，雖然歸於失敗，其軍民的子孫血管裡，都存著炎黃民族的正氣！所謂三年小變五年大變，在滿清政府統治之間，台灣是常有不服從的變亂。即在滿清割讓台灣給日本，其五十年統治之初期約三分之一時日，皆有志士奮起做武力反抗，其最大規模最著名者，為苗栗之羅福星事變，與台南噍吧哖（今之玉井）余清芳事變。但其後日本政府推行帝國主義之皇民化政策，禁止漢文，限制我台胞之教育智識技能的向上。如我台胞之先覺者，則前仆後繼，到處設立詩社，藉漢詩維持民族精神，設立社團或政黨，如台灣文化協會、台灣議會聯盟、台灣民眾黨、台灣農民組合、台灣工友總聯盟等，不管日本之強權壓迫，公然以民眾團結之行動，向日本帝國暴政，做堂堂正正之台灣民族運動。到廿七年前台灣光復的時候，全台灣的同胞，均未受日本皇民化的污染，勿論是其思想形態，或其生活方式，都完完全全保有其為炎黃子孫的風範，負起其對傳統文化與民族國家的任務，無論責任負荷如何巨重，都默默無言，盡份直到今天；而在歡天喜地萬眾一心慶祝光復節！台灣同胞是道地的黃帝子孫，是中國四千年來文化精神的保有者，是反抗共黨暴力邪說的中國人，這是自由中國台灣，有其現在的安定與發達的真情之一面!!

自由中國台灣，能有今日之安定與發達之另一面的真情，是三民主義的中國國民黨全黨的精華精力在此之故！中華民國是以三民主義為國魂，中國國民黨是中華民國的建國黨，亦應為三民主義之執行黨。惜乎建國初期內亂外侮接踵而至，掃亂禦侮之不暇，實未致力於主義之執行，何況害群之馬是難免沒有的。就在此青黃不接之際，中國共產黨以邪說惑眾，不但中國文盲大眾，即美國友邦亦受其所惑，採取不合作態度，加之蘇俄共黨傾其國力，支援中共作亂，結果中華民國政府，只有播遷台灣之一途已耳。

中華民國中央政府遷台以來，其全般施政不能説無有瑕疵而全合理想，不過其領導幹部，存有虛心而時加自己檢討，自知不能再有後路，只有忠於主義而求行求新求進步，又能接受逆耳忠言，不停地努力革新，乃有不停地進步出現！如此努力苦幹硬幹的結果，國家社會的經濟力量全面增加，國計民生因之普遍充實，台灣無有中國國民黨的領導，絕對不能有今日的繁榮!!況兼今年夏初蔣新內閣成立，其人事安排之新作風，其十項革新政風之指示，大得民心，全國為之振奮。所謂台獨之聲浪，在美已歸消沉，在日之重要幹部，經已澄清其過去之誤會，政府都歡迎其個個返國服務，是皆政府努力之成果，顯現出我官民之大團結也!!!大敵當前，我們國人同胞能識大體，國內能有如此大團結出現，今後再加全世界僑胞之有力合作，而世界民主自由陣線，亦能配合得宜，則我復國機運應指日可到。

如上所舉，中華民國復興已現曙光，發揚光大盡其在我，今後應注重者，在能貫徹推行，以往大病盡在不能持續而普遍到底！上方之決策是一回事，基層之執行又一回事，有一部份微言謂，三民主義似為三眠主義也。蔣院長指示之新政要旨，凝結在「一切為國家利益，一切為人民服務」兩語。今後能否有實績表現，請要特重基層之執行，不要有偏差變質，不要有奉行故事違誤時機。識者為此最耽憂者，在語言之疏隔太遠，內外省同胞除在利權以外，在情感交誼之間，彼此來往尚嫌太少，至於地方基層公務員，到民間去為民服務的理想，恐怕其實踐程度，應有認真檢討之需要。總而言之，我們要擴大更擴大、加強更加強我們內部的團結，爭取時間向大陸有所進度，不能削腳就履，更不可做掘井止渴之舉！英明當局必能領導一切為國家利益，更能督促基層做到一切為人民服務!!然則今年的台灣光復節，更能煥發其真正意義，中華民國復國建國萬歲!!!

人如其名的陳辭公(一九七五、二)

本省鄉下同胞所通稱的　陳誠伯辭公，去世迄今，倏忽已經十年矣。　辭公真是至誠之長者，其對黨國對　領袖的忠貞事蹟，乃舉世所共知，毋需培火多贅。培火得親承　辭公指導的時日甚淺，是在中央政府遷台，　辭公首次出長行政院之時開始，不知其如何獲悉培火的生平，承蒙其垂愛信任，自始即如其對舊屬者然。初次晉見，即不用客套，言簡氣和，囑我有事可隨便晉見，不要拘謹，並囑要特別注意民間疾苦，坦率陳述，以為擬訂政策與施政計劃之依據。其為民服務的基本方針，即是所謂「國家至上、人民第一」，這實係　辭公為國為民之精誠所在。

在　總統英明領導之下，　辭公於自由中國內政上突出之政績，第一可說是在安定中求進步。本省同胞民族向心力強，雖亦很有關係，但當時大量軍民撤退來台，兵荒馬亂，物資缺乏，秩序混亂，　辭公不顧一切總是在治安上盡力處理安排，認為國家處在非常危殆之中，絕對要保持安定為第一，因而難免有些偏差與煩言。例如為防止匪諜滲透顛覆，實施出入境管制，人民自然感到不便，因為不了解政策意義，難免有所不滿。　辭公堅決負責貫徹，我自由中國有今日之安定與進步，實以　辭公之政績肇其基也。其次對主義之推行，尤其是對民生主義之用力最為顯著。在經濟建設，有數期計劃，關係最重大者，是實行三七五減租，繼而實施公地放領、耕者有其田政策。最大部份之台灣農民同胞，有如前述　陳誠伯之尊稱流行，蓋係表現民生主義政績之深得民心故也。

培火在此不得不坦陳一點，而此點之坦陳，完全出自個人之臆測，如有錯誤，應由本人負責，懇請各方諒解。此點即係有關民族主義之推行上，　辭公似有其難言之苦衷也。對外反共鬥爭與外交政策，要以民族主義之實踐為中心，這絕對沒有問題，但是對內全民團結，培火臆測　辭公似有其難言之苦衷。其所以使然之根本原因，當係大敵當前，國本危殆，民族處在存亡絕續危急非常之際，不能施行平時體制，尤以其秉性耿直，精誠負責，一身負國家安危，不能顧及毀譽而明哲保身，明知其不可為而又不可不為之苦衷，以致未獲部份之同胞，尤其是智識分子之諒解與合作。——如在野有領導能力之政治人物，寧願在國外漂泊不願歸來，甚至出現台獨集團，公然表示不合作。不僅影響到民族主義之順利推展，即在民權主義之推行上，亦難免受人指責，未盡做到理想程度。建設台灣為模範省，自然亦受影響。培火盲斷此點可能為當時國內外情勢所迫之有以使然也。不幸而未能為理想人物之所諒。噫！是誰之過之責歟，真誠為國者，只有任勞任怨任謗也。

最後，敬請讀者准許培火放肆公表一點私情，以證前面個人的臆測，不是完全架空的讕言，幸見諒之。在日據時期本省民族運動的領袖林獻堂先生，久居日本東京不肯回台。個人奉俞院長之命，專程前往東京，奉勸林氏歸台共商國是，同策進步。當出發之前，　辭公召見，稱許林氏之為人及其往昔的貢獻，並囑代為致意，切望其及早歸來共謀建設。個人向林氏面告當局意旨，並陳述　辭公之關切。林氏聽後十分感激，但渠要我歸復其決心，謂事關為政之基本作風，不關個人的利弊情感範圍，俟三民主義之精神，表現正常之時，渠自會返國領教。張岳公亦曾親自勸渠歸來。為表明其個人之政治立場，渠乃親書聲明，絕對反共，亦視台獨為兒戲，交我代呈當時之總統府秘書長張岳公。此函曾公開在報紙上發表，**（林氏當時對我剖釋在台之政治作風甚詳。）**該函發表後，為表揚林氏過去對民族運動的貢獻，由教育部主辦，在台北市植物園內，建立一所獻堂館以紀念林氏。又如培火魯鈍無能，常吐不悅耳之言，　辭公竟不我棄而垂青，是或因本人多年隨獻堂先生之後，對台胞微有效勞之故。當培火七十賤辰，親筆賜詩曰：「虞淵追日效孤忠，三戶終收克復功，早向艱難標勁節，晚於謇諤具深衷，冰霜閱歷風裁見，台省登庸譽望隆，還共邦人祝耆壽，落花時節醉春風。」培火於此敢表露此詩，是欲證明　辭公乃充滿民族生命之長者，深愛台灣同胞之民族精神，願與台灣同胞共敬仰之。

故總統蔣公與台灣光復的前因後果

（一九七五、四）

一、蔣公的突然崩殂

全民哀悼　瞻仰　遺容的人潮

表現空前無比的愛戴

二、蔣公為　國父的忠誠信徒

繼承　國父的遺志一一予以實現

其豐功偉績足受全民愛戴

而為行憲第一任總統

三、行憲後國家正可進行建設而繁時

萬惡的共匪乘機作亂藉俄共之助

美國斷援　民眾無知受騙基層官吏貪橫

政府遷台　責在環境　蔣公不失其英偉領導

四、台灣光復的由來　當時台灣的實況（受日本剝削的）

蔣公復職直接領導施政　表現其英偉作風

台灣因之安定向榮　表現劃時代之進步

五、遺囑仍是出自為國無私　必受舉國恪遵

本黨所受批評是見解問題

蔣公是永遠英明偉大

中華民國六十四年四月五日深夜突然雷雨大作，我自由中國舉國同胞所愛戴的、英明偉大領袖　總統蔣公遽爾以心臟病崩殂，噩耗傳出，不僅國內同胞震驚痛悼，如喪考妣，國外華僑同胞亦都哀悼萬分，急速回國奔喪。　蔣公遺體旬日間移置國父紀念館，為瞻仰　遺容的人潮洶湧夜以繼日絡繹不絕，環繞紀念館之四週哀傷泣哭的民眾，約二百六十多萬，真是中外空前未有之情景，足證　蔣公如何深受舉國同胞之愛戴焉。

故總統　蔣公為　國父之忠誠信徒，繼承了　國父的遺志，出生入死，掃除了全國軍閥，統一了中華民國，打倒了日本帝國主義侵略，收復了台澎失土，廢除了列強的不平等條約，舉開了國民會議，實施憲法還政於民，　國父的遺志無一而不予以實現了。其豐功偉績為全國同胞所欽佩，故我行憲第一任總統非　蔣公莫屬，是乃　蔣公真受全民愛戴之表現。而我中華民國正可進入建設繁榮之境地時，不幸人面獸心之萬惡共匪，乘國家疲憊之際作亂，又有蘇俄全力做其後盾，更不幸者，盟邦美國誤信共匪宣傳，斷絕援助我方作戰，而我久年失學文盲之基層同胞，黑白難分易受欺騙挑撥，我中央政府因此各種挫折，不得不播遷於台澎，實際情勢如此，當時兵馬倥傯之後，在政府基層容有貪橫之舉動而被惡用者，在我英明偉大之　蔣公，則絕不失其英偉之毫末也。

台灣光復祖國懷抱，成為中華民國之一行省，完全是祖國同胞受英明偉大之　蔣公領導，抗戰八年犧牲慘重，所換來的寶貴成果。當時的台灣五十年之久，受了日本帝國主義者的虐待與剝削，雖然台灣同胞發揮了其強烈的民族特性，仍然保持了其向心祖國，保存了其大漢民族的文化生活外，一切的教育、政治、經濟、社會等權利與享受，全被日本官民壓制剝削淨盡，無論其富力技能都甚薄弱。迨我中央政府遷台後，總統　蔣公直接領導整軍施政，先求政治社會安定，嚴格執行治安，特加注意於出入境之管理，同時安排人民生活之均平充實，乃有公地放領，三七五減租，更進而耕者有其田之斷行，使疲憊困窮的農民生活，如見春暉，普遍生色開花結果，晦暗的農村生活，因之大發光明而歌功頌德之聲遍於全省矣。其次就是幾個四年經濟計劃，使工業起飛，水利建設邁進，一面有資力者向工商發展，無資力者都有就業機會，人民生活水準一直提高，真有劃時代的進步。何況在教育、政治方面，除對有關國家安全保障的需要而外，完全平等開放，有志有能力之愛國者，都有機會發展其雄才。不過有點要特別説明，就是政權移動的問題，依照憲政常軌，政權是應該順趁民意而移動的。但是要照這常軌而移動政權的話，就要有一先存條件，就是要先有國家安泰的事實，國家如有不能安泰之虞者，則不能照此常軌來移動，這當然是有關建國愛國志士的絕對關心之點，此點若有不同的見解，麻煩就會發生了。目前的中華民國台灣省，是反攻的基地、是在軍事行動為先的非常時，不能以常軌來移動政權，反共的愛國者必能同意而合作。過去因此點的看法不一致，中國國民黨的作風受了許多的批評，該黨是　蔣公所領導的，而今　蔣公的遺囑仍然吩咐我們需要服膺中國國民黨的領導，若是我們共認　蔣公是英明偉大，真是　國父的信徒，這個遺囑是出自至誠負責、愛國無私，全為復國建國的需要而發的，我們大家共秉愛國的至誠，總要遵從齊一步調而前進吧！若然，則我們前程是光明的，本人確信本省同胞的絕對大多數，必能恪遵　遺囑而邁進，時機成熟，反攻復國必成。我們的領導者　蔣公過去是英明偉大，未來亦是英明偉大，是永遠英明偉大的!!

陳辭公八十冥誕有感（一九七七、一、廿四）

本（元）月三十日是農曆十二月十二日，正是大家所敬愛的　陳辭公八十冥誕之日，光復大陸月刊將刊文紀念，囑本人為文表白感念，義不容辭，勉提禿筆，恭述幾點本人內心的感銘，聊申敬慕之微忱。

第一大家諒都共感，　辭公真是人如其名之至誠長者，是是非非嫉惡如仇，愈是地位高的愈加嚴格，因此特受各界普遍愛戴，當此國家將興須有正氣精神領導，吾輩對　陳辭公之敬慕，豈出自一己之私哉。

共匪竊據大陸，我政府不幸遷台，而本人獲蒙　辭公垂青提拔，乃能有機親承教導，此間最使本人銘感五內終生難忘者，於每晉見，總是要聽逆耳之言，吩咐不要報喜，本人的素性是朋友間所周知的，　辭公似還怕我會不盡言責。最近在本黨十一全會席上，為期進步革新，蔣主席向滿場同志要求，今後大家應多報憂，如出一轍，真是令人銘感之至，國家之大幸也。

復興基地台灣有今日之安定與進步，勿論是上有總統　蔣公之英明領導，下有全省同胞民眾之團結愛戴，但當即若無　辭公之堅強忠毅服務，信亦不能有此成就。　辭公在台當政之初，即以「國家第一，人民至上」作施政之號召，凡百措施，如整軍鞏固國防，實行三七五減租安定民生，實施地方自治擴張民權，斷行耕者有其田及都市平均地權，發展經濟計劃以促進農工之平衡發展，主持陽明山會議廣徵海內外國是意見等，都是有賴　辭公之愛國愛民辛勤服務之大端。本人竊以為　辭公因多年為國辛勤積勞體弱，最後代表　領袖應聘友邦，短期間長途跋涉，加重體力負擔，乃於六十八歲（民五四年）之三月五日，永別我同胞，特使台灣農民哭叫「陳誠伯」，而哀聲遍全省。

本人今年已八十九，素性憨直，常會開罪人家，何幸　辭公不棄垂青，還以和顏要我盡我憨性，當本人七十賤辰之時，親筆賜詩勉勵，詩曰：

虞淵追日效孤忠　三戶終收克復功
早向艱難標勁節　晚於謇諤具深衷
冰霜閱歷風裁見　台省登庸譽望隆
還共邦人祝耆壽　落花時節醉春風

真使我五體投地，愧不敢當，　辭公如此垂愛，固屬本人之溢譽，但事係個人私情，原不宜在此披露，只因為證明　辭公之大德永做紀念起見，敬請讀者諒之。

中華民國六十六年元月二十四日稿

發揚自強勝利精神慶祝建國七十週年

（一九八一、一、一）

為要慶祝我中華民國建國七十週年，當我國族處境萬分困難的時候，呼籲國民大家，發揚自強勝利精神，奮起前進，開啟國家光明氣運，實屬適時的要舉。基督教研究所，為此將出版第八期的刊物，囑本人表白鄙見，敬請讀者各位賜予指正。

本人是基督徒，先就基督徒的立場，陳述淺見。宗教是我們人類生活中最嚴肅的部份，但是人類之中，不信有神的人甚多，這種人就沒有宗教信仰生活，只有思想主義的生活。在此種無神論者之中，有部份極端分子，以暴力主張無神、反對宗教、決要消滅信仰，就是共產黨。共產黨用暴力，以階級鬥爭為呼召，也要消滅全世界信神的生活，連基督教在內。我們國家民族現在所受的災禍，是由共產黨的叛亂而來的，共產暴力，不消滅一日，我們國族的災禍是不能消除的！我們國族目前的處境，萬分困難，若不是發揚自強勝利精神，前途是不堪設想。幸得我們基督教的　神上帝，是自有永有萬權能、活活的真神！共產黨徒竟然敢與真神　上帝為敵，罪大惡極。聖經是　上帝的話，聖經裡明白指示，人所犯一切的罪惡可以赦免，唯獨對聖靈所犯的罪惡，不能赦免，　上帝一定要處罰!!聖經又指示，　上帝與我們信徒同在，其誰能與我們做對敵，又說能殺肉體不能殺害靈魂的，不要怕他。　上帝必定會處罰共產黨，共黨是沒有將來的，我們只要與　上帝同在，只要能發揚自強精神，勇往直前，勝利必然屬於我們，我們可以樂觀慶祝建國七十年!!要緊的是我們的信仰如何，我們對神是忠誠不忠誠，我們需要認真檢討自己的信仰，以耶和華為神的那國是有福的，感謝　上帝恩典，賞賜我們的　國父，我們的先總統　蔣公，我們的現總統　經國先生都是熱心的基督徒，懇求　上帝再賞賜我們大家加強信心，阿孟!!

其次，共產主義是主張集體暴力的階級鬥爭，是反人性的。人類的生存權是絕對的，人類為了要生存，自然要彼此互相尊重，和平相處，博愛濟眾才能各享其生存權利，這乃形成人類的基本天性。不過，人類生活發生了部份偏差，就是所謂資本主義——以資本強權壓迫弱者，致使無產者、無教育者的人數普遍增多，馬克斯一派惡用這個形勢，提倡以恨為出發，暴力的階級鬥爭，使全世界擾亂而行其獨裁專制的政治，我國我族受其禍害最慘，這真是不應該的，我們大中華民族，有其五千年的歷史文化，有我們孔孟的仁義五倫的傳統與大同思想，竟何以致此禍害?結局是出自我們的不自覺、不長進、不自強所致!於是乎，我們為慶祝建國七十週年，只須發揚固有思想文化自強勝利精神，切實反省自覺，反對不合人性的共產暴力，勝利自屬我們無疑。

再其次，我們中華民國的建國，是以三民主義為基礎的，當以實行民族、民權、民生為國民全體的總目標，我們官民若是向此總目標精進的話，我國家民族應該不致陷在今日的淒慘地步！共匪的階級鬥爭，是破壞我民族的團結，共匪的獨裁專政、是剝奪我民權的自由，共匪的暴力暴行，是否認我民生主義的仁義博愛大同的傳統，我們若能篤行民族、民權、民生的三民主義，發揚自強勝利精神，共匪是絕對沒有立足的餘地，而歸於自然消滅是必然的!!結局，問題也是在於人心的自覺自強精神如何。我們若能篤行我們的三民主義，發揚自強的精神，勝利自然是我們的。

歷史經驗是最好的教師，經過三十年來的共匪暴政統治，大陸同胞已經體驗覺醒，深知受了共匪的誘惑、欺騙，共匪宣傳若受其領導，無產者就可翻身、可以獨裁、自己作主管轄一切。大陸的無知同胞一時竟然受迷，共匪因而得勢，大陸變色，中華民國政府不得不退守台灣，於今三十二年，結果如何?翻了身嗎?無產者做了主，管轄了一切嗎?不但沒有，連自己的家庭都不能管，都要解散家庭，而被管到人民公社去了!!!共匪以共產的美名，廢止私有財產制度，而一切歸於共產黨的幹部所有，因此，一切工商業沒落，以前的無產者不僅依然如故，連吃飯的職業都沒有了。又因私有土地也沒收了，就是要作穡、做自由農夫，也都不能了。大陸的同胞大眾，今日已經變成無自由的飢餓奴隸，可憐不可憐。將今日的大陸，與中華民國的復國基地台灣對比，真是天堂地獄之別，是明明白白中外眾目所認定的。正是三民主義的政績與共產主義的政績，成敗優劣的對比，因此，爾來中外同胞齊起呼叫，要以三民主義統一中國，我中華民國的前程是光明的，我們應以滿懷樂觀的心情，來慶祝建國七十週年!!

以上，無論以信仰的立場、傳統文化的立場、或是實際表現的事實，由各方面加以檢討，都是此時我們同胞全體一心，來發揚自強勝利精神，來慶祝建國七十週年，我們中華民國的前程是光明樂觀，絕對不可以美國與我國斷交，世界情勢混沌而起自卑心理，則是自找吃苦，自誤國家的將來。

但是，依照客觀的情勢看，我們又不能太過急激衝動行事，必要遵照先總統　蔣公的明訓，嚴守三分軍事七分政治，三分敵前七分敵後，做為行動的準則。因為共黨的暴亂目標，也是要革命世界，不只限定對付我們而已。所以我們就要對內，團結全民的力量──在台灣需要團結本省外省，在國外需要團結所有華僑，尤其重要的，需要團結中國大陸的反共同胞。再加，共黨的世界革命，也是以其反人性的作風擾亂世界，必然會激成全世界的反抗，我們也可結合世界的力量來取勝，這樣裏應外合才是萬全的策略。

最後，我們要發揚自強勝利的精神，有幾點需要特別加以檢討的問題。第一，有關政治參與的問題。我們中華民國的憲法規定，政體是基於三民主義的民主共和，所以，國家公民都有參與政治之權，自然都有組織政黨的自由，並非某人、某黨可以獨攬獨占政權的。有人批評，中國國民黨現在台灣獨攬政權，台灣安定無事，施行戒嚴控制國民的自由，無視在野黨的存在，不准別人組織新政黨，並且主張撤銷戒嚴。這個問題，幸得不是台灣民眾普遍的意見，是一小部份人士的主張。在野黨不活躍是事實，沒有新黨出現亦是事實，說剝奪言論自由，是立場上看法不同而已，無論如何，主張撤銷戒嚴是絕對錯誤的。台灣的安定無事，理由很多，不僅是實施戒嚴所致。但是若沒有戒嚴，請想，敵人豈不是自由自在來滲透、來擾亂嗎？主張撤銷戒嚴的朋友，您愛國請您再仔細想看，可以這樣大意嗎?!至於新黨的沒有出現，完全歸罪國民黨，是冤枉的，這是多數民意不支持有新黨所致，若是有正確的政見政策，受多數民眾支持的話，新黨一定可以出現，沒有人沒有任何黨派可以阻礙！國民黨說是始終跟民眾站在一起，若是真地如此橫行霸道，我蔡某敢斷言，中國國民黨在台灣是站不住的，台灣民眾一定不准如此做!!朋友想看，今日台灣的危機是在共匪的滲透，是在美國國策的不堅定，若沒有國民黨在主政，就是新黨出現能做什麼呢?!新黨若只是要表示對國民黨的不信任、台灣內部不團結而已，這正是助成共黨統戰的成功，而使台灣的民眾吃苦，中華民國受害而已，請想！台灣的民眾歡迎如此做嗎？國民黨的所做所為雖然不是十全十美，但是假設沒有中國國民黨在支撐中華民國的大局，台灣能得如此安定而繁榮嗎？中華民國的復國有希望嗎？請您拿出反共愛國的良心、公道來判斷，今日在台灣成立新黨，是利少弊多的，愛國的國民一定不支持。

還有一個台灣獨立（**簡稱台獨**）的問題。台灣自古就是中國的一部份，台灣人除山地人外，都是中國人，其歷史文化都是一體相連，如何能獨立呢？而獨立有什麼意義、有什麼好處呢？台灣絕對多數的民眾是反對叛國忘祖的行為，主倡台獨的人要趕快醒悟！請不要做這樣害己、害人、害國的壞事罷!!若是要參與國政、或對國民黨有錯誤的地方，為愛國為正義，儘管主張批評都可以的，只是提倡台灣獨立，是有百害絕無一利！請快覺醒罷!!!

不過，在中國國民黨方面，也要更加檢討覺悟，雖然中華民國的現在與將來，需要國民黨為中心來苦撐大局，只是孤木是難支大廈，要中華民國有光明的前途，團結內部的力量是絕對條件!!!要團結就要公開門路，使愛國者有機會參與國政，發揮其才能，無論是本省或外省，各方的華僑人士，甚至大陸的反共同胞，都要包容在內而團結反共，才有光明的前途。不幸，如現狀不能有所改進的話，麻煩的問題，恐怕還要多咧！中國國民黨，請虛心檢討檢討。

國家圖書館出版品預行編目資料

蔡培火全集／張炎憲總編輯. --第一版. --
臺北市：吳三連臺灣史料基金會, 2000
[民 89]
冊；　公分
第 1 冊：家世生平與交友；第 2-3 冊：政治關係—日本時代；第 4 冊：政治關係—戰後；第 5-6 冊：臺灣語言相關資料；第 7 冊：雜文及其他
ISBN 957-97656-2-6（一套：精裝）
848.6　　89017952

本書承蒙
至友文教基金會
思源文教基金會
財團法人|國家文化藝術|基金會
中央投資公司等贊助
特此致謝

【蔡培火全集　四】

政治關係──戰後

主　　編／張漢裕
發 行 人／吳樹民
總 編 輯／張炎憲
執行編輯／楊雅慧
編　　輯／高淑媛、陳俐甫
美術編輯／任翠芬
校　　對／陳鳳華、莊紫蓉、許芳庭
出　　版／財團法人吳三連臺灣史料基金會
地址：臺北市南京東路三段二一五號十樓
郵撥：1671855-1 財團法人吳三連臺灣史料基金會
電話・傳真：（02）27122836・27174593
總 經 銷／吳氏圖書有限公司
地址：臺北縣中和市中正路 788-1 號 5 樓
電話：（02）32340036
出版登記／局版臺業字第五五九七號
法律顧問／周燦雄律師
排　　版／龍虎電腦排版公司
印　　刷／松霖彩印有限公司

定　價：全集七冊不分售・新台幣二六〇〇元
第一版一刷：二〇〇〇年十二月

ISBN　957-97656-2-6（一套：精裝）

蔡培火全集○家世生平與交友○政治關係—日本時代○政治關係—戰
後○台灣語言相關資料○雜文及其他○蔡培火全集○家世生平與交友
○政治關係—日本時代○政治關係—戰後○台灣語言相關資料○雜文
及其他○蔡培火全集○家世生平與交友○政治關係—日本時代○政治
關係—戰後○台灣語言相關資料○雜文及其他○蔡培火全集○家世生
平與交友○政治關係—日本時代○政治關係—戰後○台灣語言相關資
料○雜文及其他○蔡培火全集○家世生平與交友○政治關係—日本時
代○政治關係—戰後○台灣語言相關資料○雜文及其他○蔡培火全集
○家世生平與交友○政治關係—日本時代○政治關係—戰後○台灣語
言相關資料○雜文及其他○蔡培火全集○家世生平與交友○政治關係
—日本時代○政治關係—戰後○台灣語言相關資料○雜文及其他○蔡
培火全集○家世生平與交友○政治關係—日本時代○政治關係—戰後
○台灣語言相關資料○雜文及其他○蔡培火全集○家世生平與交友○
政治關係—日本時代○政治關係—戰後○台灣語言相關資料○雜文